D1618738

PKD

PHILIP K. DICK

WE CAN BUILD YOU

ФИЛИП К. ДИК

МЫ ВАС ПОСТРОИМ

МОСКВА
2020

УДК 821.111-312.9(73)
ББК 84(7Сое)-44
Д45

Philip K. Dick
We Can Build You

Дик, Филип К.

Д45 Мы вас построим / Филип К. Дик ; [перевод с английского Т. Мининой]. — Москва : Эксмо, 2020. — 384 с.

ISBN 978-5-04-111830-3

В этом лирическом и трогательном романе Филип К. Дик переплетает историю токсичной любви с историей о разумных роботах и рассматривает все это через призму шизофрении, которая не щадит ни человека, ни робота.

Когда компания Луиса Розена создает андроида – идеальную копию Авраама Линкольна, она попадает в прицел олигарха, имеющего свои собственные планы на роботов. Тем временем Розен ищет совета у Линкольна в сердечных делах, поскольку ухаживает за женщиной, неспособной понять человеческие эмоции. Женщиной, которая может быть даже более роботизированной, чем копия Линкольна.

УДК 821.111-312.9(73)
ББК 84(7Сое)-44

ISBN 978-5-04-111830-3

Роберту и Джинни Хайнлайнам,
чью доброту не выразить
обычными словами.

Глава 1

Мы разработали и отшлифовали свою технологию продаж музыкальных инструментов примерно в начале семидесятых. Обычно мы начинали с размещения нашей рекламы в любой местной газете, в разделе «Частные объявления». Это выглядело примерно так:

> «Спинет-пианино и электроорган изъяты за неуплату кредитной ставки. Продаются во избежание расходов по транспортировке инструментов обратно в Орегон. Вещи в прекрасном состоянии. Принимается оплата наличными или кредитными картами, имеющими надежное обеспечение в данном регионе. Обращаться в «Компанию Фраунциммера по производству пианино», к управляющему по кредитам мистеру Року, Онтарио, штат Орегон».

Таким образом на протяжении пяти лет мы методично перебрали практически все населенные пункты западных штатов, добравшись до Колорадо. Дело было поставлено на научную основу, с использованием географических карт. Мы так основательно прошерстили все Западное побережье, что вряд ли остался неохваченным хоть самый завалящий городок. Четыре мощных грузовика — собственность компании — непрерывно колесили по дорогам, в каждом из них находился наш надежный сотрудник.

Теперь представьте: указанное объявление появляется, скажем, в «Индепендент джорнал» города Сан-Рафаэль. Вскоре письма с предложениями начинают поступать в нашу орегонскую контору. Тут вступает в дело мой партнер Мори Рок, который сортирует всю эту корреспонденцию и составляет списки потенциальных клиентов. Затем, когда таковых набирается достаточно в заданном районе, хоть в том же Сан-Рафаэле, он связывается с ближайшим транспортом. Положим, это некий Фред, торчащий на своем грузовике в округе Марин. Получив сообщение Мори, он сверяется с собственной картой и списками клиентов. Теперь ему только остается найти телефон-автомат, и можно звонить первому клиенту.

А тем временем Мори посылает авиапочтой ответы каждому откликнувшемуся на наше объявление:

> Уважаемый мистер такой-то!
>
> Нам очень приятно, что Вы откликнулись на наше объявление в «Индепендент джорнал». К сожалению, сотрудник, занимающийся данным вопросом, в настоящий

момент находится в отъезде. Мы направили ему Ваши координаты, чтобы он мог связаться с Вами и сообщить все детали...

и т.д., и т.п.

Что ж, это была хорошая работа... Однако теперь, по прошествии нескольких лет, следует признать: продажа электроорганов трещала по всем швам. Судите сами, за истекший период нам удалось продать в районе Вальехо сорок пианино и ни одного органа.

Такой дисбаланс в продаже наших изделий вызвал некоторую напряженность в отношениях и послужил причиной довольно жаркого спора с моим партнером Мори Роком.

Поздно вечером я прибыл в Онтарио, штат Орегон, намереваясь с утра двинуться дальше на юг, к Санта-Монике. Мне предстояла встреча с нашими спонсорами, пригласившими чиновников из правоохранительного департамента. Так сказать, с целью изучения нашей инициативы, а также методов работы... Ну что ж, благотворительное мероприятие. Столь же бесплатное для нашей компании, сколь и бесполезное, поскольку с некоторых пор мы работали абсолютно законно.

Я бы не назвал Онтарио своей родиной. Вообще-то я родом из Уичита-Фоллз, что в Канзасе. Когда я учился в средней школе, мы переехали в Денвер, а затем в Бойсе, штат Айдахо. Онтарио является в некотором роде пригородом Бойсе, он располагается у самой границы Айдахо. Леса Восточного Орегона к этому месту сходят на нет.

Вы проезжаете по длинному металлическому мосту — и перед вами открывается плоская равнина, вот там-то они и фермерствуют. Я имею в виду местных жителей. Их конек — картофельные пирожки. Оба штата скооперировались и выстроили фабрику по производству этого добра, весьма солидное предприятие, особенно по части электроники. А еще тут чертова прорва япошек, которые перебрались в эти места во время Второй мировой войны, да так и остались выращивать лук и еще какую-то ерунду. Климат здесь сухой, земля дешевая. За крупными покупками люди предпочитают ездить в соседний Бойсе. Что касается последнего, то это довольно большой город, который лично я терпеть не могу, поскольку там не достать приличной китайской еды. Это совсем рядом со старым Орегонским трактом, здесь еще проходит железка на Шайенн.

Наш офис располагается в старом кирпичном здании в самом центре, напротив скобяной лавки. Его легко узнать по фиалковым зарослям, которые так радуют глаз, когда вы только что отмотали сотни миль по безжизненным пустыням Калифорнии и Невады.

Итак, я припарковал у тротуара свой запыленный «шевроле» с откидным верхом и зашагал к зданию, на котором красовалась наша вывеска:

ОБЪЕДИНЕНИЕ МАСА

«МАСА» расшифровывается как «МУЛЬТИПЛЕКСНЫЕ АКУСТИЧЕСКИЕ СИСТЕМЫ АМЕРИКИ». Это изящное псевдонаучное название родилось из лейбла фабрики по производству электроорганов — фамильного предприятия нашей семьи. Мой же компаньон Мори со своей «Компанией Фраунциммера по производству пианино» влился позднее, его имя как нельзя лучше подходило для нашего парка грузовиков. Надо сказать, Фраунциммер — настоящая фамилия Мори, а уж Рока он придумал позже. Я-то лично предпочитаю имя, под которым родился, — Луис Розен, по-немецки — «розы». Я как-то поинтересовался у Мори, что означает его фамилия, оказывается — просто «женщина». Тогда я спросил, откуда взялся Рок.

— А я просто ткнул наугад в энциклопедию, выпало — Рок Сабэд.

— По-моему, ты сделал неверный выбор, — заметил я. — Мори Сабэд звучало бы лучше.

Я взошел по скрипучей лестнице, она была выстроена еще в 1965 году; по-хорошему давно бы ее пора заменить, да денег не хватает. Массивная дверь распахнулась на удивление легко, пара шагов, и я в лифте, эдакой старой автоматической штуковине. Еще через минуту я преодолел несколько последних ступенек и вошел в наш офис. Там было шумно и весело. Парни выпивали, и, судя по всему, уже давно.

Не успел я войти, как Мори бросился в атаку.

— Время идет вперед, — безапелляционно заявил он. — Наши электроорганы уже устарели.

— Ты не прав, — возразил я. — На самом деле электронные органы — это как раз то, что нужно. За электроникой будущее, именно с ее помощью

Америка покоряет космос. Вот увидишь: через десять лет ты не сможешь продать ни одного своего спинета в день. Они окажутся пережитком прошлого.

— Раскрой глаза, Луис, — усмехнулся Мори. — Посмотри на то, что создали наши конкуренты. Взгляни на «Тональный орган Хаммерштайна» или на «Вальдтойфелевскую эйфорию». А после этого скажи, какой дурак захочет барабанить на твоем органе, как на пишущей машинке!

Мори выглядел как всегда — долговязый, с трясущимися руками и заметно увеличенной щитовидкой. Проблема моего партнера состояла в том, что его организм слишком быстро усваивал пищу. Ему приходилось ежедневно глотать кучу пилюль, а когда они не помогали, бедняга принимал радиоактивный йод. Если б Мори выпрямить, в нем было бы около шести футов трех дюймов. Волосы, когда-то черные, изрядно поседели и поредели, но по-прежнему длинными тонкими прядями спускались на плечи Мори. Его большие, выпуклые глаза смотрели на мир неизменно расстроенно, как бы выражая вселенскую грусть по поводу того, что все меняется от плохого к худшему.

— Хороший инструмент не устаревает, — назидательно сказал я, но, похоже, у Мори была своя точка зрения на этот счет.

По сути, наш бизнес сейчас терпел крах из-за этих чертовых исследований мозга, что проводились где-то в середине 60-х, а также изобретения Пенфилдом, Джекобсоном и Олдсом технологий глубинного управления. А хуже всего были их открытия в области среднего мозга. Гипоталамус — это место, где формируются эмоции человека, и вот тут-то мы совершили ошибку. Мы не приняли в расчет гипоталамус. Фабрика Розена никогда не использовала прием шоковой передачи на выборочных частотах коротковолнового диапазона, который стимулирует очень специфические участки среднего мозга. Тем самым мы подписали себе приговор, вся дальнейшая борьба оказалась бесполезной. А ведь это было так просто и эргономично — элементарно добавить несколько дополнительных переключателей к нашей обычной клавиатуре из 88 черно-белых клавиш.

Как и многим другим, мне доводилось иметь дело с «Тональным органом Хаммерштайна» — впечатления приятные, не спорю, хотя, по сути своей, ничего конструктивного. Да, действительно, вы имеете возможность набрать на клавиатуре хитрую комбинацию для стимуляции новых эмоций в ваших мозгах. Допускаю, что теоретически можно даже достичь состояния нирваны. Обе корпорации — Хаммерштайна и Вальдтойфеля — сорвали на этом деле большой куш. Но, друзья мои, это же не музыка! Просто бегство в никуда. Ну и кому это нужно?

— Это нужно мне, — заявил Мори не далее как в декабре 1978-го.

И он пошел и нанял электронщика, уволенного из Федерального космического агентства. Мори надеялся, что этот инженеришка по-быстрому сляпает для него новую улучшенную версию электрооргана с использованием стимуляции гипоталамуса.

Однако Боб Банди, пусть и гений по части электроники, с органами дела никогда прежде не имел. До нас он занимался тем, что проектировал симулякров для правительства. Хочу пояснить: симулякр — это искусственный человек, которого лично я предпочитаю считать элементарным роботом. Их используют в исследовательских экспедициях на Луну, время от времени засылая новые партии с мыса Канаверал.

С увольнением Банди дело было темное. Ну да, конечно, он пил, но это никак не сказывалось на его творческом потенциале. Погуливал, но не больше, чем все мы. Я думаю, его вышвырнули за неблагонадежность. Нет, Банди не являлся коммунистом — смешно даже представить его приверженцем каких-то политических идей; скорее, это был законченный образец бродяги. Ну, знаете, вечно грязная одежда, нечесаные волосы, небритый подбородок и блуждающий взгляд. Добавьте к этому бессмысленную улыбочку — и перед вами портрет Боба Банди. Психиатры из Федерального бюро психического здоровья классифицируют подобных типчиков как ущербных. Наверное, в чем-то они правы: если Бобу задают вопрос, он испытывает определенные трудности с формулированием ответа. Кажется, будто у него срабатывает блокировка речи. Но его руки — они чертовски хороши! Что-что, а свою работу он делать умеет.

Вот потому он и не подпадает под действие Акта Макхестона.

Однако прошло уже много месяцев, как Боб работает на нашу контору, и до сих пор из его трудов не вышло ничего путного. И это невзирая на то, что Мори носится с ним, как курица с яйцом.

— Единственная причина, по которой ты так уперся в свою гавайскую гитару с электроклавиатурой, — заявил мне Мори, — заключается в том, что твой отец и брат занимались этой штуковиной. Вот почему ты не в состоянии посмотреть правде в глаза.

— Ты используешь доводы «ад хоминем», — возразил я. — То есть подменяешь аргументы личными выпадами.

— Талмудистская схоластика, — отмахнулся Мори.

Было совершенно очевидно, что он успел основательно нагрузиться спиртным, как и все остальные. Пока я крутил баранку, они успели выдуть не одну бутылку старого доброго бурбона.

— Ты хочешь расторгнуть наше партнерство? — напрямик спросил я.

В этот момент я и сам хотел того же. Не стоило ему катить пьяную бочку на моего отца и брата. А заодно и на всю нашу фабрику электроорганов в Бойсе с ее персоналом из семнадцати служащих.

— Я только говорю, что новости из Вальехо предрекают скорую кончину нашему главному продукту, — продолжал Мори, — несмотря на его шестидесятитысячный диапазон звуковых комбинаций, часть из которых попросту недоступна человеческому уху. Все вы, Розены, просто помешаны на космических напевах вуду, которые производит ваша дерьмовая аппаратура. И у вас еще хватает духу называть это музыкальными инструментами! Да вам попросту медведь на ухо наступил. Я бы ваш электронный полуторатысячный орган не стал держать дома, даже если б он достался мне даром. Я лучше куплю набор виброфонов.

— Ага, — ухмыльнулся я, — да ты у нас пурист. И кстати, эта штука стоит не полторы тысячи, а тысячу семьсот.

— Твоя форсированная музыкальная шкатулка выдает один только рев, который после модификации превращается в свист. — Мори очевидным образом несло. — Больше она ни на что не годится.

— На ней можно сочинять музыку, — настаивал я.

— Не смеши меня! Я бы скорее назвал этот процесс созданием средства от несуществующей болезни. Черт побери, Луис, тебе следует либо спалить полфабрики, которая производит эту фигню, либо модернизировать ее. Переделать во что-то новое и более полезное для бедного человечества на его мучительном пути вперед. Ты слышишь меня? — Мори раскачивался на стуле, тыча в меня длинным пальцем. — Мы ведь вырвались в небо, движемся к звездам. Человек уже не должен быть таким узколобым придурком, как Луис Розен. Ты слышишь меня?

— Слышу, — ответил я. — Но, сдается мне, именно ты и Боб Банди были теми людьми, которые брались решить все наши проблемы. И вот месяцы прошли, а что же мы имеем?

— Мы имеем нечто, — веско произнес Мори. — И когда ты увидишь это, то будешь вынужден признать, что мы сделали несомненный шаг вперед.

— Да? Ну так покажи мне ваши достижения!

— Ладно, — согласился он. — Мы сейчас поедем на фабрику, тем более что твой папаша и братец Честер наверняка торчат там. Будет только честно продемонстрировать им продукт, который они там у себя производят.

Стоявший с выпивкой в руках Банди одарил меня своей обычной подленькой усмешкой. Было очевидно, что наша беседа изрядно его нервирует.

— Чувствую: вы, парни, собираетесь нас разорить, — сказал я ему.

— Ха, так мы точно разоримся, — парировал Мори. — Особенно если будем маяться дурью с вашим органом «Вольфганг Монтеверди» или той переводной картинкой, которую твой братец Честер наляпал на него в этом месяце.

Мне нечего было ответить, и я предпочел сконцентрироваться на выпивке.

Глава 2

У Мори была седьмая модель «ягуара» выпуска 1954 года. Знаете, такая мечта коллекционера — белая колымага с противотуманными фарами и решеткой, как у «роллс-ройса». Внутри салон радовал обилием света и кожаными, ручной обтяжки, сиденьями орехового цвета. Мой партнер трясся над своим бесценным «ягуаром», постоянно что-то отлаживал и улучшал в нем. Тем не менее на автостраде, связывающей Онтарио с Бойсе, мы тащились со скоростью не выше 90 миль в час. Это бесило меня.

— Послушай, Мори, я жду объяснений, — начал я. — Ну давай, разверни передо мной радужные перспективы, как это ты умеешь.

Мори, не отрываясь от руля, затянулся своей сигарой «Корина спорт», откинулся назад и спросил:

— Как по-твоему, что волнует сегодня Америку?

— Секс, — предположил я.

— Нет.

— Ну, может, соревнование с Россией по завоеванию планет Солнечной системы?

— Нет.

— Ладно, скажи тогда сам.

— Гражданская война тысяча восемьсот шестьдесят первого года.

— О господи! — вырвалось у меня.

— Я не шучу, дружище. Наша нация обременена навязчивой идеей войны между штатами. И я тебе объясню почему: это была первая и единственная военная кампания, в которой американцы принимали полноценное участие! — Он выдул дым от своей «Корины» мне прямо в лицо. — Собственно, это и сделало нас американцами.

— Лично я так не думаю.

— Да брось! Давай заедем в любой крупный город центральных штатов и проведем эксперимент. Опроси десять человек на улице, и, готов биться об заклад, шестеро из них в ответ на подобный вопрос ответят: «Гражданская война тысяча восемьсот шестьдесят первого года». Я просек это еще полгода назад и с тех пор размышлял, какую выгоду можно извлечь из данного факта. Так вот, старик, это может иметь фундаментальное значение для МАСА, если мы, конечно, не прохлопаем ушами. Ты в курсе, у них тут был столетний юбилей, лет десять тому назад?

— Да, — сказал я, — в тысяча девятьсот шестьдесят первом году.

— И он провалился. Кучка бедолаг разыграла пару-тройку битв, и все. Дело обернулось громким пшиком. Ну да ладно, бог с ними! Ты лучше взгляни на заднее сиденье.

Я включил свет внутри салона и обернулся. Там лежало нечто, упакованное в газеты, формами напоминавшее куклу из витрины, ну знаете, эти манекены. И, судя по минимальному количеству выпуклостей в районе грудной клетки, вряд ли женский манекен.

— И что это? — спросил я.

— То, над чем я работал.

— Это пока я надрывался с нашими грузовиками?

— Точно, дружище, — усмехнулся Мори. — И помяни мое слово: пройдет время, и эта затея затмит все наши спинеты и органы. Да так, что у тебя голова кругом пойдет!

Он многозначительно покивал.

— Теперь, пока мы не приехали в Бойсе, выслушай меня, Луис. Я не хочу, чтобы благодаря твоему папочке и Честеру для нас наступили тяжелые времена. Вот почему нужно ввести тебя в курс дела прямо сейчас. Эта штуковина, там сзади, принесет миллиард баксов нам или любому, кому посчастливится ее найти. И вот что я собираюсь сделать. Я сейчас съеду с дороги и где-нибудь продемонстрирую ее тебе. Может, у закусочной или на заправке — да в любом месте, где достаточно светло. — Мори выглядел напряженным, руки его дрожали больше обычного.

— А кто поручится, что там у тебя не припрятан двойник Луиса Розена? — спросил я. — Вдруг ты собираешься вырубить меня, а эту чертову штуковину посадить на мое место?

Мой компаньон внимательно посмотрел на меня.

— Почему ты спросил? Нет, все не так, дружище, но по случайности ты почти попал в яблочко. Вижу, котелок у тебя еще варит. Как в старые добрые времена, когда мы были зелеными юнцами и ничего не имели за душой. Если, конечно, не считать твоего папаши и вечно озабоченного братца. Черт, интересно, почему же Честер не стал сельским ветеринаром, как собирался вначале? Это здорово облегчило бы нам жизнь. Так нет же, вместо этого, извольте радоваться — фабрика спинет-пианино в Бойсе, штат Айдахо. Бред какой-то! — покачал головой Мори.

— Ну, твоя-то семейка и того не сделала, — заметил я. — Они вообще ничего не сделали и не создали. Типичное сборище посредственностей, проходимцы от швейной промышленности. Может, скажешь, это они поддержали наш бизнес, а не мой отец и Честер? Короче, во-первых, я хочу знать, что это за дрянь у тебя на заднем сиденье. И во-вторых, я не собираюсь останавливаться на заправке или у закусочной. У меня смутное предчувствие, что ты и впрямь собираешься каким-то образом подставить меня. Так что давай крути баранку.

— Но подобную вещь не описать словами, ты должен видеть.

— Уверен, ты справишься. Мошенничество — это как раз твой конек.

— Ну хорошо, я тебе объясню, почему их чертов юбилей тогда провалился. Потому что парни, которые когда-то сражались и клали свои жизни за Союз или Конфедерацию, уже мертвы. Никто не может перевалить за столетний срок. А если такие и есть, то они ни на что уже не годны — по крайней мере, ружье они в руки не возьмут. Согласен?

— Хочешь сказать, у тебя там припрятана мумия или какой-нибудь зомби из ужастиков? — поинтересовался я.

— Я тебе скажу, что у меня там. В эту кучу газет у меня упакован Эдвин М. Стэнтон.

— Кто-кто?

— Он был военным советником у Линкольна.

— А!

— Я не шучу.

— И когда же он умер?

— Давным-давно.

— Я так и думал.

— Послушай, — сказал Мори. — Я создал электронного симулякра, вернее, Банди его создал для нас. Это обошлось мне в шесть тысяч, но оно того стоило. Давай остановимся у закусочной на ближайшей заправке, и я устрою демонстрацию. Думаю, это единственный способ тебя убедить.

У меня мурашки побежали по коже.

— В самом деле?

— А ты думаешь, это дешевый розыгрыш?

— Боюсь, нет. Мне кажется, ты абсолютно серьезен.

— Точно, приятель, — подтвердил Мори. Он сбавил скорость и включил поворотник. — Я остановлюсь вон там, видишь вывеску «У Томми. Отличные итальянские обеды и легкое пиво».

— Ну и дальше? Что ты имеешь в виду под демонстрацией?

— Мы просто распакуем его, он войдет с нами в закусочную, закажет пиво и цыпленка. Вот что я имею в виду под демонстрацией.

Мори припарковал свой «ягуар» и открыл заднюю дверцу. Он зашуршал газетами, и довольно скоро нашим глазам предстал пожилой джентльмен в старомодной одежде. Лицо его украшала седая борода, глаза были закрыты, руки скрещены на груди.

— Вот увидишь, насколько он будет убедителен, когда закажет себе пиццу, — пробормотал Мори и защелкал какими-то переключателями на спине робота. Мгновенно лицо джентльмена приняло замкнутое, сердитое выражение, и он проворчал:

— Будьте любезны убрать свои руки от меня, мой друг.

Мори торжествующе ухмыльнулся:

— Ты видел это?

Тем временем робот медленно сел и начал тщательно отряхиваться. Он сохранял строгий и злобный вид, как будто мы и впрямь причинили ему какой-то вред. Возможно, этот джентльмен подозревал, что мы оглушили и силой захватили его, и вот он только-только пришел в себя. Я начинал верить, что ему удастся одурачить кассира в «Отличных обедах у Томми». А еще мне стало ясно: Мори все просчитал заранее. Если б я не видел собственными глазами, как эта штука ожила, то вполне мог бы купиться. Пожалуй, решил бы, что передо мной просто патриархального вида джентльмен, приводящий в порядок одежду и потрясающий при этом своей раздвоенной бородой с выражением праведного гнева.

— Так, ясно, — медленно произнес я.

Мори распахнул заднюю дверцу, и Эдвин М. Стэнтон с достоинством вышел из машины.

— У него деньги-то есть? — поинтересовался я.

— Ну конечно, — возмутился мой компаньон. — И давай без глупых вопросов, ладно? Поверь, все очень серьезно. Может, серьезнее, чем когда-либо.

Шурша по гравиевой дорожке, мы отправились в ресторанчик. Мори вполголоса развивал свою мысль:

— Это дело открывает блестящее будущее для нас. И кстати, шикарные экономические перспективы для всей Америки.

В ресторане мы заказали пиццу, но она оказалась подгоревшей, и Эдвин М. Стэнтон закатил скандал, размахивая кулаком перед носом у хозяина заведения. В конце концов мы все же оплатили счет и удалились.

Я взглянул на часы — прошел уже час, как мы должны были прибыть на Фабрику Розена. Меня вообще одолевали сомнения, что мы попадем туда сегодня. Мори почувствовал мою нервозность.

— Не переживай, дружище, — успокоил он меня, заводя машину. — С этим новомодным твердым топливом для ракет я смогу выжать из моей крошки все двести миль.

— Я бы посоветовал не рисковать понапрасну, — раздался ворчливый голос Эдвина М. Стэнтона. — Разумеется, если безусловный выигрыш не перевешивает риск.

— Кто бы спорил, — откликнулся Мори.

«Фабрика Розена по производству пианино и электроорганов» (формально она именовалась заводом) вряд ли являлась достопримечательностью города Бойсе. С виду это плоское одноэтажное здание, смахивающее на пирог в один слой, с собственной парковкой. Вывеска — с тяжелыми пластиковыми буквами и подсветкой — выглядит очень современно, зато окон немного, только в офисе.

Когда мы подъехали, уже совсем стемнело, и фабрика была закрыта. Пришлось ехать дальше, в жилой район.

— Как вам здесь нравится? — спросил мой компаньон у Эдвина М. Стэнтона.

Робот, всю дорогу сидевший очень прямо на заднем сиденье, немедленно откликнулся:

— Не назовешь приятным местом. Я нахожу довольно безвкусным жить здесь.

— Послушайте, вы! — возмутился я. — Моя семья живет здесь, неподалеку, и я бы попросил...

Я и в самом деле разозлился, услышав, как эта фальшивка критикует настоящих людей, тем более — моего замечательного отца. Я уж не говорю о моем брате, Честере Розене! Среди радиационных мутантов можно было по пальцам пересчитать тех, кто, подобно ему, достиг чего-то в производстве пианино и электроорганов. «Особорожденные» — вот как их называют! Подняться столь высоко при нынешних предрассудках и дискриминации... Ни для кого не секрет, что университет, а следовательно, и большинство приличных профессий для них закрыты.

Честер, Честер... Нашу семью всегда безумно расстраивало, что глаза у него расположены под носом, а рот — как раз там, где полагается быть глазам. Но в этом виноват не он, а те, кто испытывал водородную бомбу в 50–60-х годах. Именно из-за них страдает сегодня Честер и подобные ему. Помню, ребенком я зачитывался книгами о врожденных дефектах — тогда, пару десятилетий назад, эта тема многих волновала. Так вот, там описывались такие случаи, по сравнению с которыми наш Честер — почти нормальный человек. Хуже всего были истории про младенцев, которые просто распадались во чреве, а потом рождались по кусочкам: челюсть, рука, пригоршня зубов, пальцы. Как те пластмассовые детальки, из которых ребятишки склеивают модели самолетов. Беда только в том, что этих несчастных эмбрионов уже было не собрать воедино. Во всем мире не сыскать такого клея, который позволил бы их снова склеить. Лично меня подобные статьи неизменно вгоняли в длительную депрессию.

А еще появлялись новорожденные, сплошь заросшие густыми волосами, как тапочки из шерсти тибетского яка. И те, чья кожа до того пересыхала, что шла глубокими трещинами, как будто они побывали на Солнце. Так что оставим в покое бедного Честера. «Ягуар» остановился у края тротуара напротив нашего дома. В гостиной горел свет — видимо, родители с братом смотрели телевизор.

— Давай пошлем Эдвина М. Стэнтона вперед, — предложил Мори. — Пусть он постучится, а мы понаблюдаем из машины.

— Вряд ли это хорошая мысль, — усомнился я. — Отец за милю признает фальшивку. Еще, чего доброго, спустит его с лестницы, и ты потеряешь свои шесть сотен, или сколько там ты заплатил.

Хотя, скорее всего, затраты спишутся на счет МАСА, подумал я.

— Пожалуй, я рискну, — сказал Мори, придерживая заднюю дверцу, чтоб его протеже мог выйти.

Он снабдил его директивой, довольно нелепой, на мой взгляд:

— Ступай к дому номер тысяча четыреста двадцать девять и позвони в дверь. Когда тебе откроют, произнеси следующую фразу: «Теперь он принадлежит векам» — и жди.

— Что все это означает? — возмутился я. — Какой-то магический пароль, открывающий двери?

— Это знаменитое высказывание Стэнтона, — пояснил Мори, — по поводу смерти Линкольна.

— Теперь он принадлежит векам, — повторял Стэнтон, пересекая тротуар и поднимаясь по ступеням.

— Давай я пока вкратце расскажу тебе, как мы сконструировали Эдвина М. Стэнтона, — предложил мой компаньон. — Как собирали по крупицам всю информацию о нем, а затем готовили и записывали в Калифорнийском университете управляющую перфоленту центральной монады мозга образца.

— Да ты отдаешь себе отчет, что вы делаете, — возмутился я. — Подобным жульничеством ты попросту разрушаешь МАСА! Эта ваша дрянь, у которой мозгов кот наплакал! И зачем я только с тобой связался?

— Тише, — прервал меня Мори, так как Стэнтон уже звонил в дверь.

Открыл ему мой отец. Я видел его в дверях — домашние брюки, шлепанцы и новенький халат, подаренный мною на Рождество. Зрелище было достаточно внушительное, и Стэнтон, уже начавший заготовленную фразу, дал задний ход. В конце концов он пробормотал:

— Сэр, я имею честь знать вашего сына Луиса.

— О да, — кивнул отец. — Он сейчас в Санта-Монике.

Очевидно, название было незнакомо Эдвину М. Стэнтону, он умолк и застыл в растерянности. Рядом со мной чертыхнулся Мори, меня же эта ситуация безумно смешила. Вот он, его симулякр, стоит на крыльце, как неопытный коммивояжер, не умеющий подобрать слова.

Однако, надо признать, картина была замечательная: два пожилых джентльмена, стоящие друг перед другом. Стэнтон, в своей старомодной одежде и с раздвоенной бородкой, выглядел не намного старше моего отца. Два патриарха в синагоге, подумалось мне. Наконец отец вспомнил о приличиях:

— Не желаете зайти?

Он отступил в сторону, и симулякр проследовал внутрь. Дверь захлопнулась. Освещенная лужайка перед домом опустела.

— Ну, что скажешь? — усмехнулся я.

Мори промолчал. Мы прошли в дом и застали там следующую мизансцену: мама и Честер смотрели телевизор. Стэнтон, чинно сложив руки на коленях, сидел на диване в гостиной и беседовал с моим отцом.

— Папа, — обратился я к нему, — ты попусту тратишь время, разговаривая с этой штукой. Знаешь, что это? Примитивная машина, вещь, на которую наш Мори выкинул шестьсот баксов.

Оба — и мой отец, и Стэнтон — умолкли и уставились на меня.

— Ты имеешь в виду этого почтенного джентльмена? — спросил отец, закипая праведным гневом. Он нахмурился и громко, отчетливо произнес: — Запомни, Луис, человек — слабый тростник, самая хрупкая вещь в природе. Чтобы погубить его, вовсе не требуется мощи всей вселенной, подчас достаточно одной капли воды. Но, черт побери, это мыслящий тростник!

Отец все больше заводился. Ткнув в меня указующим перстом, он прорычал:

— И если весь мир вознамерится сокрушить человека, знаешь, что произойдет? Ты знаешь? Человек проявит еще большее благородство! — Он резко стукнул по ручке кресла. — А знаешь почему, mein Kind?[1] Потому что ему известно: рано или поздно он умрет. И я тебе скажу еще одну вещь: у человека перед этой чертовой вселенной есть преимущество — понимание того, что происходит! Именно в этом — наше главное достоинство, — закончил отец, немного успокоившись. — Я хочу сказать: человек слаб, ему отведено мало места и пространства. Но зато Господь Бог даровал ему мозги, которые он может применять. Так кого же ты здесь назвал вещью? Это не вещь, это ein Mensch. Человек!

— Послушайте, я хочу рассказать вам одну шутку. — И отец принялся рассказывать какую-то длинную шутку, наполовину на английском, наполовину на идише. Когда он закончил, все улыбнулись, хотя Эдвин М. Стэнтон, на мой взгляд, — несколько натянуто.

Я постарался припомнить, что же мне доводилось читать о нашем госте. В памяти всплывали отрывочные сведения из времен Гражданской войны и периода реорганизации Юга. Эдвин М. Стэнтон был достаточно резким парнем, особенно в пору его вражды с Эндрю Джонсоном, когда пытался спихнуть прези-

[1] Дитя мое *(нем.)*.

дента посредством импичмента. Боюсь, он не оценил в полной мере анекдот моего отца, уж больно тот смахивал на шуточки, которые Стэнтон целыми днями выслушивал от Линкольна в бытность его советником. Однако остановить моего отца было невозможно, ведь недаром он являлся сыном ученика Спинозы, кстати, весьма известного. И хотя в школе бедный папа не продвинулся дальше седьмого класса, он самостоятельно перечитал кучу всевозможных книг и даже вел переписку со многими литературными деятелями всего мира.

— Сожалею, Джереми, — произнес Мори, когда отец перевел дух, — но Луис говорит правду.

Он направился к Эдвину М. Стэнтону, потянулся и щелкнул у него за ухом. Симулякр булькнул и застыл на манер манекена в витрине. Его глаза потухли, руки замерли и одеревенели. Картинка была еще та, и я обернулся, чтобы поглядеть, какой эффект это произвело на мое семейство. Даже Честер с мамой оторвались на миг от своего телевизора. Все переваривали зрелище. Если атмосфере этого вечера прежде и не хватало философии, то теперь настроение изменилось. Все посерьезнели. Отец даже подошел поближе, чтоб самолично осмотреть робота.

— Ой, гевальт![1] — покачал он головой.

— Я могу снова включить его, — предложил Мори.

---

[1] Ой, кошмар! *(идиш) (Прим. ред.)*

— Nein, das geht mir night[1]. — Отец вернулся на свое место и поудобнее уселся в своем легком кресле.

Затем он снова заговорил, и в его слабом голосе теперь слышалась покорность:

— Ну, как там дела в Вальехо? — В ожидании ответа он достал сигару «Антоний и Клеопатра», обрезал ее и прикурил. Это замечательные гаванские сигары ручного изготовления, и характерный аромат сразу же наполнил гостиную.

— Много продали органов и спинетов «Амадеус Глюк»? — хмыкнул отец.

— Джереми, — подал голос Мори, — спинеты идут как лемминги, чего не скажешь про органы.

Отец нахмурился.

— У нас было совещание на высшем уровне по этому поводу, — продолжил Мори. — Выявились некоторые факты. Видите ли, розеновские электроорганы...

— Погоди, — прервал его мой отец. — Не спеши, Мори. По эту сторону железного занавеса органы Розена не имеют себе равных.

Он взял с кофейного столика месонитовую плату, одну из тех, на которых устанавливаются резисторы, солнечные батарейки, транзисторы, провода и прочее.

— Я поясню принципы работы нашего электрооргана, — начал он. — Вот здесь цепи микрозадержки...

---

[1] Нет, мне этого не надо *(нем.)*.

— Не надо, Джереми. Мне известно, как работает орган, — прервал его Мори. — Позвольте мне закончить.

— Ну, валяй. — Отец отложил в сторону месонитовую плату, но прежде, чем Мори открыл рот, договорил: — Но если ты надеешься выбить краеугольный камень нашего бизнеса только на том основании, что сбыт органов временно — заметь, я говорю это обоснованно, на основе личного опыта — так вот, временно снизился...

— Послушайте, Джереми, — выпалил мой компаньон, — я предлагаю расширение производства.

Отец приподнял бровь.

— Вы, Розены, можете и впредь производить свои органы, — сказал Мори, — но я уверен: как бы они ни были хороши, объемы продаж будут и дальше снижаться. Нам нужно нечто совершенно новое. Подумайте, Хаммерштайн со своим тональным органом плотно забил рынок, и мы не сможем с ним конкурировать. Так что у меня другое предложение.

Отец слушал внимательно, он даже приладил свой слуховой аппарат.

— Благодарю вас, Джереми, — кивнул Мори. — Итак, перед вами Эдвин М. Стэнтон, симулякр. Уверяю вас, он ничуть не хуже того Стэнтона, что жил в прошлом веке. Вы и сами могли в этом убедиться сегодня вечером, беседуя с ним на разные темы. В чем ценность моего изобретения? Где его целесообразно использовать? Да прежде всего в образовательных целях. Но это еще цветочки, я сам начал со школ, а потом понял: симулякр дает гораздо больше возможностей. Это верная выгода, Джереми. Смотрите, мы выходим на президента Мендосу с предложением заменить их игрушечную войну грандиозным десятилетним шоу, посвященным столетию США. Я имею в виду юбилейный спектакль по поводу Гражданской войны. Мы, то есть фабрика Розена, обеспечиваем участников-симулякров для шоу. Да будет вам известно, что «симулякр» — собирательный термин латинского происхождения, означает «любой». Да-да, именно любой — Линкольн, Стэнтон, Джефф Дэвис, Роберт И. Ли, Лонгстрит, а с ними еще три миллиона рядовых вояк хранятся у нас на складе. И мы устраиваем спектакль, где участники по-настоящему сражаются. Наши сделанные на заказ солдаты рвутся в бой, не в пример этим второсортным наемным статистам, которые не лучше школьников, играющих Шекспира. Вы следите за моей мыслью? Чувствуете, какой масштаб?

Ответом ему было гробовое молчание. Что касается меня, то я вполне оценил масштаб.

— Через пять лет мы сможем поспорить с «Дженерал дайнамикс», — добавил Мори.

Мой отец смотрел на него, покуривая свою сигару.

— Не знаю, не знаю, Мори, — сказал он наконец, покачивая головой.

— Почему же нет? Объясните мне, Джереми, что не так?

— Мне кажется, временами тебя заносит. — В голосе отца слышалась усталость. Он вздохнул. — Или, может, это я старею?

— Да уж, не молодеете. — Мори выглядел расстроенным и подавленным.

— Может, ты и прав. — Отец помолчал немного, а затем проговорил, как бы подводя черту: — Нет, твоя идея чересчур грандиозна, Мори. Мы не дотягиваем до подобного величия. Слишком сокрушительным грозит оказаться падение с такой высоты, nicht wahr?[1]

— С меня довольно вашего немецкого, — проворчал Мори. — Если вы не одобряете мое предложение, что ж, дело ваше... Но для меня уже все решено. Я за то, чтоб двигаться вперед. Вы знаете, в прошлом у меня не раз рождались идеи, которые приносили нам прибыль. Так вот поверьте, эта — самая лучшая! Время не стоит на месте, Джереми. И мы должны идти в ногу с ним.

Мой отец печально продолжал курить сигару, погруженный в свои мысли.

---

[1] Не правда ли? *(нем.)*

Глава 3

Все еще надеясь переубедить моего отца, Мори оставил у него Стэнтона — так сказать, на консигнацию[1], — а мы покатили обратно в Орегон. Дело близилось к полуночи, и Мори предложил переночевать у него. Настроение у меня после разговора с отцом было поганое, так что я с радостью согласился. Мне вовсе не улыбалась перспектива провести остаток ночи в одиночестве.

Однако в доме Мори меня ждал сюрприз: его дочь Прис, оказывается, уже выписалась из клиники в Канзас-Сити, куда она была помещена по настоянию Федерального бюро психического здоровья.

Я знал от Мори, что девочка перешла под наблюдение этой организации на третьем году средней школы, когда ежегодная плановая про-

---

[1] Консигнация — форма комиссионной продажи товаров, при которой их владелец передает комиссионеру товар для продажи со склада комиссионера.

верка обнаружила у нее тенденцию к «нарастанию сложностей», как теперь это называется у психиатров. Или, попросту говоря, к шизофрении.

— Пойдем, она поднимет тебе настроение, — сказал Мори, заметив мою нерешительность у двери. — Это как раз то, что нужно нам обоим. Прис так выросла с тех пор, как ты видел ее в последний раз, — совсем взрослая стала. Ну, входи же!

Он за руку ввел меня в дом.

Прис, одетая в розовые бриджи, сидела на полу в гостиной. Она заметно похудела с нашей последней встречи, прическа также изменилась — стала намного короче. Ковер вокруг был усеян разноцветной кафельной плиткой, которую Прис аккуратно расщелкивала на правильные кусочки при помощи кусачек с длинными ручками. Увидев нас, она вскочила:

— Пойдем, я покажу тебе кое-что в ванной.

Я осторожно последовал за ней.

Всю стену ванной комнаты занимала мозаика — там красовались разнообразные рыбы, морские чудовища, обнаружилась даже одна русалка. Все персонажи были выполнены в совершенно невообразимой палитре. Так, у русалки оба соска оказались ярко-красными — два алых пятнышка на груди. Впечатление было одновременно интригующим и отталкивающим.

— Почему бы тебе не пририсовать светлые пузырьки к этим соскам? — сказал я. — Представляешь, входишь в сортир, включаешь свет —

а там блестящие пузырьки указывают тебе дорогу!

Очевидно, эта цветовая оргия являлась результатом восстановительной терапии в Канзас-Сити. Считалось, что психическое здоровье человека определяется наличием созидательной деятельности в его жизни. Десятки тысяч граждан находились под наблюдением Бюро в качестве пациентов клиник, разбросанных по всей стране. И все они непременно были заняты шитьем, живописью, танцами или переплетными работами, изготовлением поделок из драгоценных камней или кройкой театральных костюмов. Практически все эти люди находились там не по доброй воле, а согласно закону. Многие, подобно Прис, были помещены в клинику в подростковом возрасте, когда обостряются психические заболевания.

Надо думать, состояние Прис в последнее время улучшилось, иначе бы ее просто не выпустили за ворота клиники. Но, на мой взгляд, она все еще выглядела довольно странно. Я внимательно разглядывал ее, пока мы шли обратно в гостиную. Маленькое суровое личико с заостренным подбородком, черные волосы, растущие ото лба характерным треугольником. По английским поверьям, это предвещает раннее вдовство. Вызывающий макияж под Арлекина — обведенные черным глаза и почти лиловая помада — делал ее лицо нереальным, каким-то кукольным. Казалось, оно прячется за странной маской, надетой поверх кожи. Худоба девушки довершала эффект — невольно на ум приходили жуткие создания, застывшие в Пляске Смерти. Кто их вызвал к жизни и как? Явно уж не при помощи обычного процесса метаболизма. Мне почему-то подумалось: наверное, эта девушка питалась одной только ореховой скорлупой. Кто-то мог бы, пожалуй, назвать ее хорошенькой, пусть и немного необычной. А по мне, так наш старина Стэнтон выглядел куда нормальнее, чем эта девица.

— Милая, — обратился к ней Мори, — мы оставили Эдвина М. Стэнтона в доме папы Луиса.

— Он выключен? — сверкнула глазами юная леди, этот огонь впечатлил и напугал меня.

— Прис, — сказал я, — похоже, твои врачи в клинике разрыли могилу с монстром, когда выпустили тебя.

— Благодарю. — На ее лице не отразилось никаких чувств. Этот ее абсолютно ровный тон был знаком мне еще по прежним временам. Никаких эмоций, даже в самых критических ситуациях — вот манера поведения Прис.

— Давай приготовим постель, — попросил я Мори, — чтоб я мог лечь.

Вдвоем мы разложили кровать в гостевой спальне, побросали туда простыни, одеяла и подушку. Прис не изъявила ни малейшего желания помочь, она попросту вернулась к своей черепице в гостиной.

— И как долго она работала над своей мозаикой? — спросил я.

— С тех пор, как приехала из клиники. Знаешь, первые две недели после возвращения она должна была постоянно показываться психиатрам в районном Бюро. Ее ведь фактически еще не выписали, сейчас она на пробной адаптационной терапии, своего рода свобода в кредит.

— Так ей лучше или хуже?

— Намного лучше. Я ведь никогда не рассказывал тебе, насколько плоха она была там, в старшей школе. Благодарение богу за Акт Макхестона! Я не знаю, что с ней было бы сейчас, если бы болезнь не обнаружили своевременно. Думаю, она разваливалась бы на части из-за параноидальной шизофрении или вообще превратилась в законченного гебефреника[1]. Так или иначе, пожизненное заключение в клинике ей было бы обеспечено.

— Она выглядит довольно странно, — сказал я.

— А как тебе нравится ее мозаика?

— Нельзя сказать, чтоб она украсила твой дом...

— Что ты понимаешь! — рассердился Мори.

— Я спросила, он выключен? — Прис стояла в дверях спальни. Выражение лица было недовольным и подозрительным, как будто она знала, что мы говорили о ней.

— Да, — ответил Мори. — Если только Джереми вновь не включил его, чтобы продолжить дискуссию о Спинозе.

---

[1] Гебефрения — юношеская форма шизофрении, протекающая с ребячливостью, дурашливой веселостью, кривлянием, бессмысленным шутовством.

— Интересно, насколько велик интеллектуальный багаж вашего протеже, — спросил я. — Если вы просто накачали кучу случайных сведений, боюсь, он ненадолго заинтересует моего отца.

Ответила мне Прис:

— Он знает все, что знал настоящий Эдвин М. Стэнтон. Мы исследовали его жизнь до мельчайших подробностей.

Я выставил их обоих за дверь, разделся и лег в постель. Мне было слышно, как Мори пожелал спокойной ночи дочери и поднялся к себе в спальню. Затем наступила тишина, нарушаемая лишь щелканьем в гостиной. Прис продолжала трудиться.

Где-то с час я лежал в постели, пытаясь заснуть. Порой мне это удавалось, но назойливое «щелк-щелк» вновь возвращало меня к действительности. В конце концов, отчаявшись, я включил свет, снова оделся, пригладил волосы и вышел из комнаты. Прис сидела все в той же причудливой позе йога, как и два часа назад. Огромная куча нарезанных плиток громоздилась рядом.

— Я не могу заснуть при таком шуме, — пожаловался я.

— Плохо. — Она даже не подняла глаз.

— Я вроде бы как гость в вашем доме...

— Ты можешь пойти еще куда-нибудь.

— Я знаю, что это все символизирует. — Во мне невольно нарастало раздражение. — Кастрацию тысяч и тысяч мужчин. Стоило ли ради этого покидать клинику? Чтобы сидеть здесь ночь напролет и заниматься подобной ерундой!

— Я просто делаю мою работу.

— Какую еще работу? Рынок труда переполнен, детка. Ты никому не нужна.

— Меня это не пугает, я знаю, что уникальна. У меня уже есть предложение от компании, занимающейся обработкой Эмиграции. Там большой объем статистической работы.

— Ага, будешь сидеть и решать, кто из нас может улететь с Земли, а кто нет!

— Ошибаешься, это не для меня. Я не собираюсь быть рядовым бюрократом. Ты слышал когда-нибудь о Сэме К. Барроузе?

— Нет, — ответил я, хотя имя показалось мне смутно знакомым.

— О нем была статья в «Лук». В возрасте двадцати лет он ежедневно вставал в пять утра, съедал миску размоченного чернослива и пробегал две мили по улицам Сиэтла. Затем возвращался домой, чтобы принять холодный душ, побриться, и уходил изучать свои книги по юриспруденции.

— Так он юрист?

— Уже нет, — ответила Прис. — Посмотри сам, вон там, на полке, копия журнала.

— Какое мне дело до этого? — проворчал я, но все же отправился, куда она мне указала.

Действительно, на обложке красовалась фотография мужчины с подписью:

СЭМ К. БАРРОУЗ,
САМЫЙ ПРЕДПРИИМЧИВЫЙ
МУЛЬТИМИЛЛИОНЕР АМЕРИКИ

Статья была датирована 18 июня 1981 года, то есть информация довольная свежая. Фотограф и впрямь захватил момент, когда Сэм Барроуз совершал утреннюю пробежку по одной из центральных улиц Сиэтла. Серая футболка, шорты цвета хаки и совершенно невыразительные глаза. Как камешки, налепленные на лицо снеговика. Очевидно, широкая, на все лицо, улыбка призвана была компенсировать недостаток эмоций.

— Ты, наверное, видел его по телевизору, — сказала Прис.

— Точно, видел.

Я и в самом деле припомнил, что где-то с год назад видел Барроуза по «ящику», и тогда он произвел на меня самое неприятное впечатление. Перед глазами встали кадры интервью, когда он, близко склонившись к микрофону, что-то очень быстро и невнятно бубнил.

— И почему ты хочешь работать на него? — спросил я.

— Сэм К. Барроуз — величайший биржевик из всех живущих ныне на Земле, — ответила Прис. — Подумай об этом.

— Наверное, именно поэтому мы все и бежим с нашей планеты, — заметил я. — Все риелторы вынуждены сваливать, потому что здесь стало нечего продавать. Тьма народу, и ни клочка свободной земли.

И тут я вдруг вспомнил: Сэм К. Барроуз участвовал в земельных спекуляциях на государственном уровне. Посредством ряда успешных и вполне законных сделок ему удалось получить от правительства Соединенных Штатов разрешение на частные земельные владения на других планетах. Именно он собственноручно открыл дорогу на Луну, Марс и Венеру тем сотням хищников, которые сейчас с азартом рвали на части эти планеты. Да уж, имя Сэма К. Барроуза навечно войдет в историю.

— Так ты, значит, собираешься работать на человека, который умудрился загадить далекие девственные миры, — констатировал я.

Его маклеры, сидя в своих офисах по всей Америке, налево и направо торговали разрекламированными участками на Луне.

— Далекие девственные миры! — скривилась Прис. — Не более чем агитационный слоган консерваторов.

— Но правдивый слоган, — парировал я. — Послушай, давай разберемся. Предположим, ты купила их участок. И что бы ты с ним делала? Как жила бы там? Без воздуха, без воды, без тепла...

— Все это можно обеспечить, — заявила Прис.

— Но как?

— Это именно то, что делает Барроуза великим, — принялась она объяснять, — его предусмотрительность. Предприятия Барроуза, работающие день и ночь...

— Жульнические предприятия, — вставил я.

Прис заткнулась, и воцарилось напряженное молчание. Я попробовал зайти с другой стороны:

— А ты когда-нибудь говорила с самим Барроузом? Поверь мне, одно дело создавать себе героя из парня, чья рожа светится с обложек журнала, и совсем другое — выбор работы. Я все понимаю: ты юная девушка, это так естественно — идеализировать человека, который открыл дорогу на Луну и все такое. Но подумай, ведь речь идет о твоем будущем!

— На самом деле я послала запрос в одну из его контор, — сказала Прис. — И указала, что настаиваю на личной встрече с Барроузом.

— Думаю, они рассмеялись тебе в лицо.

— Нет, они отправили меня в его офис. Он целую минуту сидел и слушал меня. Затем, естественно, вернулся к другим делам, а меня переадресовал к менеджеру по персоналу.

— И что же вы обсудили за эту минуту?

— Я просто смотрела на него, а он смотрел на меня. Ты же никогда не видел его в реальной жизни. А он невероятно привлекателен...

— На экране он был похож на ящерицу.

— Затем я сказала, что в качестве его секретарши могла бы ограждать его от домогательств тех бездельников, которые попусту тратят чужое время. Знаешь, я ведь умею быть жесткой. Это просто — включил-выключил. И в то же время я никогда не прогоню нужного человека, который действительно пришел по делу. Понимаешь?

— А письма? Ты умеешь вскрывать письма?

— Для этого есть машины.

— Это, кстати, то, чем занимается твой отец в нашей компании.

— Я в курсе. И именно поэтому я никогда не стала бы работать у вас. Вы так малы, что почти и не существуете. Нет, я не смогла бы заниматься письмами или другой рутинной работой. Но я тебе скажу, что я могу. Знаешь, ведь идея создания этого симулякра, Эдвина М. Стэнтона, принадлежит мне.

Что-то кольнуло меня в сердце.

— Мори это даже не пришло бы в голову, — продолжала Прис. — Банди — другое дело, он гений в своей области. Но, к несчастью, это идиот, чей мозг подточен гебефренией. Стэнтона сконструировала я, а он только построил. Согласись, это несомненный успех, то, чего мы добились. И нам не понадобились для этого никакие кредиты. Простая и приятная работа, как вот эта.

Она снова вернулась к своим ножницам.

— Креативная работа.

— А что делал Мори? Шнурки у него на ботинках завязывал?

— Мори был организатором. А также занимался снабжением всего предприятия.

Меня преследовало ужасное чувство, что Прис говорит правду. Можно было бы, конечно, все проверить у Мори, но к чему? Я и так знал, что эта девочка абсолютно не умеет лгать. Здесь она, скорее всего, пошла в мать. Которую я, кстати, совсем не знал. Они развелись еще до того, как мы с Мори встретились и стали партнерами. Обычное дело — неполная семья.

— А как идут твои сеансы с психоаналитиком?

— Отлично. А твои?

— Мне они не нужны.

— Вот здесь ты ошибаешься, — улыбнулась Прис. — Не стоит прятать голову в песок, Луис. Ты болен не меньше меня.

— Ты не могла бы прерваться со своим занятием? Чтоб я мог пойти и заснуть.

— Нет, — ответила она. — Я хочу сегодня закончить с этим осьминогом.

— Но если я не посплю, у меня будет спад. Я просто вырублюсь.

— И что?

— Ну пожалуйста, — попросил я.

— Еще два часа. — Прис была неумолима.

— Скажи, а все, вышедшие из клиники, такие как ты? — поинтересовался я. — Молодое поколение, так сказать, наставленное на путь истинный. Неудивительно, что у нас эта проблема с продажей органов.

— Каких органов? — пожала плечами Прис. — Лично у меня все органы на месте.

— Наши органы электронные.

— Только не мои. У меня все из плоти и крови.

— И что из того? По мне, так лучше бы они были электронные, глядишь, тогда б ты сама отправилась в постель и предоставила такую возможность гостю.

— Ты не мой гость. Позволь напомнить: тебя пригласил мой отец. И кончай толковать о постели, или я сама это сделаю. Знаешь, я ведь могу сказать отцу, что ты гнусно приставал ко мне. Это положит конец вашему «Объединению МАСА», а заодно и твоей карьере. Тогда проблема органов, неважно — натуральных или электронных, перестанет волновать тебя. Так вот, приятель, давай вали в свою постель и радуйся, что у тебя нет более важных поводов для беспокойства. — И Прис возобновила свое щелканье.

Мне нечего было ответить, так что после минутного раздумья я поплелся в свою комнату.

О боже, подумал я, Стэнтон, по сравнению с этой девчонкой, просто образец теплоты и дружелюбия!

При этом, очевидно, она не испытывает никакой враждебности по отношению ко мне. Скорее всего, Прис даже не понимает, что как-то обидела или ранила меня. Просто она хочет продолжить свою работу, вот и все. С ее точки зрения, ничего особого не произошло. А мои чувства ее не интересуют.

Если б она действительно недолюбливала меня... Хотя о чем я говорю? Вряд ли это понятие ей доступно. Может, оно и к лучшему, подумал я, запирая дверь спальни. Симпатии, антипатии — это для нее чересчур человеческие чувства. Она видела во мне просто нежелательную помеху, нечто, отвлекающее от дела во имя пустопорожних разговоров.

В конце концов я решил: ее проблема в том, что она мало общалась с людьми вне клиники. Скорее всего, она их воспринимает сквозь призму собственного существования. Для Прис люди важны не сами по себе, а в зависимости от их воздействия на нее — позитивного или негативного...

Размышляя таким образом, я снова попытался устроиться в постели: вжался одним ухом в подушку, а другое накрыл рукой. Так шум был чуть меньше, но все равно я слышал щелканье ножниц и звук падающих обрезков — один за другим, и так до бесконечности.

Мне кажется, я понимал, чем привлек эту девочку Сэм К. Барроуз. Они — птицы одного полета, или, скорее, ящерицы одного вида. Тогда, слушая его в телевизионном шоу, и теперь, разглядывая обложку журнала, я все не мог отделаться от впечатления, что с черепа мистера Барроуза аккуратно спилили верхушку, вынули часть мозга, а вместо него поместили некий приборчик с сервоприводом, ну знаете, такую штуку с кучей реле, соленоидов и системой обратной связи, которой можно управлять на расстоянии. И вот Нечто сидит там, наверху, касается клавиш и наблюдает за судорожными движениями жертвы. Но как все же странно, что именно эта девушка сыграла решающую роль в создании такого правдоподобного симулякра! Как будто подобным образом она пыталась компенсировать то, что не давало ей покоя на подсознательном уровне, — зияющую пустоту внутри себя, в некоторой мертвой точке, которой не полагалось пустовать...

На следующее утро мы с Мори завтракали в кафе, неподалеку от офиса МАСА. Мы сидели вдвоем в кабинке, и я завел разговор:

— Послушай, и все же, насколько твоя дочь сейчас больна? Ведь если она все еще находится под опекой чиновников из Бюро психического здоровья, то она должна...

— Заболевания, аналогичные этому, окончательно не излечиваются, — ответил Мори, потягивая апельсиновый сок. — Это на всю жизнь. Процесс идет с переменным успехом, то улучшаясь, то снова скатываясь к сложностям.

— Если бы сейчас Прис подвергли тесту пословиц Бенджамина, ее бы снова классифицировали как шизофреника?

— Думаю, тест пословиц здесь вряд ли понадобился бы, — задумчиво сказал Мори. — Скорее, они использовали бы советский тест Выгодского — Лурье, тот самый, с раскрашенными кубиками. Мне кажется, ты не понимаешь, насколько минимальны ее отклонения от нормы. Если вообще тут можно говорить о норме.

— Я в школе проходил тест пословиц — тогда это было непременным условием соответствия норме. Ввели его, наверное, года с семьдесят пятого, а в некоторых штатах еще раньше.

— Судя по тому, что мне говорили в Касанинской клинике при выписке, сейчас она не считается шизофреником. У нее было такое состояние примерно года три, в средней школе. Специалисты проделали определенную работу по интеграции личности Прис, и нам удалось вернуться к точке, на которой она находилась примерно в двенадцать лет. Ее нынешнее состояние не является психотическим, а следовательно, не подпадает под действие Акта Макхестона. Так что девочка вольна свободно перемещаться куда захочет.

— А мне кажется, она невротик.

— Нет, у нее то, что называют атипичным развитием личности или же скрытым или пограничным психозом. В принципе, это может развиться в навязчивый невроз или даже полноценную шизофрению, которую ставили Прис на третьем году средней школы.

Пока мы поглощали завтрак, Мори рассказал мне, как развивалось заболевание Прис. Она изначально была замкнутым ребенком, как это называют психиатры — инкапсулированным, или интровертом. Характерной чертой такого характера являются всевозможные секреты, ну знаете, типа девичьих дневников или тайников в саду. Затем, где-то в девятилетнем возрасте, у нее появились ночные страхи, причем это прогрессировало настолько бурно, что к десяти годам она превратилась в лунатика. В одиннадцать Прис заинтересовалась естественными науками, особенно химией. Она посвящала этому все свое свободное время, соответственно, друзей почти не имела. Да они ей были и не нужны.

Настоящая беда разразилась в старшей школе. Прис стала испытывать серьезные трудности в общении: для нее было невыносимо войти в общественное помещение, например классную комнату или даже салон автобуса. Стоило дверям захлопнуться за ее спиной, как девочка начинала задыхаться. К тому же она не могла есть на людях. Она могла исторгнуть съеденное, если хотя бы один человек наблюдал за ней. И при этом у нее стала развиваться неимоверная чистоплотность. Вещи вокруг нее должны были находиться строго на своих местах. С утра до вечера она бродила по дому, неустанно все намывая и начищая. Не говоря уж о том, что она мыла руки по десять-пятнадцать раз кряду.

— К тому же, — добавил Мори, — она начала страшно полнеть. Помнишь, какой она была крупной, когда ты ее в первый раз увидел? Затем она села на диету, стала буквально морить себя голодом, чтобы сбросить вес. И это все еще продолжается. У нее постоянно то один, то другой продукт под запретом. Даже сейчас, когда она уже похудела.

— И вам понадобился тест пословиц, чтобы понять, что у ребенка не все в порядке с головой! Какого черта ты мне тут рассказываешь!

— Наверное, мы занимались самообманом, — пожал плечами Мори. — Говорили себе, что девочка просто невротик, ну там, фобии всякие, ритуалы и прочее...

Но больше всего Мори доставало, что его дочь в какой-то момент стала терять чувство юмора. Взамен славной дурочки, то хихикающей, то глупо-сентиментальной, какой Прис была прежде, появилось некое подобие калькулятора. И это еще не все. Раньше девочка была очень привязана к животным, но во время пребывания ее в клинике выяснилось, что Прис терпеть не может кошек и собак. Она по-прежнему увлечена химией, и с профессиональной точки зрения это радовало Мори.

— А как протекает ее восстановительная терапия здесь, дома?

— Они поддерживают ее на стабильном уровне, не давая откатываться назад. Правда, у нее все еще сильная склонность к ипохондрии, и она часто моет руки. Но я думаю, это на всю жизнь. Конечно же, она по-прежнему очень скрытная и скрупулезная. Я тебе скажу, как это называется в психиатрии — шизоидный тип. Я видел результаты теста Роршаха — ну знаешь, с чернильными кляксами, — который проводил доктор Хорстовски... — Мори помолчал немного и пояснил: — Это региональный доктор по восстановительной терапии здесь, в Пятом округе. Он отвечает за психическое здоровье в местном Бюро. Говорят, Хорстовски очень хорош. Но дело в том, что у него частная практика, и это стоит мне чертову уйму денег.

— Куча людей платит за то же самое, — уверил я его. — Если верить телевизионной рекламе, ты не одинок. Я вот все думаю, как же это так? У них получается, что каждый четвертый является пациентом клиник Бюро психического здоровья!

— Клиники меня не волнуют, поскольку они бесплатны. А вот что меня убивает, так это дорогущая восстановительная диспансеризация! Это ведь была ее идея вернуться домой, я-то продолжаю думать, что ей лучше оставаться в клинике.

Но девочка бросилась с головой в разработку симулякра. А в свободное от этого время она выкладывала свою мозаику в ванной комнате. Она постоянно что-то делает, не знаю, откуда у нее берется столько энергии?

— Я просто диву даюсь, когда припоминаю всех своих знакомых, ставших жертвами психических заболеваний. Моя тетушка Гретхен — она сейчас в Сетевой клинике Гарри Салливана в Сан-Диего. Мой кузен Лео Роджес. Мой учитель английского в старшей школе, мистер Хаскинс. А еще старый итальянец, пенсионер Джордже Оливьери, тот, что живет дальше по улице. Я помню своего приятеля по службе, Арта Боулза: он сейчас в клинике Фромм-Рейчмана в Рочестере с диагнозом «шизофрения». И Элис Джонсон, девушка, с которой я учился в колледже, она — в клинике Сэмюэла Андерсона Третьего округа. Это где-то в Батон-Руж, штат Луизиана. Затем человек, с которым я работал, Эд Йетс — у него шизофрения, переходящая в паранойю. И Уолдо Дангерфилд, еще один мой приятель. А также Глория Мильштейн, девушка с огромными, как дыни, грудями. Она вообще бог знает где. Ее зацепили на персональном тесте, когда она собиралась устроиться машинисткой. Федералы вычислили и заграбастали ее — и где теперь эта Глория? А ведь она была такой хорошенькой... И Джон Франклин Манн, торговец подержанными автомобилями, которого я когда-то знал. Ему поставили шизофрению в заключительной стадии и увезли, кажется, в Касанинскую клинику – у него родственники где-то в Миссури. И Мардж Моррисон, еще одна девушка с гебефренией, которая всегда приводила меня в ужас. Думаю, сейчас она на свободе, я недавно получил от нее открытку. И Боб Аккерс, мой однокашник. И Эдди Вайс...

– Нам пора идти, – Мори поднялся.

Мы покинули кафе.

– Тебе знаком Сэм Барроуз? – спросил я.

– Еще бы. Не лично, конечно, понаслышке. По-моему, это самый отъявленный негодяй из всех, кого я знаю. Он готов заключать пари по любому поводу. Если б одна из его любовниц – а с ними отдельная история, – так вот, если б одна из его любовниц выбросилась из окна гостиницы, он бы тут же поспорил: чем она грохнется на асфальт – головой или задом. Он похож на спекулянтов былых времен – знаешь, тех финансовых акул, что стояли у истоков нашей экономики. Для него вся жизнь – сплошная авантюра. Я просто восхищаюсь Барроузом!

– Так же как и Прис.

– Прис? Черта с два – она обожает его! Знаешь, она ведь встречалась с ним. Посмотрела на него и поняла, что это – судьба. Он гальванизирует ее... или магнетизирует, черт их там разберет. Неделю после этого она вообще не разговаривала.

– Это когда она ходила устраиваться на работу?

Мори покачал головой:

— Она не получила работы, но проникла в его святая святых. Луис, этот парень чует выгоду за версту там, где никто другой ничего не нарыл бы и за миллион лет! Ты бы как-нибудь заглянул в «Форчун», они давали обзор по Барроузу за последние десять месяцев.

— Насколько я понял, Прис закинула удочку насчет работы у него?

— О да, и намекнула, что она — крайне ценный человек, только никто об этом не знает. Надеется найти понимание у своего кумира... Заявила ему, что она — крутой профессионал. Так или иначе, мне она сказала, что, работая на Барроуза, она сделает головокружительную карьеру и ее будет знать весь мир. Насколько я понимаю, Прис не собирается отступать от своей затеи и готова пойти на все, только б получить работу. Что ты скажешь на это?

— Ничего, — ответил я.

Прис не пересказывала мне эту часть разговора. Помолчав, Мори добавил:

— Ведь Эдвин М. Стэнтон являлся ее идеей.

Значит, она говорила правду. Мне стало совсем погано.

— Это она решила сделать именно Стэнтона?

— Нет, — ответил Мори. — Это было моим предложением. Она-то хотела, чтоб он походил на Барроуза. Однако у нас было недостаточно информации для системы текущего управления монадой, так что мы обратились к историческим персонажам. А я всегда интересовался Гражданской войной — вот уже много лет это мой пунктик. И мы остановились на Стэнтоне.

— Ясно, — произнес я.

— И знаешь, она постоянно думает об этом Барроузе. Навязчивая идея, как говорит ее психоаналитик.

Размышляя каждый о своем, мы направились к офису «Объединения МАСА».

Глава 4

В офисе меня застал телефонный звонок. Это был Честер из Бойсе. Он вежливо напоминал об оставленном Эдвине М. Стэнтоне и просил забрать его, если, конечно, это возможно.

— Мы постараемся выкроить сегодня время, — пообещал я.

— Он сидит все там же, где вы его оставили. Сегодня утром папа включил его на несколько минут, чтобы проверить, есть ли какие новости.

— Какого рода новости?

— Ну, утренние новости. Типа сводки от Дэвида Бринкли.

Они ждали, что симулякр выдаст им новости. Таким образом, в данном вопросе семейство Розенов разделяло мою позицию: они воспринимали Стэнтона как некий механизм, а не человека.

— Ну и как? — поинтересовался я.

Новостей не оказалось.

— Он все толковал о какой-то беспримерной наглости полевых командиров.

Я повесил трубку, и мы помолчали, осмысливая услышанное.

— Может, Прис съездить и забрать его? — предложил Мори.

— А у нее есть машина? — спросил я.

— Пусть возьмет мой «ягуар». И пожалуй, лучше бы тебе поехать с ней. На тот случай, если твой папаша передумает.

Попозже Прис и в самом деле показалась в офисе, и вскоре мы с ней катили в Бойсе.

Она сидела за рулем, и первое время мы молчали. Затем она подала голос:

— У тебя есть на примете кто-нибудь, кого б заинтересовал Эдвин М. Стэнтон?

— Нет, — удивился я. — А почему ты спрашиваешь?

— Зачем ты согласился на эту поездку? — продолжила она допрос. — Я уверена, у тебя имеются какие-то скрытые мотивы... они так и сквозят сквозь каждую твою пору. Если б это зависело от меня, я бы не подпустила тебя к Стэнтону ближе чем на сотню ярдов.

Прис не сводила с меня взгляда, и я чувствовал себя как под микроскопом.

— Почему ты не женат? — внезапно сменила она тему.

— Не знаю.

— Ты голубой?

— Нет!

— Может, не нашлось девушки, которая бы польстилась на тебя?

Внутренне я застонал.

— Сколько тебе лет?

Вопрос — вполне невинный сам по себе — в этой беседе, казалось, тоже таил какой-то подвох. Я пробурчал что-то невнятное.

— Сорок?

— Нет, тридцать четыре.

— Но у тебя седина на висках и такие смешные зубы.

Мне хотелось умереть.

— А какова была твоя первая реакция на Стэнтона?

— Я подумал: какой благообразный пожилой джентльмен.

— Ты сейчас лжешь, да?

— Да.

— А на самом деле что ты подумал?

— Я подумал: какой благообразный пожилой джентльмен, завернутый в газеты.

Прис задумчиво проговорила:

— Наверняка ты предвзято относишься к старым людям. Так что твое мнение не в счет.

— Послушай, Прис, ты доиграешься — когда-нибудь тебе разобьют голову! Ты отдаешь себе в этом отчет?

— А ты отдаешь себе отчет в том, что с трудом обуздываешь свою враждебность? Может, оттого что чувствуешь себя неудачником? Тебе, наверное, тяжело оставаться наедине с самим собой? Расскажи мне свои детские мечты и планы, и я...

— Ни за что. Даже за миллион долларов!

— Они столь постыдны? — Она по-прежнему внимательно изучала меня. — Ты занимался извращенным самоудовлетворением, как это описывается в пособиях по психиатрии?

Я чувствовал, что еще немного — и я упаду в обморок.

— Очевидно, я затронула очень болезненную для тебя тему, — заметила Прис. — Но не стоит стыдиться. Ты же больше этим не занимаешься, правда? Хотя... Ты не женат и не можешь нормальным образом решать свои сексуальные проблемы.

Она помолчала, как бы взвешивая, и вдруг спросила:

— Интересно, а как у Сэма с сексом?

— У Сэма Вогеля? Нашего водителя из Рино?

— У Сэма К. Барроуза.

— Ты одержимая, — сказал я. — Твои мысли, разговоры, мозаика в ванной — и еще этот Стэнтон...

— Мой симулякр — совершенство!

— Интересно, что бы сказал твой аналитик, если б знал?

— Милт Хорстовски? Он уже знает и уже сказал.

— Ну так поведай мне. Разве он не назвал твою затею разновидностью маниакального бреда?

— Нет. Он считает, что творческий процесс полезен для моей психики. Когда я рассказала про Стэнтона, доктор похвалил меня и выразил надежду, что мое изобретение окажется работоспособным.

— Очевидно, ты предоставила ему выборочную информацию.

— Да нет, я рассказала ему всю правду.

— О воссоздании Гражданской войны силами роботов!

— Да. Он отметил своеобразие идеи.

— Боже правый! Да они там все сумасшедшие!

— Все, — ухмыльнулась Прис. Она потянулась и взъерошила мне волосы. — Но только не старина Луис. Так ведь?

Я молчал.

— Ты слишком серьезно все воспринимаешь, — насмешливо протянула Прис. — Расслабься и получай удовольствие. Да куда тебе! Ты же ярко выраженный анализирующий тип с гипертрофированным чувством долга. Тебе следует хоть раз расслабить свои запирательные мышцы... смотри, как все связано. В душе тебе хочется быть плохим, это ведь тайное желание каждого человека анализирующего типа. С другой стороны, чувство долга требует выполнения обязанностей. Все это ведет к педантизму и перманентному пребыванию во власти сомнений. Вот так. У тебя ведь куча сомнений...

— Нет у меня сомнений. Только чувство абсолютного всепоглощающего ужаса.

Прис засмеялась и снова прикоснулась к моим волосам.

— Конечно, очень смешно, — огрызнулся я. — Мой всепоглощающий ужас — отличный повод для веселья.

— Это не ужас, — сухо сказала она. — Просто нормальное человеческое вожделение. Человеку естественно желать. Немного меня. Немного богатства. Немного власти. Немного славы.

Она свела два пальца почти вместе, чтобы продемонстрировать некое малое количество.

— Примерно вот столько. А в совокупности получается много. Вот тебе твои всепоглощающие чувства.

Прис улыбалась, явно довольная собой. Мы продолжали свой путь.

В Бойсе, в доме моего отца, мы упаковали нашего симулякра, погрузили его в машину и снова поехали в Онтарио. Там Прис высадила меня у офиса. На обратном пути мы мало разговаривали. Она снова замкнулась, меня же мучило чувство смутной тревоги и обиды. В то же время я подозревал, что мое состояние только забавляло Прис. Так что у меня хватило ума держать рот на замке.

Зайдя в офис, я обнаружил, что меня дожидается невысокая плотная женщина с темными волосами. Она была одета в короткое пальто и держала в руке кейс.

— Мистер Розен?

— Да. — У меня возникло неприятное предчувствие, что это судебный курьер.

— Я Колин Нилд из офиса мистера Барроуза. Он попросил меня заглянуть и побеседовать с вами, если у вас найдется свободная минутка. — Голос у нее был довольно низкий и какой-то неопределенный. Мне она напоминала чью-то племянницу.

— А что, собственно, мистеру Барроузу нужно? — с опаской поинтересовался я, предлагая даме стул. Сам я уселся напротив.

— Мистер Барроуз поручил мне изготовить копию вот этого письма к мисс Прис Фраунциммер и вручить ее вам. — С этими словами она достала три тонких гладких листка.

Я не мог четко разглядеть, что там было напечатано, но, несомненно, письмо носило деловой характер.

— Вы ведь представляете семейство Розенов из Бойсе, которое предполагает производить симулякры? — осведомилась Колин Нилд.

Пробежав глазами документ, я уловил снова и снова вылезающее имя Стэнтона. Не вызывало сомнений, что это — ответ на какое-то письмо Прис, написанное ранее. Однако общий смысл послания Барроуза упорно ускользал от меня, слишком уж оно было многословным.

Затем внезапно наступило просветление.

Я осознавал, что Барроуз неправильно понял Прис. Ее предложение воссоздать перипетии Гражданской войны при помощи наших симулякров он воспринял как некую гражданскую инициативу патриотического характера. Этакий жест доброй воли, направленный на усовершенствование системы образования. Может, рекламная акция, но никак не деловое предложение. Вот чего добилась эта девчонка! Я еще раз перечел полученный ответ: Барроуз благодарил мисс Фраунциммер за ценную идею, предложенную его вниманию... однако, говорилось далее, он ежедневно получает подобные предложения, в данный момент у него на руках уже немало интересных проектов... в некоторых он принимает посильное участие. Например, он затратил немало усилий на запрещение строительства дороги, проходящей через жилой район времен войны где-то в Орегоне... далее письмо становилось таким расплывчатым, что я и вовсе потерял нить рассуждений.

— Могу я оставить это у себя? — спросил я у мисс Нилд.

— Конечно, — любезно ответила она. — И если у вас есть какие-то комментарии, мистер Барроуз будет счастлив с ними ознакомиться.

— Сколько лет вы работаете на мистера Барроуза?

— Восемь лет, мистер Розен. — Казалось, этот факт делал ее абсолютно счастливой.

— Он действительно миллионер, как утверждают газеты?

— Полагаю, что так, мистер Розен. — Ее карие глаза блеснули за стеклами очков.

— Насколько хорошо он обращается со своими сотрудниками?

Вместо ответа мисс Нилд улыбнулась.

— А что это за история с жилым районом, которая упоминается в письме? Кажется, Грин-Пич-Хэт?

— Да, именно так. Это один из крупнейших многоблочных жилых массивов на северо-западном побережье Тихого океана. Его официальное название — «Небесные Врата Милосердия», но мистер Барроуз предпочитает то, что указано в письме. Хочу заметить: изначально наши противники вкладывали в это название издевку, в то время как мистер Барроуз использует его, чтобы защитить граждан, проживающих в том районе. И люди ценят его заботу. Они подготовили петицию с благодарностью мистеру Барроузу за его участие в этом многотрудном деле. Там почти две тысячи подписей.

— Я так понимаю, жители района не хотят, чтоб его сносили?

— О да, они горячо поддерживают нас. Проблему создает некая группа доброхотов, в основном из домохозяек и светских людей, которые присвоили себе функции ходатаев по данному делу. Они добиваются передачи земли под сельский клуб или что-то в этом роде. Называет себя эта группа «Товарищество граждан Северо-Запада за улучшенную застройку», их лидер — миссис Деворак.

Я припомнил то, что читал об этой даме в орегонских газетах: достаточно высокое положение в светских кругах, всегда в центре событий. Ее фотография регулярно появлялась на первых страницах модных журналов.

— А почему мистер Барроуз хочет спасти этот участок застройки?

— Он не желает мириться с фактом ущемления прав американских граждан. Ведь большинство из них бедные люди, им некуда идти отсюда. Мистер Барроуз прекрасно понимает их чувства, поскольку сам многие годы жил в подобных условиях... вы ведь знаете — его семья была не бог весть как богата. И свое благосостояние он обеспечил себе сам, годами упорного труда.

— Да, — сказал я.

Мисс Нилд, казалось, ждала продолжения, поэтому я добавил:

— Замечательно, что, несмотря на все свои миллионы, он сохраняет связь с рабочим классом Америки.

— Хотя мистер Барроуз сделал свое состояние на крупной недвижимости, он прекрасно понимает, как трудно рядовому американцу обеспечить себе пусть маленькое, но достойное жилье. В этом его отличие от великосветских дам, подобных Сильвии Деворак. Для них Грин-Пич-Хэт — это всего лишь кучка старых домов. Они же никогда там не бывали, более того, им и в голову такое не придет!

— Знаете, — сказал я, — то, что вы рассказываете о мистере Барроузе, вселяет в меня надежду на сохранение нашей цивилизации.

Миссис Нилд одарила меня теплой, почти неофициальной улыбкой.

— А что вам известно об этом электронном симулякре Стэнтоне? — задал я вопрос.

— Я знаю, что он существует. Мисс Фраунциммер сообщала об этом и в письме, и в телефонном разговоре с мистером Барроузом. Также мне известно, что мисс Фраунциммер хочет отправить его одного, без сопровождения, на грэйхаундовском автобусе в Сиэтл, где в настоящий момент находится мистер Барроуз. По ее мнению, это должно наглядно продемонстрировать способность симулякра раствориться в толпе, не привлекая ничьего внимания.

— Забавно, если принять во внимание его костюмчик и раздвоенную бороду.

— Меня не информировали об этом моменте.

— Не исключено, что симулякр затеет спор с водителем автобуса о кратчайшем маршруте от автовокзала до офиса мистера Барроуза. Это станет дополнительным доводом в пользу его человечности.

— Я обсужу данный вопрос с мистером Барроузом, — пообещала Колин Нилд.

— Позвольте еще спросить: вы знакомы с электроорганом Розена или, может быть, со спинет-пианино?

— Не уверена.

— Фабрика Розенов в Бойсе производит самые лучшие из всех существующих электроорганов. Хаммерштайновский тональный орган по сравнению с нашим — не более чем слегка видоизмененная флейта.

— К сожалению, я не имею такой информации, — призналась мисс — или, может быть, миссис — Нилд. — Но я обязательно сообщу это мистеру Барроузу. Он всегда был ценителем музыки.

Я все еще сидел, погруженный в изучение письма Сэма К. Барроуза, когда мой партнер вернулся с ланча. Я показал ему бумагу.

— Значит, Барроуз пишет Прис. — Мори сосредоточенно изучал письмо. — Глядишь, из этого что-нибудь да выгорит... Как думаешь, Луис? Возможно же, что это не просто выдумка Прис? О боже, здесь ничего не понять... Ты можешь мне сказать, он заинтересовался или нет нашим Стэнтоном?

— Кажется, Барроуз ссылается на страшную занятость в связи с собственным проектом под названием Грин-Пич-Хэт.

— Я жил там, — сказал Мори, — в конце пятидесятых.

— Ну и как?

— Я скажу тебе, Луис, — сущий ад. Эту помойку следовало бы сжечь до основания. Спичка, одна только спичка спасла бы это место.

— Некоторые энтузиасты тебя бы с радостью поддержали.

— Если им нужен исполнитель для такого дела, — мрачно пробормотал Мори, — можешь предложить мою кандидатуру, я с радостью соглашусь. Это ведь собственность Барроуза, насколько я знаю.

— А...

— Собственно, он сделал на этом состояние. Один из самых выгодных бизнесов сегодня — сдача трущоб внаем. Получаешь в пять-шесть раз больше, чем вкладываешь. Тем не менее, полагаю, не стоит впутывать личные отношения в дела. Сэм Барроуз — смышленый парень, как ни крути. Пожалуй, он лучший, кому бы мы могли доверить раскрутку наших симулякров. Хоть он и порядочный подонок... Но, ты говоришь, в письме он отказывается?

— Можешь позвонить ему и лично выяснить. Прис, кажется, уже звонила.

Мори взялся за телефон.

— Погоди, — остановил я его.

Мори вопросительно поглядел на меня.

— У меня дурное предчувствие — это добром не кончится.

Мори пожал плечами и проговорил в трубку:

— Алло, я хотел бы поговорить с мистером Барроузом...

Я выхватил у него трубку и швырнул на рычаг.

— Ты... — Мори дрожал от гнева. — Трус!

Он снова поднял трубку и набрал номер.

— Прошу прощения, связь прервалась. — Он огляделся в поисках письма с номером телефона Барроуза.

Я скомкал листок и швырнул на пол. Мори выругался и снова дал отбой. Мы стояли, тяжело дыша и глядя друг на друга.

— Какая муха тебя укусила? — поинтересовался наконец Мори.

— Думаю, нам не стоит связываться с таким человеком.

— Каким «таким»?

— Если боги хотят погубить человека, они лишают его разума, — процитировал я.

Это, похоже, проняло Мори. Он смотрел на меня, смешно, по-птичьи склонив голову.

— Что ты хочешь сказать? — спросил он. — Считаешь меня психом, оттого что я звоню Барроузу? Бронируешь место в клинике? Что ж, может, ты и прав, но я сделаю это.

Он прошел через всю комнату, поднял и разгладил бумажку, запомнил номер и снова вернулся к телефону. С упрямым выражением лица стал накручивать диск.

— Нам конец, — констатировал я.

Ответом мне было молчание.

— Алло, — внезапно ожил Мори. — Я хотел бы поговорить с мистером Барроузом. Это Мори Рок из Онтарио, Орегон.

Пауза.

— Мистер Барроуз? Говорит Мори Рок. — Он скособочился, опираясь локтем на бедро, на лице застыла напряженная гримаса. — Мы получили письмо, сэр, к моей дочери Присцилле Фраунциммер... это по поводу нашего изобретения — электронного симулякра. Вы помните, совершенно очаровательный мистер Стэнтон, военный советник мистера Линкольна.

Снова пауза.

— Так вы заинтересованы в нем, сэр?

Пауза, гораздо длиннее, чем предыдущие.

«Нет, Мори, не надо продавать его», — заклинал я в душе своего партнера.

— Да, мистер Барроуз, я все понимаю, сэр, — бубнил Мори. — Но позвольте обратить ваше внимание... Боюсь, что вы недооцениваете...

Разговор тянулся до бесконечности долго. Наконец Мори распрощался с Барроузом и повесил трубку.

— Ничего не вышло?

— Ну... — промямлил он.

— Что он сказал?

— То же, что и в письме: он не рассматривает это как коммерческое предложение и продолжает считать нас организацией патриотического толка. — Мори выглядел растерянным. — Пожалуй, ты прав — ничего не выходит.

— Н-да, плохо.

— Может, оно и к лучшему.

Голос его звучал потерянно, однако я видел: Мори не сдался. Когда-нибудь он снова повторит свою попытку.

Никогда еще мы с моим партнером не были дальше друг от друга.

Глава 5

В последовавшие за этим две недели начали сбываться мрачные прогнозы Мори относительно спада в сбыте электроорганов — все наши грузовики возвращались ни с чем. Одновременно с этим хаммерштайновские менеджеры снизили цены — их тональные органы теперь стоили меньше тысячи. Естественно, не считая налогов и расходов на транспортировку. Но все равно мы приуныли…

Между тем драгоценный симулякр Стэнтон все еще оставался нашей головной болью. Мори пришла в голову идея устроить на улице демонстрационный павильон, где Стэнтон развлекал бы публику игрой на спинет-пианино. Заручившись моим согласием, он связался с подрядчиками, и работы по перепланировке первого этажа здания закипели. Тем временем Стэнтон помогал Мори разбирать корреспонденцию и выслушивал его бесконечные инструкции по поводу предстоящей демонстрации спинета. Он с возмущением отверг предложение Мори сбрить бороду и по-прежнему оживлял панораму наших коридоров видом своих седых бакенбард.

— Позже, — объяснил мне Мори в отсутствие своего протеже, — он будет демонстрировать самое себя. Сейчас я как раз в процессе окончательной доработки проекта.

Он пояснил, что планирует установить специальный модуль в участок мозга, отвечающий за стэнтоновскую монаду. Управление — элементарное, оно снимет в будущем почву для возникающих разногласий, как в случае с бакенбардами.

И все это время Мори занимался подготовкой второго симулякра. Он оккупировал одно из автоматизированных рабочих мест в нашей мастерской по ремонту грузовиков, и процесс сборки шел вовсю. В четверг мне было впервые дозволено ознакомиться с результатами его трудов.

— И кто же это будет на сей раз? — спросил я, с чувством глубокого сожаления озирая кучу соленоидов, прерывателей и проводов, загромоздивших алюминиевую плату.

Банди был весь поглощен процессом тестирования центральной монады: он воткнулся со своим вольтметром в самую середину проводов и сосредоточенно изучал показания прибора.

— Авраам Линкольн, — торжествующе объявил Мори.

— Ты окончательно спятил.

— Отнюдь, — возразил он. — Мне нужно нечто действительно грандиозное, чтобы произвести должное впечатление на Барроуза, когда мы встретимся с ним через месяц.

— О! — Я был сражен. — Ты ничего не говорил мне о своих переговорах.

— А ты думал, я сдался?

— Увы, — вынужден был признать я. — Для этого я слишком хорошо тебя знаю.

— Поверь, у меня чутье, — расцвел мой компаньон.

Назавтра, после нескольких часов мрачных раздумий, я полез в справочник в поисках телефона доктора Хорстовски, куратора Прис по восстановительной терапии. Его офис располагался в одном из самых фешенебельных районов Бойсе. Я позвонил и попросил о скорейшей встрече.

— Могу я узнать, по чьей рекомендации вы звоните? — поинтересовалась ассистентка.

— Мисс Присциллы Фраунциммер, — после колебания назвал я.

— Отлично, мистер Розен. Доктор примет вас завтра в половине второго.

На самом деле мне полагалось быть сейчас в пути, координируя работу наших грузовиков. Составлять карты, давать рекламу в газеты... Но со времени телефонного разговора Мори с Сэмом Барроузом я чувствовал себя как-то странно.

Возможно, это было связано с моим отцом. В тот самый день, когда он посмотрел на Стэнтона и осознал, что перед ним всего лишь хитроумная, смахивающая на человека машина, он явно сдал. Вместо того чтобы ежедневно отправляться на фабрику, он теперь частенько оставался дома, часами глядя в телевизор. Отец сидел, сгорбившись, с озабоченным выражением лица, и его способности явно угасали.

Я пытался поговорить об этом с Мори.

— Бедный старикан, — отреагировал он. — Луис, мне неприятно констатировать данный факт, но Джереми явно сдает.

— Сам вижу.

— Он не сможет дальше тянуть лямку.

— И что, по-твоему, мне делать?

— Ты, как сын, должен уберечь его от перипетий рыночной войны. Потолкуй с матерью, с братом. Подберите ему подходящее хобби. Я не знаю, может, это будет сборка моделей аэропланов времен Первой мировой войны — типа «Спада» или фоккеровского триплана... Так или иначе, ради своего старого отца ты должен разобраться с этим. Разве не так, дружище?

Я кивнул.

— Это отчасти и твоя вина, — продолжал Мори. — Ты не помогал ему, а ведь когда человек стареет, ему нужна поддержка. Я не деньги имею в виду, черт возьми, ему нужна духовная поддержка.

На следующий день я отправился в Бойсе и в двадцать минут второго припарковался перед изысканным современным зданием, в котором помещался офис доктора Хорстовски.

Доктор встречал меня в холле. При взгляде на этого человека я сразу подумал о яйце. Доктор Хорстовски весь выглядел яйцеобразным: округлое тело, округлая голова, маленькие круглые очочки — ни одной прямой или ломаной линии. Даже его движения, когда он шел впереди меня в свой кабинет, были плавными и округлыми, словно мячик катился. Голос прекрасно гармонировал с внешним обликом хозяина — мягкий и вкрадчивый. Тем не менее, усевшись напротив доктора, я разглядел нечто, раньше ускользнувшее от моего внимания, — у него был жесткий и грубый нос. Создавалось неприятное впечатление, как будто на это мягкое и гладкое лицо приделали птичий клюв. Сделав это открытие, я внимательнее присмотрелся к своему собеседнику и в его голосе обнаружил те же жесткие, подавляющие нотки.

Доктор Хорстовски вооружился ручкой, разлинованным блокнотом и принялся задавать мне обычные нудные вопросы.

— И что же привело вас ко мне? — спросил он меня в конце концов.

— Видите ли, моя проблема следующего рода, — начал я. — Дело в том, что я являюсь владельцем небезызвестной фирмы «Объединение МАСА». И с недавних пор у меня сложилось некое противостояние с моим партнером и его дочерью. Мне кажется, они сговорились за моей спиной. Хуже того, их негативное отношение распространяется на все семейство Розенов, в особенности на моего далеко не молодого отца, Джереми. Они пытаются подорвать его авторитет, а он уже не в том возрасте и состоянии, чтобы противостоять подобным вещам.

— Простите, каким вещам?

— Я имею в виду намеренное и безжалостное разрушение розеновской фабрики спинетов и электроорганов, равно как и всей нашей системы розничной торговли музыкальными инструментами. Все это делается во имя безумной претенциозной идеи спасения человечества, победы над русскими или еще чего-то в таком роде... Честно говоря, я не очень хорошо разбираюсь в подобных вещах.

— Почему же вы не разбираетесь? — Его ручка противно поскрипывала.

— Да потому что все это меняется каждый день, — сказал я и замолчал, его ручка тоже замолкла. — Порой мне кажется: все это задумано, чтоб объявить меня недееспособным и прибрать к рукам весь бизнес, включая указанную фабрику. К тому же они снюхались с некоей одиозной личностью, Сэмом К. Барроузом из Сиэтла. Это невероятно богатый и могущественный человек, вы наверняка видели его на обложке журнала «Лук».

Я замолчал.

— Продолжайте, пожалуйста, — поощрил меня Хорстовски, но его голос звучал совершенно бесстрастно.

— Хочу добавить, что зачинщиком всего является дочь моего партнера — как мне кажется, крайне опасный и психически неуравновешенный человек. Это девица с железным характером, начисто лишенная угрызений совести. — Я выжидающе поглядел на доктора, но он никак не отреагировал на мое заявление. Тогда я добавил: — Ее зовут Прис Фраунциммер.

Доктор деловито кивнул.

— Что вы на это скажете? — поинтересовался я.

— Прис — динамичная личность. — Казалось, все внимание доктора было поглощено его записями, он даже язык высунул от старательности.

Я ждал продолжения, но так и не дождался.

— Вы думаете, это все мое воображение? — настаивал я.

— Каковы, по-вашему, их мотивы в данной ситуации? — задал он вопрос.

— Понятия не имею, — удивился я. — Мне кажется, разбираться в этом не мое дело. Черт возьми, они хотят толкнуть своего симулякра Барроузу и сделать на этом деньги, что же еще? Вдобавок заработать власть и престиж. Это их идея фикс.

— А вы стоите у них на пути?

— Именно.

— Скажите, а вы не разделяете их планы?

— Тешу себя надеждой, что я реалист. По крайней мере, стараюсь им быть. И все же, возвращаясь к этому Стэнтону: скажите, доктор, вы его видели?

— Прис как-то приводила его сюда. Он сидел в приемной, пока мы беседовали.

— И чем занимался?

— Читал «Лайф».

— Вàс это не ужасает?

— Не думаю.

— Вас не пугает то опасное и неестественное, что планирует эта парочка — Мори и Прис?

Доктор пожал плечами.

— Господи! — с горечью воскликнул я. — Да вы просто не хотите ничего видеть! Сидите здесь, в своем теплом и безопасном кабинете, и не желаете знать, что происходит в мире.

На лице Хорстовски промелькнула самодовольная улыбка, что привело меня в бешенство.

— Так вот, доктор, — заявил я, — позвольте ввести вас в курс дела. Мой визит к вам — всего лишь злая шутка Прис. Именно она послала меня сюда, чтоб я разыграл этот маленький спектакль. К сожалению, я не могу продолжать в том же духе и вынужден признаться. На самом деле я такой же симулякр, как и Стэнтон. Машина, нашпигованная реле и электросхемами. Теперь вы видите, насколько это жестоко, то, что она с вами проделала? И что вы скажете на это?

Прервав свои записи, Хорстовски внимательно посмотрел на меня и спросил:

— Вы, кажется, говорили, что женаты? В таком случае, как зовут вашу жену, где она родилась? Назовите также ее возраст и род занятий, пожалуйста.

— Я не женат. У меня была когда-то подружка, итальянка по национальности, которая пела в ночном клубе. Высокая, темноволосая девушка, довольно симпатичная. Ее звали Лукреция, но ей больше нравилось имя Мими. Не поверите, доктор, но мы с ней дрались. Позже она умерла от туберкулеза. Правда, это случилось уже после того, как мы расстались.

Хорстовски подробно все записал.

— Вы не хотите ответить на мой вопрос? — поинтересовался я.

Безнадежно. Если у доктора и создались какие-нибудь впечатления по поводу симулякра, сидящего в его приемной и занятого чтением «Лайф», то он не собирался сообщать их мне. А может, их и не было. Возможно, ему было безразлично, кто там сидит в его приемной, среди его журналов. Скорее всего, профессиональная этика предписывала доктору ничему не удивляться.

Но по крайней мере, мне удалось выудить его мнение о Прис, которая, по сути, пугала меня куда больше, чем симулякр.

— В конце концов, у меня есть мой армейский кольт и патроны, — сказал я. — Все, что мне нужно. А случай представится, будьте уверены. Рано или поздно она попытается проделать такую же бесчеловечную штуку, как со мной, с кем-нибудь еще, это только вопрос времени. Я же вижу свою миссию в том, чтобы положить этому конец.

Пристально глядя на меня, доктор Хорстовски произнес:

— Я абсолютно уверен — и ваши слова это подтверждают, — что основная проблема заключается в вашей враждебности. Враждебности скрытой, подавляемой. Это чувство тем не менее ищет себе выход и находит его в ваших отношениях с партнером и его восемнадцатилетней дочерью. Обремененной, кстати сказать, собственными проблемами. Но Прис честно ищет наилучший путь для их решения...

Я замолчал. Положим, все именно так, как он говорит. У меня нет врагов. А то, что снедает меня, — это лишь мои подавленные чувства, проявления расстроенной психики. Мне все это совсем не понравилось.

— И что же вы мне посоветуете? — спросил я.

— К сожалению, не в моих силах исправить реальное положение вещей. Но я могу помочь вам трактовать их по-новому.

Доктор выдвинул ящик стола, и я увидел там множество коробочек, бутылочек, пакетиков с пилюлями и даже крысиную нору, очевидно лечебного назначения. Порыскав среди всего этого многообразия, он вернулся ко мне с маленькой открытой бутылочкой.

— Я могу вам дать вот это, — сказал он. — Абризин. Принимайте по две таблетки в день, одну утром, одну на ночь.

— И что это мне даст? — Я засунул бутылочку подальше в карман.

— Попробую объяснить вам действие препарата, поскольку по роду деятельности вы знакомы с работой тонального органа Хаммерштайна. Абризин стимулирует работу переднего отдела спетального участка мозга. Это обеспечит вам большую бдительность плюс подъем и сознание, что все не так уж плохо. По своему воздействию это сопоставимо с эффектом, который обеспечивает тональный орган. — (Доктор передал мне маленький листок бумаги, сложенный в несколько раз. Развернув его, я обнаружил запись какой-то мелодии, аранжированной для хаммерштайновского органа.) — Однако эффект воздействия данного препарата намного выше. Вы же знаете, величина шокового воздействия тонального органа лимитируется законом.

Я скептически просмотрел запись на листке и замер. О боже! Это было самое начало Шестнадцатого квартета Бетховена. Вы знаете это мощное жизнеутверждающее звучание, энтузиазм Бетховена позднего периода. От одного только взгляда на эту вещь я почувствовал себя лучше.

— Я мог бы напеть вам ваше лекарство, — сказал я доктору. — Хотите, попробую?

— Благодарю, не стоит, — вежливо отклонил он мое предложение. — Итак, в том случае, если лекарственная терапия окажется бессильна, мы всегда можем попробовать иссечение мозга в области височных долей. Естественно, речь идет о полноценной операции в Объединенной клинике в Сан-Франциско или на горе Сион, в наших условиях это невозможно. Сам я стараюсь избегать подобных операций — вы ведь знаете, правительство запрещает это в частных клиниках.

— Я тоже предпочел бы обойтись без этого, — согласился я. — Некоторые из моих друзей успешно перенесли иссечение... но лично у меня это вызывает трепет. Нельзя ли попросить у вас эту запись? И возможно, у вас есть что-нибудь из лекарств, аналогичное по действию хоралу из Девятой симфонии Бетховена?

— Понятия не имею, — ответил Хорстовски. — Никогда не вникал в это.

— На тональном органе меня особенно впечатляет та часть, где хор поет: «Muss ein Lieber Vater wohnen»[1], а затем вступают скрипки, так высоко, как будто голоса ангелов, и сопрано в ответ хору: «Ubrem Sternenzelt»...[2]

— Боюсь, я не настолько компетентен, — произнес Хорстовски.

— Понимаете, они обращаются к Небесному Отцу, спрашивая, существует ли он на самом деле, и откуда-то сверху, из звездных сфер, приходит ответ: «Да...» Мне кажется, что данная часть — конечно, если ее можно было бы выразить в терминах фармакологии, принесла бы мне несомненную пользу.

Доктор Хорстовски достал толстый скоросшиватель и стал пролистывать его.

— Сожалею, — признался он, — но мне не удается выявить таблеток, полностью передающих то, что вы рассказывали. Думаю, вам лучше проконсультироваться у инженеров Хаммерштайна.

— Прекрасная мысль, — согласился я.

— Теперь относительно ваших проблем с Прис. Мне кажется, вы слегка преувеличиваете опасность, которую она несет. В конце концов,

---

[1] «Живет ли Отец Небесный» *(нем.)*.

[2] «В звездных сферах» *(нем.)*.

вы ведь вольны вообще с ней не общаться, разве не так? — Он лукаво взглянул мне в глаза.

— Полагаю, что так.

— Прис бросает вам вызов. Это то, что мы называем провоцирующей личностью... Насколько мне известно, большинство людей, кому приходилось с ней общаться, приходили к аналогичным чувствам. Что поделать, таков ее способ пробивать брешь в человеческой броне, добиваться реакции. Несомненно, это связано с ее научными склонностями... своего рода природное любопытство. Прис хочется знать, чем живут люди. — Доктор Хорстовски улыбнулся.

— Беда в том, — сказал я, — что в ходе своих исследований она доводит до гибели испытуемых.

— Простите? — не понял доктор. — Ах да, испытуемых. Что ж, возможно, вы правы. Но меня ей не удастся захватить врасплох. Мы живем в обществе, где необходимо абстрагироваться, чтобы выжить.

Говоря это, он что-то быстро писал в своем рабочем блокноте...

— Скажите, — задумчиво произнес он, — а что приходит вам на ум, когда вы думаете о Прис?

— Молоко, — сразу же ответил я.

— Молоко? — Доктор удивленно вскинул глаза на меня. — Молоко... Как интересно.

— Вы напрасно пишете мне карточку, — заметил я. — Вряд ли я еще раз сюда приду.

Тем не менее я принял от него карточку с назначением.

— Как я понимаю, наш сеанс сегодня окончен?

— Сожалею, но это так.

— Доктор, я не шутил, когда называл себя симулякром Прис. Луис Розен существовал когда-то, но теперь остался только я. И если со мной что-нибудь случится, то Прис с Мори создадут новый экземпляр. Вы знаете, что она делает тела из простой кафельной плитки для ванной? Мило, не так ли? Ей удалось одурачить вас, и моего брата Честера, и, может быть, даже моего бедного отца. Собственно, здесь кроется причина его тревоги. Мне кажется, он догадывается обо всем...

Выдав эту тираду, я кивком попрощался с доктором и вышел из кабинета. Прошел по холлу, через приемную и наконец очутился на улице.

«А ты нет! — подумал я про себя. — Ты никогда не догадаешься, доктор Хорстовски, даже через миллион лет. У меня хватит ума, чтобы обмануть тебя. Тебя и таких, как ты».

Я сел в свой «шевроле» и медленно поехал по направлению к нашему офису.

Глава 6

Слова, сказанные доктору Хорстовски, не шли у меня из ума. Да, был когда-то настоящий Луис Розен, но теперь он исчез. Теперь на его месте остался я. Тот, кто дурачил всех, включая себя самого.

Эта мысль, подобно привязавшемуся мотивчику, преследовала меня всю следующую неделю, делаясь с каждым днем все слабее, но не угасая окончательно.

В глубине души я сознавал, что это — глупость, порожденная раздражением против доктора Хорстовски. Но последствия не замедлили сказаться.

Первым делом во мне проснулся интерес к Эдвину М. Стэнтону. Вернувшись от доктора, я поинтересовался у Мори, где может находиться наш симулякр.

— Банди вводит в него новые данные, — ответил тот. — Прис еще раз пробежалась по его биографии, и всплыли дополнительные подробности.

Мой партнер вернулся к своим письмам, а я отправился на поиски. Я обнаружил их в мастерской. Банди, покончив с загрузкой информации, сейчас занимался проверкой результатов. Он задавал вопросы Стэнтону.

— Эндрю Джонсон изменил Союзу, так как не мог представить себе мятежные штаты в качестве... — Заметив меня, он прервался. — Привет, Розен.

— А можно мне потолковать с ним?

Банди удалился, оставив меня наедине с Эдвином М. Стэнтоном. Тот сидел в кожаном кресле с раскрытой книгой на коленях. Он следил за мной со строгостью во взгляде.

— Сэр, — окликнул я его, — вы узнаете меня?

— Естественно, узнаю. Вы — мистер Луис Розен из Бойсе, штат Айдахо. Я провел приятный вечер в доме вашего отца. Надеюсь, он здоров?

— Не настолько, как хотелось бы.

— Какая жалость.

— Сэр, я бы хотел задать вам несколько вопросов. Прежде всего, вас не удивляет тот факт, что, родившись в тысяча восьмисотом году, вы все еще живете и здравствуете в тысяча девятьсот восемьдесят втором? И не странно ли вам оказаться выброшенным как из того, так и из нынешнего времени? А также не смущает ли вас, что вы сделаны из реле и транзисторов? Ведь в той, прежней жизни вы были другим — тогда просто не существовало транзисторов. — Я умолк, ожидая ответа.

— Да, — согласился Стэнтон, — все это престранно. Но вот здесь у меня книга о новой науке кибернетике. И данная наука проливает свет на мои проблемы.

— Проблемы? — удивился я.

— Да, сэр. Во время пребывания в доме вашего отца мы с ним обсуждали некоторые загадочные обстоятельства этого дела. Когда я постиг краткость своей жизни, затерянной в вечности, то малое место во Вселенной, которое я занимаю в этой беспредельности, которой нет дела до меня и которую мне никогда не понять... Тогда, сэр, мне стало страшно.

— Еще бы!

— И я задумался, почему я здесь, а не там. Потому что для того нет причин — быть здесь, а не там. Быть сейчас, а не тогда.

— И к какому заключению вы пришли?

Стэнтон прочистил горло, затем достал сложенный льняной платок и старательно высморкался.

— Позволю себе предположить, что время движется какими-то странными прыжками, перескакивая через некоторые эпохи. Не спрашивайте меня, почему и как это происходит, — я не знаю. Есть вещи, которые не дано постичь человеческому разуму.

— А хотите услышать мою теорию?

— Да, сэр.

— Я утверждаю, что не существует никакого Эдвина М. Стэнтона или Луиса Розена. Они были когда-то, но затем умерли. А мы всего-навсего машины.

Стэнтон долго смотрел на меня, на его круглом морщинистом лице отражалась борьба чувств. Затем он произнес:

— Ваши слова не лишены смысла.

— Вот именно, — сказал я. — Мори Рок и Прис Фраунциммер сконструировали нас, а Банди построил. И сейчас они работают над симулякром Эйба Линкольна.

— Мистер Линкольн мертв. — Лицо моего собеседника потемнело.

— Я знаю.

— Вы хотите сказать, они собираются вернуть его?

— Да.

— Но зачем?

— Чтобы произвести впечатление на мистера Барроуза.

— Кто такой мистер Барроуз? — В голосе старика послышался металл.

— Мультимиллионер, который живет в Сиэтле, штат Вашингтон. Тот, который заварил всю эту кашу с субподрядчиками на Луне.

— Сэр, вы когда-нибудь слышали об Артемасе Уорде?

Мне пришлось признать, что не слышал.

— Так вот, сэр. Если мистера Линкольна возродят, то приготовьтесь — вас ждут бесконечные юмористические выдержки из сочинений мистера Уорда. — Сверкнув глазами, Стэнтон резко раскрыл свой том и принялся читать. Руки его при этом тряслись, а лицо было красным как свекла.

Очевидно, меня угораздило сказать что-то не то. Действительно, сегодня все настолько преклоняются перед Авраамом Линкольном, что мне и в голову не приходило допустить наличие у Стэнтона иной позиции в этом вопросе. Ну что ж, учиться никогда не поздно. Придется вносить коррективы. В конце концов, принципы, сформированные больше ста лет назад, достойны уважения.

Я извинился — Стэнтон едва взглянул на меня и сухо кивнул — и поспешил в ближайшую библиотеку. Спустя четверть часа нужные тома «Британской энциклопедии» лежали передо мной на столе. Я решил сначала навести справки о Линкольне и Стэнтоне, а затем еще просмотреть весь период Гражданской войны.

Статья, посвященная Стэнтону, оказалась короткой, но интересной. Вначале, как выяснилось, он ненавидел Линкольна. Это можно было понять: как старый и убежденный демократ, он испытывал ненависть и недоверие к новой Республиканской партии. Автор статьи характеризовал Стэнтона как резкого и неуживчивого человека (в этом я и сам имел случай убедиться), который не раз вступал в перебранки с представителями генералитета, особенно с Шерманом. Однако дело свое старый лис знал. Благодаря стэнтоновскому уму и проницательности удалось разогнать всех мошенников-подрядчиков, которые кормились вокруг армии Линкольна, и обеспечить качественную экипировку войск. По окончании боевых действий из армии было демобилизовано 800 тысяч человек, живых и относительно здоровых. А это, согласитесь, немало после такой кровопролитной войны. Не последняя заслуга в этом принадлежала мистеру Эдвину М. Стэнтону.

Смерть Линкольна в 1865 году ознаменовала новую эпоху в жизни нашего героя. Она характеризовалась непримиримым противостоянием Стэнтона президенту Джонсону. В какой-то момент казалось, что Конгресс победит и станет осуществлять единоличное правление страной... По мере того как я читал статью, я начинал понимать натуру старика — он был настоящим тигром. С бешеным характером и острым языком! Ему почти удалось вышибить Джонсона и занять его место в качестве военного диктатора. В заключение «Британская энциклопедия» отмечала безукоризненную честность и неподдельный патриотизм Эдвина М. Стэнтона.

В то же время в статье, посвященной Джонсону, Стэнтон характеризовался как бесчестный человек, нелояльный к президенту и вступивший в сговор с его врагами. Тот факт, что Джонсону удалось в конце концов избавиться от такого противника, объявлялся чудом и благодеянием господним.

Честно говоря, поставив тома «Британской энциклопедии» обратно на полку, я вздохнул с облегчением. Даже этих небольших статеек было достаточно, чтобы прочувствовать ядовитую атмосферу ненависти и интриг, царивших в те дни. Мне это смутно напомнило средневековую Россию или политические заговоры времен Сталина.

Медленно шагая в сторону офиса, я предавался размышлениям. Что ж, чертовски славный джентльмен! В своей жадности дуэт Рок — Фрунциммер вернул к жизни не просто человека, а некую ужасную и грозную силу в истории Америки. Лучше бы они создали симулякр Захарии Тейлора. Я не сомневался, что решающую роль тут сыграло извращенное нигилистическое сознание Прис. Именно она вытащила этого политического джокера из исторической колоды! А ведь им было из чего выбирать — тысячи, если не миллионы персонажей! Но почему, боже милостивый? Почему Стэнтон? Не Сократ, не Ганди, в конце концов...

А теперь они преспокойно собираются реанимировать еще одну фигуру — того, к кому Эдвин М. Стэнтон питал ярую и непримиримую ненависть! Да они просто идиоты!

Вернувшись в мастерскую, я увидел, что Стэнтон по-прежнему занят чтением. Его книжка по кибернетике близилась к концу.

Не далее чем в десяти футах от него на большом верстаке громоздилась куча недоделанных плат, которым предстояло в один прекрасный день воплотиться в Авраама Линкольна. Знал ли об этом Стэнтон? Я повнимательнее пригляделся к недостроенному симулякру — никакого исторического сходства не прослеживалось. Пока это было ни на что не похоже. Труды Банди еще ждали своего оформления. Я подумал: если б Стэнтон подходил к конструкции в мое отсутствие, там наверняка обнаружились бы сломанные или сожженные фрагменты. Однако ничего подобного не наблюдалось.

В последние дни я не видел Прис. Полагаю, она отсиживалась дома, оканчивая работу над внешней оболочкой симулякра. Возможно, именно сейчас она наносила завершающие мазки на впалые щеки Эйба Линкольна. Так сказать, последний штрих... Я мысленно представил себе знакомую бородку, грустные глаза, крупные руки и костлявые ноги — какое поле деятельности для Прис, для выражения ее артистической души! Неудивительно, что она глаз не казала, с тех пор как работа вошла в завершающую стадию.

На лестнице я столкнулся с Мори.

— Послушай, дружище, — поймал я его за рукав. — А ты не боишься, что наш Стэнтон в один прекрасный день прибьет Честного Эйба? Ты вообще заглядывал в книги по истории?

И тут до меня дошло.

— Ты должен был их читать! Ведь это же ты готовил блок управления! Значит, ты лучше меня понимаешь, какие чувства питает Стэнтон к Линкольну. Знаешь, что, дай ему волю, он с радостью превратил бы Эйба в обугленную головешку!

— Только не надо приплетать сюда политические коллизии давно минувших лет, — ответил Мори со вздохом. — То Прис тебе не давала покоя, теперь Стэнтон... Ты осознаешь, что превращаешься в старого маразматика? Пусти меня и дай мне работать.

Я бросился снова в мастерскую. Стэнтон все так же сидел в своем кресле, но книга была закрыта. Очевидно, он закончил читать и теперь размышлял.

— Молодой человек, — обратился он ко мне, — я хотел бы получить больше информации об этом Барроузе. Вы говорили, он живет в Вашингтоне, в Капитолии?

— Нет, сэр, — поправил я, — в штате Вашингтон.

Я объяснил ему разницу.

— Насколько я понял со слов Мори, — продолжил Стэнтон, — именно благодаря связям Барроуза в этом городе была открыта Всемирная ярмарка?

— Я слышал что-то подобное. Ничего удивительного: столь богатый и эксцентричный человек, как Барроуз, неминуемо порождает массу легенд.

— Ярмарка все еще работает?

— Нет, это было давно.

— Жаль, — пробормотал Стэнтон. — Мне бы хотелось взглянуть на это...

Меня почему-то тронули его слова. Мне вновь и вновь приходилось пересматривать свое первое впечатление об этом человеке. Господи, сейчас он казался мне куда более человечным, чем все мы — Прис, Мори и даже я сам, Луис Розен. Пожалуй, только своего отца я мог бы поставить рядом со Стэнтоном. Доктор Хорстовски выглядел просто какой-то бледной схемой по сравнению с этим симулякром... И тут я задумался о Барроузе. А какое место занял бы он в этом сравнительном ряду? А Линкольн? Что получится из нового эксперимента?

— Мне бы хотелось услышать ваше мнение о мисс Фраунциммер, сэр, — обратился я к симулякру. — Если у вас, конечно, есть время.

— Время у меня есть, мистер Розен.

Я уселся на автомобильную покрышку напротив него и приготовился слушать.

— Я знаю мисс Фраунциммер уже какое-то время, затрудняюсь точно определить, но скажем так — мы знакомы достаточно хорошо. Она недавно выписалась из клиники Касанинского медицинского центра в Канзас-Сити, штат Миссури, и вернулась в семью. Фактически я жил в ее доме. У нее светло-серые глаза и пять футов шесть дюймов росту. Вес в настоящее время где-то сто двадцать фунтов, мне кажется, она худеет. Я бы не назвал ее красавицей — скорее, довольно милой. Теперь перехожу к более глубинным материям. Ее предки были из высших слоев, хоть и иммигранты. Данный факт в американских понятиях означает, что человеку открыт путь наверх. И регламентируется этот путь только личными способностями самого человека. Это вовсе, конечно, не означает гарантированного устройства в жизни, отнюдь. Мисс Фраунциммер безусловно права, когда отказывается от жизненных возможностей, ограничивающих ее персональные способности. Мне очень хорошо понятен огонь, что порой полыхает в ее серых глазах.

— Похоже, — сказал я, — вы заранее продумали свою речь.

— Сэр, данная тема видится мне достойной обсуждения. В конце концов, вы сами ее подняли, не так ли? — Он метнул в меня пронзительный взгляд. — Лично мне мисс Фраунциммер кажется хорошим человеком. Но есть внутри ее какое-то нетерпение, сэр. Нетерпение и характер. А характер — это та наковальня справедливости, на которой перековываются явления жестокой действительности. Человек без характера похож на безжизненное животное. Это та самая искра, благодаря которой куча костей, плоти, жира и шерсти обращается в овеществленное дыхание Божества.

Должен признать, меня впечатлила его речь.

— Однако если говорить о мисс Присцилле, — продолжал Стэнтон, — то в первую очередь следует отметить не ее силу духа, вовсе нет. Меня гораздо больше заботит другое, сэр. Дело в том, что когда эта девушка слушается голоса своего сердца, она идет верной дорогой. Но это происходит далеко не всегда. Должен с прискорбием заметить, что часто доводы разума затмевают голос ее сердца. И вот тогда — жди беды, сэр.

Я не знал, что возразить ему.

— Ведь женская логика — это отнюдь не логика философа. Чаще всего в ней воплощается все та же умудренность сердца, но усеченная и испорченная. С позволения сказать, тень истины.

И в таковом качестве она является плохим советчиком. Женщины часто и легко впадают в ошибки, если пытаются руководствоваться разумом, а не сердцем, — Присцилла Фраунциммер тому пример. Потому что когда она прислушивается к голосу разума, холод и черствость нисходят на нее.

— О!

— Именно так, сэр. — Стэнтон кивнул и направил на меня свой указующий перст. — Вы тоже, несомненно, отметили особую холодность, которая порой исходит от мисс Фраунциммер. И мне ясно, что это ранит вашу душу так же, как и мою. Не знаю, как именно, но девушке придется справиться с этим в будущем. Потому что Создатель предназначил ей в конце концов прийти к согласию с собой. Сейчас она пока не в состоянии признать в себе эту холодную, нетерпеливую, всепоглощающую рассудочность, нечто сродни механистичности, ту часть ее натуры, с которой, увы, приходится считаться. А ведь то же самое мы находим в своих собственных характерах — это признание за собой права впустить в свою жизнь, в повседневные отношения мелкую, недальновидную философию. И то же мы видим в наших друзьях, наших соседях... Поверьте, нет ничего опаснее, чем этот изначальный, незрелый набор мнений, верований, предубеждений и осколков прошлого, весь этот ненужный рационализм, создающий искалеченный, кастрированный источник для ее деяний. В то время как если бы она просто склонилась и прислушалась, она бы услышала свой личный, цельно-гармоничный голос сердца, голос самой себя.

Стэнтон умолк. Он завершил свою маленькую речь на тему «Присцилла и ее проблемы». Но откуда он ее взял? Создал сам? Или получил в готовом виде от Мори вместе с управляющей программой? Хотя стиль, пожалуй, не Мори. А если это заготовка Прис? Возможно, это такая странная форма ее горькой самоиронии. Которую она почему-то предпочла вложить в уста механизма, заставив его провести сеанс ее психоанализа... Я чувствовал, что именно так все и было. Это странное раздвоение доказывало, что шизофренический процесс все еще идет в ней.

Увы, хитрые, притянутые за уши объяснения, которые я получил от доктора Хорстовски, никак не помогали делу, ибо не соответствовали действительности.

— Благодарю вас, — сказал я Стэнтону. — Должен признать, я впечатлен вашей импровизированной речью.

— Импровизированной? — эхом повторил он.

— Ну, без подготовки.

— Но я готовился, сэр, поскольку очень сильно волнуюсь за мисс Фраунциммер.

— Я тоже.

— А теперь, сэр, я был бы очень вам обязан, если бы вы рассказали мне об этом Барроузе. Я так понимаю, что он проявил определенный интерес ко мне?

— Думаю, будет лучше, если я просто принесу вам статью из «Лук». Потому что ведь на самом деле я никогда не встречался с ним. Я виделся с его секретаршей, и у меня письмо от него...

— Можно взглянуть на письмо?

— Лучше я принесу вам его завтра.

— А по вашему мнению, Барроуз заинтересовался мною?

— Полагаю, что так.

— Вы сомневаетесь?

— Вам следует поговорить с ним лично.

— Скорее всего, я так и сделаю. — Стэнтон на минуту задумался, почесывая нос. — Пожалуй, я попрошу мистера Рока или мисс Фраунциммер отвезти меня туда и устроить встречу с мистером Барроузом.

Стэнтон удовлетворенно кивнул — видимо посчитав, что принял правильное решение.

Глава 7

Ну вот, теперь и Стэнтон загорелся встречей с Барроузом. Следовательно, она неизбежно должна произойти. Как говорится, вопрос времени.

А в это же время изготовление симулякра Авраама Линкольна шло к концу. В ближайшие выходные планировалась первая комплексная проверка всех составных частей. По отдельности все железки были уже протестированы и подготовлены к работе.

Мори и Прис доставили оболочку Линкольна в офис, и она меня поразила. Даже в своем инертном состоянии, без рабочих внутренностей, она выглядела очень убедительно. Создавалось впечатление, что старина Эйб сейчас вскочит и побежит по своим повседневным делам. Со всеми предосторожностями Прис, Мори и Банди спустили эту длинную громоздкую штуку в подвал. Я тоже вошел в мастерскую и глядел, как они укладывали свою ношу на верстак.

— Надо отдать тебе должное — ты молодец, — сказал я Прис, когда оказался рядом с ней.

Засунув руки в карманы куртки, она мрачно смотрела на меня, и глаза ее казались необычайно темными и глубокими. Лицо, в отсутствие всякой косметики, было бледно, и я подумал, что она, должно быть, совсем мало спит в последнее время. Волосы Прис зачесала назад и прихватила лентой, это делало ее похожей на школьницу. Мне показалось, что она еще сбросила вес и стала почти прозрачной. Одета она была в полосатую футболку и голубые джинсы, бюстгальтер отсутствовал — похоже, при ее новых габаритах он ей был не нужен. Картину довершали кожаные туфли на низком каблуке и уже упомянутая куртка.

— Привет, — буркнула Прис, раскачиваясь на каблуках и кривя губы — в этот момент она наблюдала, как симулякра укладывали на верстак.

— Вы проделали отличную работу, — повторил я.

— Луис, — прервала меня Прис, — уведи меня отсюда. Давай пойдем выпьем чашечку кофе или просто прогуляемся.

Она решительно направилась к двери, и после недолгого колебания я последовал за ней.

Бок о бок мы шагали с ней вдоль поребрика. Прис шла, уткнувшись взглядом под ноги, казалось, все ее внимание поглощалось камешками, которые попадались ей по дороге и которые она с увлечением пинала.

— Первый симулякр, по сравнению с нынешним, был еще ничего, — проговорила она вдруг. — Стэнтон — он ведь совсем другой человек, хотя и там забот хватало... Знаешь, у меня дома есть книжка, где собраны все фотографии Линкольна. Я часами изучала их, так что теперь знаю каждую черточку его лица. Наверное, лучше своего собственного.

Еще один камешек улетел в канаву.

— Просто удивительно, насколько выразительны эти старые снимки. Знаешь, они использовали стеклянные фотопластинки, и человеку приходилось сидеть не шелохнувшись. А еще у них были специальные стульчики с такими спинками, чтобы голова клиента не дрожала. Луис, — она внезапно остановилась у бордюрного камня, — скажи, он действительно сможет ожить?

— Не знаю, Прис.

— Порой мне кажется, мы занимаемся самообманом. Нельзя возродить к жизни то, что мертво.

— А разве вы не этим занимаетесь? Если я правильно понимаю, ты именно так все и замышляла. Боюсь, ты воспринимаешь все слишком эмоционально. И теряешь при этом чувство перспективы. Тебе пора вынырнуть из тех глубин, куда ты себя погрузила.

— Я понимаю. Ты хочешь сказать, мы воспроизводим лишь видимость. Пустышку, которая ходит, говорит, но не несет в себе искры Божьей.

— Примерно так.

— Ты ходил когда-нибудь к католической мессе?

— Нет.

— Они верят, что хлеб и вино на самом деле — плоть и кровь Господня. Они называют это чудом. Может быть, если мы будем использовать совершенную пленку, и голос, и точную внешность, то...

— Прис, — прервал я ее, — я никогда не видел тебя такой напуганной.

— Я не напугана, Луис. Просто это для меня чересчур. Знаешь, ведь Линкольн был моим героем, когда я училась в школе — в восьмом классе я писала о нем доклад. Вспомни, в детстве все, что мы читаем в книгах, кажется нам реальным. Так вот, Линкольн был реален для меня, хотя, конечно же, на самом деле все это являлось порождением моего разума. Вот что самое ужасное — я принимала свои фантазии за реальность. Потребовались годы, чтоб осознать данный факт. Ты же знаешь, как это бывает: кавалерия, сражения, Улисс С. Грант...

— Да.

— Тебе не приходило в голову, что настанет день и кто-нибудь создаст твоего или моего симулякра? И мы снова возродимся.

Что за бред!

— Представь, мы мертвые и безразличные ко всей этой суете. И вдруг что-то пробивает наш кокон небытия, может, вспышка света... И затем наша защита рассыпается, реальность снова берет нас в свои когтистые руки. И мы совершенно беспомощны, мы не можем остановить этот процесс. Воскрешение! — Она передернулась.

— Это не имеет ничего общего с тем, что вы делаете. Выброси все из головы! Не следует смешивать настоящего Линкольна с этим...

— Но настоящий Линкольн существует в моем сознании!

Я удивленно смотрел на Прис.

— Ты сама не веришь в то, что говоришь. У тебя в голове существует в лучшем случае идея Линкольна.

— Нет, Луис. — Она медленно покачала головой. — Во мне живет самый настоящий Линкольн. И я билась ночь за ночью, чтобы открыть дверь и выпустить его в наш мир.

Я рассмеялся.

— Но это ужасный мир, — продолжала Прис. — Я это знаю. Послушай меня, Луис, я расскажу тебе кое-что... Знаешь ли ты, как можно освободиться от ос? Да-да, этих проклятых ос с их жалами. Здесь нет никакого риска, и денег тратить не придется. Все, что тебе надо, это ведро с песком.

— Так.

— Надо дождаться ночи. Ночью все осы спят в своих гнездах. Ты подбираешься к их дому и засыпаешь песок прямо в дырку, получается что-то вроде кургана. Слушай дальше. Ты думаешь, что убил их, но это не так. Дальше происходит вот что. Утром осы просыпаются и обнаруживают, что выход засыпан. Тогда они начинают рыть ход в песке, чтоб пробиться наружу. Возникает вопрос, куда же девать отработанный песок? Да некуда, только внутрь гнезда, в его другие части. Так что осы организовывают цепочку и песчинка за песчинкой передают этот мешающий груз в заднюю часть своей норы. Беда в том, что песок тяжел и его много. На расчищенное место тут же сверху сыплется новый.

— Ясно.

— Разве это не ужасно?

— Действительно, — согласился я.

— В результате осы, можно сказать, собственноручно заполняют свое гнездо песком. Причем чем усерднее они трудятся, тем ужаснее результат. Они замурованы. Все это похоже на какую-то восточную пытку, не правда ли? Так вот, Луис, когда я услышала про такой способ, я подумала: «Господи, лучше уж умереть! Я не хочу жить в мире, где происходят подобные вещи».

— И когда ты узнала обо всем этом?

— Очень давно. Мне было семь лет, Луис, и я тогда представила себе, каково находиться там, в гнезде. — Не останавливаясь, она вдруг схватила меня за руку, глаза ее плотно зажмурены. — Вот я сплю. Вокруг темно. Рядом со мной сотни, тысячи таких, как я. И вдруг — бах! Шум откуда-то сверху.

Прис плотно прижалась ко мне, но продолжала идти нога в ногу со мной.

— И вот мы дремлем... неподвижные, холодные, как земля вокруг. Затем солнышко просыпается, становится теплее, мы просыпаемся. Но почему вокруг так темно? Где обычный свет? И вот мы начинаем искать выход. Его нет! Мы напуганы. Что происходит? Мы стараемся действовать организованно, не паниковать. Никаких лишних движений — кислорода мало, мы выстраиваемся в цепочку, работаем молча и энергично.

Она по-прежнему шла с закрытыми глазами, держа меня за руку. У меня возникло чувство, будто я веду маленькую девочку.

— Мы никогда больше не увидим дневного света, Луис. Абсолютно неважно, сколько песчинок мы перетащим. Мы продолжаем работать и ждать. Но все бесполезно. Никогда. — Ее голос дрогнул в отчаянии. — Мы мертвы, Луис. Все, там внизу.

Я сжал ее пальцы и попытался стряхнуть наваждение.

— Как насчет чашки кофе?

— Нет, спасибо, — покачала она головой. — Хочу просто прогуляться.

Мы пошли дальше, теперь на расстоянии друг от друга.

— Луис, — сказала Прис, — все эти насекомые: осы, муравьи — они такие сложные. Ведь там, внизу, в их гнездах кипит жизнь. Они трудятся...

— Да, а еще есть пауки.

— Пауки — это отдельная история. Возьми хотя бы дверного паучка. Подумай, что он должен чувствовать, когда очередной кто-то приходит и разрушает его паутину.

— Наверное, он говорит: «Черт побери!» Или что-то в этом роде.

— Нет, — спокойно возразила Прис. — Сначала он чувствует ярость, а затем безнадежность. В первый момент ему больно, он попытается тебя ужалить, если ты дашь ему такую возможность... А потом его накрывает медленное, ужасное отчаяние. Он знает, что все бесполезно. Даже если он соберется с силами и отстроит свой домик, это произойдет вновь.

— Тем не менее пауки всегда остаются на старом месте и восстанавливают свою паутину.

— Они вынуждены так делать. Сила инстинкта. Вот что делает их жизнь ужасной: они не могут, как мы, плюнуть на все и умереть. Они должны продолжать.

— Послушай, Прис, тебе надо посмотреть на вещи с другой стороны. Все не так уж плохо. Ты занимаешься отличной творческой работой. Взять хотя бы твою мозаику или симулякра... Подумай об этом и брось хандрить. Разве у тебя не поднимается настроение, когда ты смотришь на творения своих рук?

— Нет, — ответила Прис. — Потому что все, что я делаю, не имеет смысла. Этого недостаточно.

— А что достаточно?

Прис задумалась. Она открыла глаза и отпустила мои пальцы. Причем сделала это автоматически, не задумываясь. Рефлекс, подумал я. Как у паука.

— Не знаю, — сказала она наконец. — Но я чувствую: как бы упорно я ни трудилась и сколько бы времени ни потратила — этого будет недостаточно.

— И кто же выносит вердикт?

— Я сама.

— А ты подумай, что ты почувствуешь, когда твой Линкольн оживет?

— Я и так знаю, что именно я почувствую — еще большее отчаяние.

Я смотрел, не понимая. Но почему? Отчаяние от успеха... бессмыслица какая-то. А что же тогда при провале? Восторг?

— Послушай, — сказал я. — Мне хочется рассказать тебе одну историю. Может, она тебе поможет.

— Давай. — Она внимательно смотрела на меня.

— Как-то я зашел на почту в маленьком городке, в Калифорнии. И там, на карнизе, были птичьи гнезда. Так вот, один птенец то ли выпал, то ли вылетел, но, так или иначе, он сидел на полу, а его родители взволнованно суетились вокруг. Я пошел к нему, чтоб попробовать положить его обратно в гнездо, если получится. — Я помолчал. — И знаешь, что он сделал, когда я подошел?

— Что?

— Он открыл рот. Очевидно, ждал, что я его покормлю.

Прис молчала, нахмурившись.

— Понимаешь, этот птенец знал жизнь только с одной стороны: его кормят, о нем заботятся. И когда он увидел меня, хоть я и не был похож ни на что знакомое, с его точки зрения, он ждал от меня привычного проявления — еды.

— И что это должно означать?

— А то, что в жизни существуют не только ужасные, холодные вещи, о которых ты говорила. Есть еще доброта и благожелательность, любовь и бескорыстная поддержка.

— Нет, Луис, — тряхнула головой Прис. — Эта история свидетельствует только о твоем полном невежестве по части птиц. Ты же не собирался кормить его.

— Но я пришел помочь ему. Так что он был прав, доверившись мне.

— Хотела бы я смотреть на вещи так же, как ты. Но по мне, так это просто невежество.

— Скорее, наивность, — поправил я.

— Неважно. Наивность в жизни... Было бы здорово сохранить это качество до самой смерти, наверное, я чувствовала бы себя счастливой. Но это невозможно, Луис. Ты живешь, а жизнь — не что иное, как опыт. Тот опыт, который...

— Ты — маленький циник, — сказал я ей.

— Нет, просто реалист.

— Я просто не могу все это слышать! Ты же не приемлешь никакой помощи, к тебе не пробиться. И знаешь почему, Прис? Потому что ты хочешь оставаться на своей позиции. Тебе так легче, так проще всего, а ты не желаешь трудиться. По сути, ты лентяйка, которая прикладывает все силы, чтоб остаться в стороне. И ты никогда не изменишься. Если только в худшую сторону.

Она посмотрела на меня и рассмеялась, холодно и язвительно. Мы развернулись и пошли обратно. Не говоря ни слова.

В мастерской были только Банди и Стэнтон. Первый возился с симулякром Линкольна, второй наблюдал. Обращаясь к Стэнтону, Прис сказала:

— Вы скоро увидите того человека, который

когда-то писал вам все эти письма о помиловании солдат.

Стэнтон молчал. Он пристально разглядывал распростертую фигуру с морщинистым отчужденным лицом, столь хорошо знакомым по многочисленным старинным гравюрам.

— Понятно, — ответил наконец Стэнтон.

Он старательно прочистил горло, откашлялся, как будто хотел что-то сказать, но вместо этого скрестил руки за спиной и стоял, раскачиваясь с пятки на носок. На лице его сохранялось прежнее неопределенное выражение. Это моя работа, казалось, было написано на нем. Все, что имеет значение для общества, важно и для меня.

Я подумал, что подобная поза и выражение лица являются привычными для Стэнтона. Похоже, в нынешнем своем существовании он реанимировал прежние привычки и жизненные позиции. Хорошо это или плохо, я затруднялся сказать. Но знал определенно: игнорировать существование такого человека нам не удастся. Вот и теперь, стоя над телом Линкольна, мы постоянно ощущали за своей спиной его присутствие. Наверно, так было и сто лет назад: неважно, ненавидели или уважали Стэнтона, но всем приходилось считаться с ним.

— Луис, — сказала Прис, — мне кажется, этот экземпляр гораздо удачнее Стэнтона. Смотри, он шевелится.

И действительно, симулякр изменил позу, в которой лежал. Прис, стиснув руки, возбужденно воскликнула:

— Сэму Барроузу следовало быть здесь! Господи, что ж мы не сообразили? Если б он увидел весь процесс воочию, он бы наверняка изменил свое мнение. Я просто уверена в этом! Никто не способен остаться равнодушным. Даже Сэм Барроуз!

Какая экспрессия! Ни малейших сомнений в результате.

— Ты помнишь, Луис, — улыбался Мори, вошедший за нами, — тот день на фабрике, когда мы сделали наш первый электроорган? Помнишь, как мы все играли на нем. Целый день, с утра до вечера.

— Да.

— Ты и я, и Джереми, и этот твой братец с перекошенным лицом — мы постоянно экспериментировали, воспроизводили различное звучание: то клавесина, то гавайской гитары, то каллиопы. И мы играли на нем все, что знали, от Баха до Гершвина. А потом, помнишь, мы приготовили себе ледяные коктейли с ромом и... что же еще? Ага, мы сочиняли музыку и находили все типы тонального звучания — их были тысячи! Нам удалось создать новый музыкальный инструмент, которого раньше не существовало. Мы творили! Включили магнитофон и записывали все, что появлялось. О боже! Это было нечто.

— Да, что и говорить — великий день!

— А я лег на пол и стал работать ножными педалями — задал нижние регистры. Помнится, я нажал на нижнее «соль», и оно зазвучало. Когда мы пришли на следующее утро, это чертово «соль» все еще гудело. Да-а... Тот наш орган — где он сейчас, как ты думаешь, Луис?

— Стоит в чьей-то гостиной, полагаю. Эти электроорганы никогда не изнашиваются, потому что не нагреваются. И их не приходится перенастраивать. Я думаю, кто-нибудь прямо сейчас может играть на нем.

— Помогите ему сесть, — послышался голос Прис.

Симулякр Линкольна зашевелил своими крупными руками, делая попытки подняться. Он моргнул, поморщился, тяжелые черты лица пришли в движение. Мы оба, Мори и я, поспешили поддержать его. О боже, он весил немало! Как будто его отлили из чистого свинца. Но в конце концов совместными усилиями нам удалось придать симулякру сидячее положение. Мы прислонили его к стенке, чтобы не пришлось повторять этот подвиг. И вдруг он издал стон, от которого меня дрожь пробрала. Я обернулся к Бобу Банди и спросил:

— Что это? С ним все в порядке? Может, ему больно?

— Не знаю. — Банди беспрерывно нервными движениями приглаживал волосы, я заметил, что руки у него тряслись. — Я могу проверить цепи боли.

— Цепи боли?

— Ну да. Их приходится ставить, иначе эта штука может врезаться в стену или еще во что-нибудь и размозжить себе голову. — Банди ткнул большим пальцем назад, на стоявшего за его спиной Стэнтона. — Вон и у того парня они есть. Господи, в чем же тут дело?

Не было ни малейших сомнений, что в данный момент мы присутствовали при рождении живого существа. Казалось, он начал нас замечать: его черные как уголь глаза перемещались вверх-вниз, вправо-влево, пытаясь нас всех охватить, включить в поле зрения. При этом в глазах пока не отражалось никаких эмоций — чистый процесс восприятия. И настороженность, которую неспособен себе вообразить человек. Хитрость некоей формы жизни, обитающей за пределами нашей Вселенной, из совершенно иных краев. И вот сейчас существо, которое внезапно зашвырнули в наше время и пространство, пыталось осмыслить, что оно здесь делает и кто мы такие. Ему не очень хорошо удавалось фокусировать взгляд, его черные непрозрачные глаза блуждали, выхватывая то одно, то другое из картины окружающего его мира. Казалось, он все еще находится в подвешенном состоянии, в некой невидимой колыбели, но мне хватило одного беглого взгляда в эту колыбель, чтоб оценить ресурсы этого существа. Тем не менее единственным чувством, которое испытывал наш новорожденный, был страх. Даже не страх, а смертельный ужас. Это трудно было классифицировать как чувство, скорее нечто абсолютно экзистенциальное, основа всего его существования. Наше творение только что появилось на свет, вычленилось из некоторой субстанции, которая для нас была непостижима, по крайней мере на данный момент. Возможно, когда-нибудь мы все тихо ляжем в эту субстанцию, но все это займет ощутимо долгое время. Линкольн же очутился здесь внезапно и должен был занять свое место.

Его бегающие глаза все еще ни на чем конкретно не останавливались, очевидно, его психика оказалась не готова воспринимать отдельные вещи.

— О боже, — пробормотал Мори, — готов поклясться, что он смотрит на нас с подозрением.

В этом искусственном творении таились какие-то таланты. Но кто их вложил? Прис? Сомневаюсь. Может, Мори? Даже не обсуждается. Ни эта парочка, ни тем более Боб Банди (чьим идеалом было замылиться в Рино погулять по питейным и публичным заведениям) не могли сделать этого. Они действительно заронили искру жизни в свое создание, однако речь здесь следовало вести о некотором трансферте[1], а не изобретении. Как вся компания, так и каждый ее член по отдельности вполне могли быть проводником жизни, но никак не ее источником. Это было подобно инфекции: подхватив ее когда-то случайно, они передали болезнь своему творению — на время. Но в чем заключался сам процесс передачи? Являясь пассивным участни-

---

[1] Трансферт — передача права владения именными ценными бумагами (или другими ценностями) одним лицом другому.

ком спектакля, когда симулякр Линкольна пытался освоиться в этой жизни, осмысливая свое и чужое в ней место, я размышлял. Жизнь — это форма, которую принимает материя... Иногда способ ее деятельности. Но в любом случае это — феномен, достойный удивления. Возможно, единственная вещь во Вселенной, которой стоит поражаться. Совершенно непредсказуемая, настолько, что трудно даже предположить сам факт существования жизни, если только ты не являешься ее свидетелем.

И вот еще что я понял, наблюдая рождение Линкольна: толчком к жизни служит не жажда жить или какое-то иное желание. Нет, человека в жизнь толкает страх. Тот самый страх, который мне удалось подсмотреть здесь. И даже не так, все гораздо хуже — я бы назвал это чувство абсолютным ужасом. Таким, который обычно парализует, порождает полную апатию. Но наш-то Линкольн, наоборот, двигался, к чему-то стремился. Почему? Да потому что слишком был силен этот ужас, именно его интенсивность порождала движение, действие. Поскольку оставаться в прежнем состоянии казалось невыносимым.

И я понял: стремление к жизни и порождается желанием изменить состояние не-жизни, как-то смягчить свое пребывание в ней.

Тем не менее, как я мог наблюдать, и сам процесс рождения отнюдь не приятен. В каком-то смысле он даже хуже смерти. Вы можете со мной не соглашаться (и я думаю, многие так и сделают), можете философствовать сколько угодно. Но акт рождения! Здесь не пофилософствуешь, не та ситуация. И что хуже всего, все попытки действовать в дальнейшем только ухудшают ее. Что бы ты ни делал, ты все глубже увязаешь в этой ловушке по имени «жизнь».

Линкольн снова застонал, теперь в этом стоне можно было услышать какие-то осмысленные слова.

— Что? — спросил Мори. — Что он говорит?

— О черт! — пробормотал Банди. — Его звуковая дорожка! Она прокручивается задом наперед.

Таковы были первые слова нашего Линкольна — произнесенные наоборот благодаря ошибке в конструкции.

Глава 8

Чтобы переписать программу симулякра, Банди требовалось несколько дней. Я на это время выехал из Онтарио на запад. Мой путь лежал через Орегонский кряж, а также мое любимое место в западных штатах — маленький городишко под названием Джон-Дэй. Но даже здесь я не остановился, продолжая наматывать мили в западном направлении. Наконец я очутился на скоростной трассе, протянувшейся с севера на юг страны. Это бывшее 99-е шоссе, которое на протяжении сотен миль петляет среди сосен и упирается на калифорнийском конце в Береговой хребет — скучные, серые от вулканического пепла остатки когда-то грандиозной горной системы.

Два желтых крошечных вьюрка щебетали и порхали над моей машиной, пока со всего размаха не шлепнулись о капот. Внезапно наступившая тишина и исчезновение птичек из поля зрения свидетельствовали о том, что они угодили прямо в решетку радиатора.

«И зажарились в мгновение ока», — подумал я про себя. Пришлось останавливать машину на ближайшей станции техобслуживания, где механик извлек из радиатора два обгоревших трупика. Я взял их, завернул в салфетку и похоронил в мусорном баке среди пластиковых пивных банок и полусгнивших картонок.

Впереди меня ждал вулкан Шаста, а там и граница Калифорнии. Однако желание двигаться дальше пропало. Той ночью я остановился в мотеле у Кламат-Фоллз, а на следующее утро повернул обратно к Онтарио. Мне предстояло снова проехать десятки миль вдоль побережья тем же путем, каким я попал сюда.

В половине девятого движение на автостраде небольшое, поэтому я мог себе позволить остановиться и, откинувшись на сиденье, спокойно понаблюдать нечто, привлекшее мое внимание в небе. Это зрелище всегда одновременно и возвышало меня, и заставляло чувствовать собственную ничтожность: огромный космический корабль, возвращавшийся с Луны или еще какой-то планеты, медленно проплывал в небе по направлению к невадской пустыне. Несколько реактивных самолетов ВВС, сопровождавших его, казались просто черными точками на фоне этой громады.

Немногие автомобили, оказавшиеся в этот час на дороге, также остановились, чтобы полюбоваться зрелищем. Люди высовывались из окон, кто-то щелкал фотоаппаратом, а женщина с маленьким ребенком махала и улыбалась.

Гигантский звездолет пролетал, сотрясая землю струями отработанных газов, вылетавших из сопла. Оболочка корабля при ближайшем рассмотрении выглядела потрепанной — изрытой астероидами, местами обгоревшей.

Вот пролетает оплот нашей надежды, сказал я про себя, щурясь на солнце, но не желая отводить глаз от удалявшейся махины. Что он везет из космических далей? Образцы грунта или обнаруженные впервые ростки неземной формы жизни? А может, наоборот, осколки древних цивилизаций, найденные в вулканическом пепле чужих планет?

Скорее всего, кучу бюрократов, одернул я сам себя. Всякие там федеральные служащие, конгрессмены, техники, военные наблюдатели, ученые, может, репортеры и фотографы от «Лук» и «Лайф» или даже целые команды с программ Эн-би-си и Си-би-эс. Но и в этом случае зрелище впечатляло. Я тоже помахал рукой вслед удаляющемуся кораблю.

Забравшись обратно в машину, я задумался. Может быть, недалек тот день, когда на лунной поверхности выстроятся ровные ряды типовых домиков. С телевизионными антеннами на крышах и розеновскими спинет-пианино в гостиных... И вполне вероятно, уже в следующем десятилетии я буду помещать свои объявления в газетах совсем других миров. Ну разве это не романтично? Разве не связывает нашу деятельность с далекими звездами?

Хотя, наверное, имелись и более прямые связи. Пожалуй, я мог понять страсть Прис, ее маниакальную зависимость от Барроуза. Он был тем звеном, что связывало нас, простых смертных, с далекими галактиками. Причем и в моральном, и в физическом, и в духовном смыслах. Он присутствовал как бы в двух реальностях — одной ногой стоя на Луне, а другой находясь в реальном Сиэтле или Окленде. Без Барроуза наши мечты о космосе оставались лишь мечтами, он же своим существованием превращал их в реальность. При этом сам он вовсе не трепетал от грандиозной идеи застройки лунной поверхности, для Барроуза это была только еще одна, пусть и многообещающая, деловая перспектива, так сказать, высокорентабельное производство. Даже более выгодная, чем эксплуатация трущоб.

Итак, назад в Онтарио, сказал я себе. Пора возвращаться к нашим симулякрам — новым заманчивым изобретениям, разработанным как приманка для мистера Барроуза. Благодаря им мы выделимся в его глазах и сможем надеяться на достойное место в его мире. Это наш шанс остаться в живых.

Вернувшись в Онтарио, я сразу отправился в «Объединение МАСА». Еще подъезжая к зданию и выискивая место для парковки, я заметил большую толпу, собравшуюся у нашего офиса. Вернее, у нового павильона, отстроенного Мори.

«Вот оно, — сказал я себе с ощущением безнадежности. — Началось».

Я припарковался и поспешил смешаться с толпой у застекленной витрины. Там внутри мне удалось разглядеть высокую сутулую фигуру за столом. Знакомые черты лица, борода — я узнал Авраама Линкольна, писавшего письмо за старинным шведским бюро орехового дерева. Знакомая вещица. Раньше она принадлежала моему отцу и была перевезена сюда из Бойсе специально для этого шоу.

Это меня неожиданно рассердило. И при всем при том я не мог отрицать аутентичность нашего симулякра. Линкольн, одетый в одежду своей эпохи, с гусиным пером в руке, получился удивительно похожим. Если б мне не была известна вся предыстория, я, пожалуй, решил бы, что это какая-то фантастическая реинкарнация бывшего президента. Черт побери, а не могло ли быть все именно так? Возможно, Прис в чем-то права?

Оглядевшись, я заметил табличку на витрине, где красиво отпечатанными буквами сообщалось:

ПЕРЕД ВАМИ АУТЕНТИЧНАЯ РЕКОНСТРУКЦИЯ
АВРААМА ЛИНКОЛЬНА,
ШЕСТНАДЦАТОГО ПРЕЗИДЕНТА
СОЕДИНЕННЫХ ШТАТОВ.
ПРОЗВЕДЕНО КОМПАНИЕЙ
«МАСА ЭЛЕКТРОНИКС»
СОВМЕСТНО С ФАБРИКОЙ РОЗЕНА
ПО ПРОИЗВОДСТВУ ЭЛЕКТРООРГАНОВ,
ГОРОД БОЙСЕ, ШТАТ АЙДАХО.
ВЫСТАВЛЯЕТСЯ ВПЕРВЫЕ.
ОБЪЕМ ПАМЯТИ И НЕРВНАЯ СИСТЕМА

ВЕЛИЧАЙШЕГО ПРЕЗИДЕНТА
ВРЕМЕН ГРАЖДАНСКОЙ ВОЙНЫ
В ТОЧНОСТИ ВОСПРОИЗВЕДЕНЫ
СТРУКТУРОЙ УПРАВЛЕНИЯ
И МОНАДОЙ ДАННОГО УСТРОЙСТВА.
ОБЕСПЕЧИВАЮТ ПОЛНОЕ ВОСПРОИЗВЕДЕНИЕ
РЕЧИ, ПОСТУПКОВ И РЕШЕНИЙ
ШЕСТНАДЦАТОГО ПРЕЗИДЕНТА
В СТАТИСТИЧЕСКИ ОБОСНОВАННОЙ СТЕПЕНИ.
ПРИГЛАШАЕМ ЖЕЛАЮЩИХ.

В объявлении четко была видна рука Мори. Взбешенный, я протолкался через толпу и попытался войти в павильон. Дверь оказалась запертой, пришлось открывать ее своим ключом. Внутри я увидел новенький диван в углу комнаты, на котором сидели Мори, Боб Банди и мой отец. Они внимательно наблюдали за Линкольном.

— Привет, дружище, — обратился ко мне Мори.

— Ну что, успел вернуть назад свои денежки? — спросил я.

— Да нет. Мы ни с кого денег не берем — простая демонстрация.

— Эта дурацкая надпись — твоя выдумка? Да я и сам знаю, что твоя. И какого рода уличную торговлю ты планируешь открыть? Почему бы вашему Линкольну не продавать ваксу или моющее средство? Что ж он просто сидит и пишет? Или это является частью рекламы кукурузных хлопьев?

— Он занят разбором ежедневной корреспонденции, — сказал Мори. И он, и Боб, и даже мой отец выглядели притихшими.

— А где твоя дочь?

— Она скоро будет.

— И ты не возражаешь против того, чтобы он сидел за твоим столом? — обратился я к отцу.

— Нет, mein Kind, — ответил он. — Ты бы пошел и поговорил с Линкольном, он не сердится, когда его прерывают. Вот чему бы я хотел у него научиться.

— Хорошо, — бросил я и направился к фигуре у шведского бюро.

Толпа по-прежнему глазела на всю сцену через витринное окно.

— Господин президент, — промямлил я, почувствовав комок в горле. — Сэр, мне неприятно вас беспокоить...

Я прекрасно знал, что беседую с механизмом, но в то же время не мог избавиться от нервозности. Вообще, меня бесила необходимость участвовать в дурацком спектакле наравне с машиной. При этом никто не позаботился дать мне бумажку с инструкциями, предоставив самому решать все проблемы. Если б я мог их решить! Почему бы не обратиться к нему «мистер Симулякр»? Ведь, в конце концов, это правда?

Правда! А что означает «правда»? Это — как в детстве, когда тебе надо пересечь холл универмага и подойти к Санта-Клаусу.

Когда легче упасть замертво, чем сказать правду. Хотел бы я этого? В подобной ситуации признание правды значило бы конец всего, в первую очередь меня самого. Своей правдой вряд ли я сделаю больно симулякру. Что касается Мори, Боба Банди и даже моего отца, так они, скорее всего, ничего не заметят. Следовательно, мне надо было защищать прежде всего самого себя. Я осознавал этот факт очень четко, лучше всех, как в этой комнате, так и за ее витриной.

Подняв глаза, Линкольн отложил в сторону гусиное перо и сказал высоким, но не лишенным приятности голосом:

— Добрый день. Полагаю, вы — мистер Луис Розен?

— Да, сэр, — ответил я.

И мгновенно комната взорвалась в моих глазах. Шведское бюро разлетелось на миллион кусочков, и они, как в замедленном кино, полетели мне в лицо. Я закрыл глаза и упал ничком, даже не выставив вперед рук. Грохнулся на пол прямо у ног Линкольна, и тьма накрыла меня.

Это был обморок. Впечатление оказалось настолько сильным, что я потерял сознание.

Когда я пришел в себя, то обнаружил, что сижу в углу офиса, опираясь на стену. Надо мной склонился Мори Рок. В одной руке у него дымилась привычная «Корина», в другой он держал открытую бутылочку нашатырного спирта, которой помахивал у меня перед носом.

— О боже, — произнес он, увидев, что я очнулся. — У тебя на лбу шишка величиной с яйцо.

Я пощупал свой лоб — шишка была скорее с лимон. И я ощущал соленый вкус на губах.

— Похоже, я потерял сознание.

— Ну да, а то как же.

Теперь я увидел своего отца, топтавшегося поблизости, а также — что совсем уж было малоприятно — Прис Фраунциммер в длинном сером плаще. Она расхаживала взад-вперед, бросая на меня презрительные взгляды. Видимо, мой обморок не доставил ей удовольствия.

— Ничего себе, — бросила она. — Он тебе сказал всего одно слово, и ты вырубился!

— Ну и что? — огрызнулся я.

— Это доказывает, что я был прав, — обернулся Мори к дочери. — Наш симулякр чрезвычайно впечатляет.

— А что он... этот Линкольн, сделал, когда я грохнулся? — спросил я.

— Он подобрал тебя и притащил сюда, наверх, — ответил Мори.

— О господи, — пробормотал я.

— Но почему ты упал в обморок? — Прис нагнулась и внимательно посмотрела на меня. — Ну и шишка! Ты просто идиот, Луис... Послушайте, там собралась целая толпа, слышите? Я была снаружи, у дома, и пыталась пройти внутрь. Можно подумать, что мы изобрели по меньшей мере Господа Бога. Они на самом деле молятся, а две женщины перекрестились. А некоторые, ты не поверишь...

— Хватит, — оборвал я ее.

— Может, ты дашь мне договорить?

— Нет, — отрезал я. — Заткнись, ладно?

Мы с ненавистью смотрели друг на друга, затем она резко поднялась на ноги.

— Ты знаешь, что у тебя губы разбиты? Лучше бы наложить пару-тройку швов.

Прикоснувшись к губам, я обнаружил, что они до сих пор кровоточат. Похоже, Прис говорила правду.

— Я отвезу тебя к доктору. — Она подошла к двери и стояла, ожидая меня. — Ну давай же, Луис.

— Не нужно мне никаких швов, — проворчал я, но все же поднялся и на трясущихся ногах последовал за ней.

Пока мы ждали лифта, Прис прошлась по моему адресу:

— Ты, оказывается, не такой уж храбрец.

Я промолчал.

— Ты отреагировал хуже, чем я. Хуже, чем кто-либо из нас. Честно говоря, я удивлена, Луис. Видать, ты куда менее устойчивый, чем кажешься. Могу поспорить, что когда-нибудь, при сильном стрессе тебя это здорово подведет. Могут возникнуть серьезные психологические проблемы.

Двери лифта открылись, пропустив нас внутрь.

— Разве это плохо — реагировать? — спросил я.

— Знаешь, в Канзас-Сити я сделала кое-какие полезные выводы. В частности, приучилась вообще ни на что не реагировать, если в том нет прямой выгоды. Я считаю, что именно это спасло мне жизнь, позволило справиться с болезнью и выйти оттуда. Такая же реакция, как у тебя, всегда плохой знак. Признак нарушения адаптации.

Там, в Канзас-Сити, подобную штуку называют паратаксисом. Это когда эмоции вмешиваются в межличностные отношения и усложняют их. Неважно, какого рода эмоции: ненависть, вражда или страх, как в твоем случае, — все паратаксис. Если процесс усиливается, возникает психическое заболевание. И не дай бог эта штука победит — тогда ты шизофреник, наподобие меня. Поверь мне, это хуже всего.

Я держал платок у губ, слегка промакивая выступающую кровь. Я не мог объяснить, почему упал в обморок. Даже не пытался.

— Давай поцелую, — предложила Прис. — Перестанет болеть.

Я бросил подозрительный взгляд на нее, но увидел выражение самого искреннего участия. Это меня тронуло.

— Черт, — пробормотал я, — все и так будет в порядке.

На самом деле я чувствовал себя взволнованным и не мог смотреть на Прис. Я снова казался себе маленьким мальчиком.

— Взрослые так не разговаривают, — сказал я. — Поцелую, перестанет болеть... Что за чушь ты несешь!

— Я просто хотела помочь. — Ее губы дрогнули. — Ох, Луис, все кончено.

— Что кончено? — не понял я.

— Он живой, ты понимаешь? Я никогда не смогу снова прикоснуться к нему. И что же мне дальше делать? У меня ведь нет другой цели в жизни.

— О боже! — выдохнул я.

— Моя жизнь пуста, с таким же успехом я могла бы и умереть. Линкольн — это все, что у меня было. Все, что я делала, о чем думала.

Мы приехали. Дверь открылась, и Прис шагнула в вестибюль. Я последовал за ней.

— Ты знаешь, к какому доктору идти? — спросила она. — Думаю, я просто провожу тебя на улицу и вернусь.

— Отлично.

Однако когда мы сели в белый «ягуар», она снова заговорила:

— Скажи, что мне делать, Луис? Мне надо чем-то заняться прямо сейчас.

— Ты должна справиться со своей депрессией.

— Но у меня никогда не было ничего подобного.

— Понятно. — И тут я ляпнул первое, что пришло на ум: — Может, тебе сходить к священнику?

— Хотела бы я быть мужчиной! Природа так обделила женщин. Вот ты мог бы стать кем-нибудь, Луис, а каковы перспективы для женщины? Стать домохозяйкой или клерком, машинисткой или, в крайнем случае, учительницей.

— Доктором, — придумал я. — Накладывать швы на разбитые губы.

— Я не выношу вида больных, раненых или просто ненормальных. Ты же знаешь это, Луис. Именно поэтому я везу тебя к доктору — я не могу смотреть на искалеченных.

— Я вовсе не искалеченный, просто разбил губы.

Прис нажала на стартер, и мы выехали на дорогу.

— Я забуду Линкольна, — пообещала Прис. — И никогда не буду думать о нем как о живом человеке. С этой минуты он будет для меня просто вещью. Вещью для продажи.

Я кивнул.

— И я увижу, как Сэм Барроуз купит его! Это единственная моя цель. С настоящего момента все, что я делаю и думаю, будет подчинено Сэму Барроузу.

Если б я и хотел посмеяться над ее словами, то мне достаточно было взглянуть на ее лицо, чтоб передумать. Оно казалось таким открытым и несчастным, что у меня защемило сердце. Я снова молча кивнул. Всю дорогу, что мы ехали к доктору, Прис расписывала мне свою будущую жизнь, как там все будет прекрасно. Все это смахивало на какую-то безумную причуду, всплывавшую на поверхность из той бездны отчаяния, куда погрузилась Прис. Она не могла находиться в бездеятельности ни минуты, ей нужна была цель в жизни. Это — ее способ преодоления мира и наполнения его смыслом.

— Прис, — сказал я, — по-моему, твоя проблема в том, что ты излишне рациональна.

— Вовсе нет. Любой тебе скажет, что я поступаю в соответствии со своими чувствами.

— А я скажу, что ты во всем руководствуешься своей железобетонной логикой. И это ужасно.

От подобной привычки надо избавляться. Я б на твоем месте попросил доктора Хорстовски помочь тебе стать нелогичной. Ты живешь так, будто твоя жизнь управляется безукоризненными геометрическими доказательствами. Так нельзя, Прис. Расслабься, будь помягче. Почему бы тебе не сделать что-нибудь просто так, без всякой цели. Понимаешь? Будь неосторожной, дурачься. Ты, например, можешь сейчас не везти меня к доктору. Вместо этого высади где-нибудь перед чистильщиком обуви, и у меня будет отличная пара начищенных ботинок.

— Твои ботинки и так сияют.

— Вот видишь, ты все время пытаешься быть логичной! А что, если остановиться на первом попавшемся перекрестке, бросить машину, зайти в цветочный магазин. И купить цветов, и бросать их в проезжающие машины.

— И кто будет платить за цветы?

— А мы украдем их. Просто возьмем и сбежим.

— Дай-ка подумать.

— Да не надо думать! Неужели ты никогда не крала за все детство? И ничего не сломала? Какую-нибудь общественную собственность, например уличный фонарь?

— Я как-то украла конфету в аптеке.

— Давай сделаем это снова, — загорелся я. — Снова станем детьми. Найдем какую-нибудь аптеку, стащим конфету из тех, что по десять центов штука. А потом присмотрим укромное местечко, например на лужайке, сядем и съедим ее.

— Ты не можешь. У тебя разбиты губы.

Я попытался говорить разумно и осторожно:

— Хорошо, признаю. Но ты-то можешь. Разве нет? Признай и ты тоже. Ты можешь прямо сейчас зайти в аптеку и проделать все это, пусть без меня.

— А ты придешь?

— Если хочешь. Или я могу ждать тебя с запущенным мотором и умчать в ту же секунду, как ты появишься.

— Нет, — сказала Прис, — лучше ты войдешь в аптеку со мной и все время будешь рядом. Ты можешь мне понадобиться, например подсказать, какую конфетку взять.

— Отлично, пойдем.

— А какое наказание за такие дела?

— Вечная жизнь.

— Ты шутишь?

— Нет, я сказал именно то, что имел в виду. — Я был совершенно серьезен.

— Ты смеешься надо мной, я вижу. Разве я такая смешная?

— О боже! Нет.

Но она, похоже, уже все решила.

— Ну конечно, я же всегда была доверчивой, и ты это знаешь. Мне даже в школе придумали кличку — Путешествия Легковера.

— Пойдем в аптеку, Прис, — просил я. — Позволь мне доказать тебе, позволь спасти тебя.

— Спасти от чего?

— От неизбежности твоего разума.

Она колебалась. Я видел, как эти чертовы вопросы душили ее: как поступить и какова будет расплата за ошибку. Наконец она обернулась ко мне без улыбки и произнесла:

— Луис, я верю, что это был не розыгрыш с аптекой, ты не стал бы смеяться надо мной. Ты можешь меня ненавидеть и, я думаю, ненавидишь за некоторые вещи, но издеваться над слабым не в твоих привычках.

— Ты не слабая.

— Нет, Луис, именно слабая. Тебе просто не хватает чутья, чтобы понять это. Но может быть, так и лучше. Вот у меня все по-другому: есть чутье, но это не делает меня хорошей.

— Чушь, — заявил я. — Завязывай со всем этим, Прис. Я понимаю, у тебя сейчас депрессия по поводу окончания работы над Линкольном. Временный простой, и как все творческие люди ты это переживаешь...

— Приехали, — констатировала Прис, притормаживая у клиники.

Доктор осмотрел меня и решил, что вполне можно обойтись без швов. На обратной дороге я уговорил Прис остановиться у бара. После всех переживаний мне просто необходимо было выпить. Ей же я объяснил, что мы должны отпраздновать окончание работы — такова традиция. Благо повод более чем достойный: наблюдать рождение Линкольна — это великий, может, величайший момент в жизни. Хотя при всем своем величии это событие несло также оттенок какой-то угрозы, мало подвластной нашим усилиям.

— Мне только одно пиво, — сказала Прис, пока мы пересекали улицу, направляясь к бару.

Я так и сделал: заказал пиво для дамы и кофе «по-ирландски» для себя.

— Ты, я смотрю, здесь как дома, — заметила Прис. — Должно быть, проводишь кучу времени, ошиваясь по барам?

— Слушай, я все хочу у тебя спросить, — сказал я ей. — Ты действительно так плохо думаешь о людях, как показываешь? Или просто говоришь так, чтоб задеть побольнее? Потому что если...

— А ты как считаешь? — ответила вопросом на вопрос Прис.

— Не знаю.

— Ну и в любом случае, какое тебе до этого дело?

— Ты удивишься, но меня интересует все, что касается тебя. Самые мельчайшие подробности.

— С чего бы это?

— Ну, начать с того, что у тебя совершенно очаровательная история. Шизоид к десяти годам, к тринадцати — обладательница навязчивого невроза, в семнадцать ты стала полноценным шизофреником под наблюдением федерального правительства. На сегодняшний день почти излечилась и вернулась в нормальное человеческое общество. И при том все еще... — Тут я прервался. Все перечисленные животрепещущие подробности не объясняли главной причины. — Все это ерунда. Просто я влюблен в тебя, Прис.

— Не верю.

— Ну, скажем, я мог бы влюбиться в тебя, — поправился я.

— Если бы что? — спросила она дрогнувшим голосом. Я видел, что она ужасно нервничает.

— Не знаю, что-то мешает.

— Боишься, — сказала Прис.

— Наверное, ты права, — согласился я. — Возможно, просто боюсь.

— Сознайся, ты пошутил? Когда говорил, что влюблен.

— Нет, Прис, я не шутил.

Она горько рассмеялась.

— Твой страх! Если б ты мог справиться с ним, ты бы завоевал любую женщину. Я не имею в виду себя... Как тебе это объяснить, Луис? Мы с тобой очень разные, по сути, полные противоположности. Ты — человек эмоциональный, в то время как я держу свои чувства под замком. Однако это не значит, что их у меня нет. Возможно, я чувствую гораздо глубже, чем ты. А если б у нас родился ребенок, что было бы тогда? Знаешь, я никогда не могла понять женщин, которые рожают детей, одного за другим. Ежегодный помет, как у свиньи или собаки. Наверное, в этом что-то есть... Может, такое поведение даже здорово и естественно. — Она бросила на меня взгляд искоса. — Но мне этого не понять. Выражать себя в жизни посредством репродуктивной системы — не мой путь. Черт, мне кажется, я счастлива, только когда делаю что-то своими руками. Почему так, Луис?

— Понятия не имею.

— Но должно же быть какое-то объяснение, все в этом мире имеет свою причину. А знаешь, мне ведь раньше никто не признавался в любви.

— Этого не может быть. Какие-нибудь мальчики в школе...

Нет, Луис, ты первый. Честно говоря, я и не знаю, как реагировать на твое признание. Очень странные ощущения, я даже не уверена, что мне это нравится.

— Понятно.

— Любовь и творчество, — задумчиво произнесла Прис. — Ты понимаешь, мы дали жизнь Стэнтону и Линкольну, а любовь и рождение всегда тесно связаны, не правда ли? Ведь это прекрасно — давать жизнь кому-то, Луис! И если ты любишь меня, ты должен стремиться к тому же, что и я. Разве не так?

— Думаю, да.

— Ведь мы почти как боги, — сказала Прис. — В том, что мы делаем, в нашем великом открытии. Стэнтон и Линкольн! И в то же время, давая им жизнь, мы исчерпываем себя... Ты не чувствуешь себя опустошенным, Луис?

— Нет. Какого черта?

— Наверное оттого, что мы такие разные. Для тебя все это не столь важно, как для меня. Посмотри, ведь прийти сюда было твое минутное желание, и ты подчинился ему. В настоящий момент Мори и Боб, и твой отец, и Стэнтон — они все в МАСА с Линкольном, а тебе этого не надо. Тебе нужно было прийти сюда выпить. — Прис говорила мягко, в ее улыбке сквозило понимание.

— Ну, пожалуй, — согласился я.

— Я, наверное, наскучила тебе, да? Мне почему-то кажется, что я тебе вовсе не интересна. Ты занят самим собой.

— Может, ты и права.

— Почему тогда ты сказал, что тебе все интересно про меня? Зачем ты говорил, что мог бы влюбиться, если б не боялся?

— Не знаю.

— Неужели ты никогда не пробовал заглянуть в себя и выяснить, что к чему? Я, например, всегда анализирую свои поступки.

— Прис, включи на минутку здравый смысл, — попытался объяснить ей я. — Ты всего-навсего человек, такая же, как все, не лучше, не хуже. Тысячи американцев попадают в клиники с диагнозом «шизофрения», многие и сейчас в них. Перед Актом Макхестона все равны. Я не спорю, ты привлекательная девушка, но есть и покрасивее среди киношных старлеток, особенно из итальянок или шведок. А твой ум...

— Ты себя пытаешься убедить?

— То есть?

— Ты одновременно идеализируешь меня и не хочешь в этом признаваться, — спокойно пояснила она.

Я оттолкнул свой стакан. Алкоголь жег мои разбитые губы.

— Поехали обратно в МАСА.

— Я сказала что-то не так? — На мгновение она вынырнула из своей непоколебимости. Казалось, она подыскивает какие-то новые слова, лучше, правильнее. — Я хотела сказать, что ты амбивалентен по отношению ко мне.

Но мне расхотелось слушать все это.

— Давай допивай свое пиво — и поехали.

Когда мы выходили из бара, она сказала с сожалением:

— Я опять сделала тебе больно.

— Нет.

— Я стараюсь быть хорошей с тобой, Луис. Но так уж получается: я всегда раздражаю людей, когда специально подлаживаюсь к ним и говорю то, что якобы надо... Мне нельзя изменять самой себе. Каждый раз, когда я пытаюсь действовать в соответствии с правилами приличия, все получается плохо. Схема не срабатывает. — Прис говорила извиняющимся тоном, как будто это была моя идея.

— Послушай, — заговорил я, когда наша машина уже влилась в уличный поток, — сейчас мы вернемся и пересмотрим наш постулат о том, что все делается только ради Сэма Барроуза, хорошо?

— Нет, — быстро ответила Прис. — Это только мое дело, и принимать решение могу только я.

Я похлопал ее по плечу.

— Ты знаешь, я теперь гораздо лучше тебя понимаю и надеюсь, у нас установятся хорошие здоровые отношения.

— Может быть, — ответила Прис, проигнорировав оттенок сарказма в моих словах. Она улыбнулась: — Я очень надеюсь на это, Луис. Люди должны понимать друг друга.

В офисе МАСА нас встретил возбужденный Мори.

— Где вы были так долго? — набросился он, потрясая клочком бумаги. — Я послал телеграмму Сэму Барроузу, вот смотри!

И он пихнул мне в руки свою бумаженцию. Я с трудом развернул ее и прочитал:

РЕКОМЕНДУЕМ ВЫЛЕТАТЬ СЮДА НЕМЕДЛЕННО ТЧК НЕВЕРОЯТНЫЙ УСПЕХ СИМУЛЯКРА ЛИНКОЛЬНА ТЧК НЕОБХОДИМО ВАШЕ РЕШЕНИЕ ТЧК ЖДЕМ ВАС ДЛЯ ПЕРВОГО ОСВИДЕТЕЛЬСТВОВАНИЯ КАК ДОГОВАРИВАЛИСЬ ПО ТЕЛЕФОНУ ТЧК ПРЕВОСХОДИТ ВСЕ ОЖИДАНИЯ ТЧК НАДЕЕМСЯ ПОЛУЧИТЬ ОТВЕТ В ТЕЧЕНИЕ ДНЯ ТЧК

МОРИ РОК ЗПТ ОБЪЕДИНЕНИЕ МАСА

— Ну и что, он уже ответил? — спросил я.

— Нет еще, но мы сейчас как раз звоним ему.

Тут раздался какой-то шум, и нетвердой походкой вошел Боб Банди. Он обратился ко мне:

— Мистер Линкольн просит передать вам его сожаления по поводу случившегося и интересуется вашим здоровьем.

— Сообщи, что со мной все в порядке, — ответил я и, подумав, добавил: — Поблагодари его от моего имени.

— Хорошо.

Дверь офиса захлопнулась за Банди. Я обратился к Мори:

— Должен признать, это действительно находка. Я был не прав.

— Благодарить Линкольна — напрасный труд, — заметила Прис.

Возбужденно попыхивая своей «Кориной», Мори заявил:

— Нас ждет куча дел. Теперь, я уверен, Барроуз заинтересовался нами. Но вот о чем нам надо подумать... — Он понизил голос. — Такой человек, как он, способен просто смести нас со своего пути. Ты не думал об этом, дружище?

— Запросто, — ответил я. Мне и в самом деле приходили в голову подобные мысли.

— Тем более что за свою карьеру он миллион раз уже проделывал такие штуки с мелкими партнерами, — добавил Мори. — Все мы, четверо, должны сплотиться и быть начеку, даже пятеро, если считать Боба Банди. Правильно?

Он оглянулся на Прис и меня с отцом.

— Мори, может, тебе лучше предложить симулякра федеральному правительству? — При этом отец робко взглянул на меня и добавил: — Hab' ich nicht Recht, mein Sohn?[1]

— Мы уже связались с Барроузом, — ответил я, — и, судя по всему, он успел выехать.

— Мы можем отказать ему, даже если он приедет, — попытался успокоить нас Мори. — Если почувствуем, что этот вопрос следует решать в Вашингтоне.

— А ты спроси у Линкольна, — предложил я.

— Что? — взвилась Прис. — Луис, ради бога!

---

[1] Или я не прав, сын мой? *(нем.)*

— Я сказал то, что думаю: посоветуйся с Линкольном.

— Да что какой-то провинциальный политик из прошлого века может знать о Сэме К. Барроузе? — возмутилась Прис.

Я ответил как можно спокойнее:

— Полегче, Прис, ей-богу...

— Давайте не будем ссориться, — поспешно вмешался Мори. — У каждого из нас есть право высказаться. Лично я думаю, нам стоит показать нашего Линкольна Барроузу. А если в силу каких-то невероятных причин...

Он прервался, потому что затрезвонил телефон. Мори быстро шагнул к нему и снял трубку:

— Объединение МАСА. Мори Рок слушает.

«Ну вот, — подумал я. — Жребий брошен».

— Да, сэр, — говорил Рок в трубку. — Мы встретим вас в аэропорту Бойсе. Да, мы найдем вас там.

Лицо его покраснело. Он подмигнул мне.

— А где Стэнтон? — спросил я у отца.

— Что, mein Sohn?

— Где симулякр Стэнтона, я что-то его не вижу.

Мне припомнилась враждебность Стэнтона к Линкольну, и я, встревожившись, бросился к Прис. Она стояла возле отца, стараясь расслышать телефонный разговор.

— Где Стэнтон? — почти крикнул я ей.

— Не знаю. Банди оставил его где-то. Наверное, внизу, в мастерской.

— Одну минуту. — Мори отвел трубку в сторону и сообщил: — Стэнтон в Сиэтле. С Барроузом.

Выражение лица у него при этом было довольно странное.

— О нет! — воскликнула Прис.

— Вчера вечером он сел в междугородный экспресс, — пояснил Мори. — Утром добрался до Сиэтла, сейчас осматривает городские достопримечательности. Барроуз говорит, у них была долгая беседа.

Он накрыл трубку рукой и сообщил:

— Он еще не получил нашу телеграмму и сейчас интересуется главным образом Стэнтоном. Сказать ему про Линкольна?

— Да лучше бы сказать, — ответил я. — Он ведь все равно получит нашу телеграмму.

— Мистер Барроуз, — проговорил Мори в трубку, — мы только что отправили вам телеграмму. Да, у нас имеется рабочая модель Линкольна, и он невероятно хорош. Даже лучше Стэнтона.

Он бросил тревожный взгляд на меня и спросил:

— Сэр, Стэнтон будет вас сопровождать в самолете? Мы хотели бы вернуть его обратно.

Молчание, затем Мори снова отвел трубку в сторону:

— По словам Барроуза, Стэнтон предполагает остаться еще на день-два и осмотреть город. Он собирается постричься и сходить в библиотеку. А если город ему понравится, то, возможно, открыть там юридическую контору и осесть навсегда.

— Боже праведный! — воскликнула Прис, стиснув руки. — Пусть Барроуз уговорит его вернуться сюда!

Мори обратился к телефонной трубке:

— А не могли бы вы убедить его поехать с вами, мистер Барроуз?

Снова молчание.

— Его нет, — сообщил нам Мори, на этот раз даже не накрывая трубку. — Он попрощался с Барроузом и ушел.

Он хмурился и выглядел крайне расстроенным.

— Так или иначе, разговор надо заканчивать, — напомнил я.

— Ты прав. — Мори собрался с духом и снова заговорил в трубку: — Ну ладно, на самом деле я уверен, что с этой чертовой машиной все будет в порядке. У него ведь есть деньги, не так ли?

Молчание.

— Ага, и вы еще дали ему двадцать долларов, хорошо. Ну, посмотрим. Вы знаете, симулякр Линкольна получился намного убедительнее. Да, сэр. Всего доброго.

Он повесил трубку и рухнул на стул. Мори сидел не двигаясь — взгляд был направлен в одну точку, губы шевелились.

— Я даже не заметил, как он ушел. Вы думаете, это он из-за Линкольна? Может, и так, у него невыносимый характер.

— Что толку плакать о пролитом молоке, — заметил я.

— Ты прав, — согласился Мори, кусая губы. — А ведь у него новенькая батарейка, на шесть месяцев! Возможно, мы его не увидим до следующего года. Бог ты мой, в него вбуханы тысячи долларов! А что, если Барроуз обманывает нас? А ну как он запер нашего симулякра где-нибудь в подвале?

— В таком случае Барроуз остался бы в Сиэтле, — возразила Прис. — Не расстраивайся, может, все и к лучшему. Как знать, возможно, он и не захотел бы приезжать сюда, если бы не Стэнтон. Если б он не увидел воочию симулякра, не поговорил с ним, то мог бы и не откликнуться на телеграмму. Опять же, хорошо, что Стэнтон сбежал. Иначе Барроуз действительно мог бы заманить его в западню и вывести нас из игры. Не согласен?

— Да, ты права, — мрачно кивнул Мори. Тут в разговор вступил мой отец:

— Но ведь мистер Барроуз уважаемый человек, разве не так? Человек, которого волнуют социальные нужды людей. Мой сын показывал мне его письмо по поводу жилого комплекса для малообеспеченных граждан, которых он опекает.

Мори снова кивнул, еще более мрачно. Прис, похлопав по руке моего отца, сказала:

— Да, Джереми, это человек с развитым чувством гражданского долга. Я уверена, он вам понравится.

Отец улыбнулся девушке, а затем повернулся ко мне:

— Мне кажется, все складывается как нельзя более хорошо, nicht wahr?

И мы все дружно кивнули со смешанным чувством страха и обреченности.

В этот момент дверь отворилась и вошел Боб Банди со сложенным листком бумаги в руке. Это была записка от Линкольна. Боб передал ее мне, и я прочитал:

Мистеру Розену

Дорогой сэр, пишу, чтоб справиться о Вашем здоровье. Надеюсь, Вы уже поправились.

Искренне Ваш,
А. Линкольн.

Записка действительно дышала искренностью и сочувствием.

— Пожалуй, пойду поблагодарю его, — сказал я Мори.

— Валяй, — согласился он.

Глава 9

Мы стояли на холодном ветру у главного входа в аэропорт, поджидая рейса из Сиэтла, и я задал себе вопрос: «Каков он? Чем он так отличается от остальных людей?»

«Боинг-900» приземлился и мягко покатился по взлетно-посадочной полосе. Подали трап. С двух концов отворились двери, и стюардессы стали помогать выходить пассажирам, а служащие авиакомпании внизу встречали их, чтоб предупредить случайные падения. Тем временем вокруг засновали погрузчики для багажа, похожие на больших жуков, подъехал, сигналя красными мигалками, автобус «Стандарт стэйшн».

Пассажиры всех рангов суетливо спускались по трапам и спешили в объятия друзей и родственников — тех, которые были допущены на летное поле.

Рядом со мной беспокоился Мори:

— Давай тоже выйдем поприветствовать его.

Они с Прис и впрямь поспешили к самолету, а мне ничего не оставалось делать, как потащиться вслед. Служащий в синей униформе пытался остановить нас, но Мори и Прис проигнорировали его, я, соответственно, тоже, так что скоро мы подошли к подножию трапа для первого класса. Там мы остановились в ожидании, наблюдая, как один за другим спускаются пассажиры — более или менее преуспевающие бизнесмены. Череда непроницаемых лиц, разбавленная редкими улыбками. Некоторые выглядели уставшими.

— Вот он, — сказал Мори.

По трапу, улыбаясь, спускался стройный мужчина в сером костюме, легкое пальто перекинуто через руку. Разглядев его поближе, я поразился, насколько хорошо, прямо-таки вызывающе безупречно, сидит на нем костюм. Несомненно, шит на заказ в Англии или Гонконге, решил я про себя. Расслабленная походка, очки без оправы с зеленоватыми стеклами, волосы, как и на фотографиях, стрижены совсем коротко, на армейский манер. Его сопровождала приятная дама с папочкой под мышкой. Я узнал старую знакомую — Колин Нилд. Но это было еще не все.

— Да их трое, — заметила Прис.

Действительно, с ними прилетел еще один мужчина — низенький краснолицый крепыш в плохо сшитом коричневом костюме. То ли он был слишком мал ростом, то ли костюм велик — но рукава и штанины казались слишком длинными, как, впрочем, и прямые черные волосы, обрамлявшие его куполообразный череп. Еще мне запомнился нос «а-ля доктор Айболит» и булавка в галстуке. Все это, а также его семенящая походка говорили, что перед нами поверенный мистера Барроуза. Манеры этого человека заставляли вспомнить адвоката в суде или тренера бейсбольной команды, выступающего с протестом на поле. Странное дело, подумалось мне, насколько похожа манера выражать протест у людей различных профессий: выпрямляешься и идешь, размахивая руками. Даже говорить необязательно.

Наш экземпляр тем не менее сиял и что-то оживленно говорил на ходу Колин Нилд. Свой парень в доску, неугомонный и с большим запасом энергии — именно таким и должен быть адвокат Сэма Барроуза. Колин, как и прежде, была одета в тяжелое темно-синее пальто, смахивающее на одеяло. Однако на этот раз ее наряд оживляли некоторые изыски, как то: шляпка, перчатки и изящная кожаная сумочка. Она прислушивалась к своему собеседнику, который обильно жестикулировал, как вошедший в раж декоратор или прораб бригады строителей. Мне он чем-то понравился, и я почувствовал, как напряжение внутри немного ослабло, а вместо него появилась уверенность, что мы с ним поладим.

Барроуз сходил с трапа, внимательно глядя себе под ноги, глаза спрятаны за темными очками. Он также слушал, что говорит адвокат. Наконец он ступил на летное поле, и Мори тут же поспешил навстречу:

— Мистер Барроуз!

Тот отступил на шаг, чтоб дать дорогу следовавшим за ним людям, легко и гибко обернулся в нашу сторону и протянул руку.

— Мистер Рок?

— Да, сэр. — Мори с энтузиазмом пожал протянутую руку.

Они составили центральное ядро композиции, вокруг которого сгрудились все остальные — адвокат, секретарша и мы с Прис.

— Это Прис Фраунциммер и мой компаньон Луис Розен, — представил нас Мори.

— Счастлив познакомиться, — пожал руку и мне Барроуз. — А это моя секретарша, миссис Нилд, и мистер Бланк, адвокат.

Общий обмен рукопожатиями.

— Довольно холодно на поле, не правда ли? — Барроуз заторопился ко входу в здание.

Он шел так быстро, что нам всем пришлось чуть ли не галопировать за ним. Мне почему-то представилось стадо крупного рогатого скота. Хуже всех приходилось мистеру Бланку, его короткие ножки двигались, как ускоренные кадры в старом кино. Но это, похоже, не испортило ему настроения, он продолжал излучать благодушие.

— Бойсе, — огляделся он. — Бойсе, штат Айдахо. Интересно, что они еще придумают?

Колин Нилд, догнав меня, улыбнулась как старому знакомому.

— Рада снова видеть вас, мистер Розен. Ваш Стэнтон просто очаровал нас.

— Фантастическая конструкция, — подтвердил мистер Бланк и тепло улыбнулся мне. — Мы подумали, он из Службы внутренних доходов.

Мори и Барроуз первыми вошли в здание, следом Прис, а за ними — наша троица.

Миновав терминал, мы вышли с противоположной стороны. Барроуз и Мори к тому времени уже загружались в лимузин, водитель в униформе предупредительно придерживал дверцу.

— А багаж? — поинтересовался я у миссис Нилд.

— Никакого багажа. У нас не так уж много времени, мы планируем сегодня же ночью вылететь обратно. Если придется задержаться, купим все необходимое прямо здесь.

Это впечатлило меня, и я в ответ промычал что-то невразумительное. Наконец мы тоже разместились в лимузине, и водитель тронулся с места. Скоро мы уже катили по шоссе, соединяющем аэропорт с Бойсе.

— Не представляю, как Стэнтон может открыть адвокатскую контору в Сиэтле, — допытывался Мори у Барроуза. — У него же нет лицензии юриста в Вашингтоне.

— Думаю, в ближайшие дни вы все увидите. — Барроуз предложил мне и Мори сигареты из своего портсигара.

Меня поразила одна черта в Сэме Барроузе: он умел так держаться, что его серый костюм выглядел естественным покровом, как мех у животного, а вовсе не творением английского портного. Я хочу сказать: он смотрелся совершенно органично, как зубы или ногти, — просто часть его тела. То же самое относилось и к галстуку, туфлям, портсигару. Барроуз просто не замечал их, нимало не заботясь о своей внешности.

Вот оно, мироощущение мультимиллионера, подумалось мне.

Спрыгнув с лестницы, я обязательно посмотрю, не расстегнулась ли у меня ширинка. Это естественно для такой шушеры, как я, — бросать тревожные взгляды украдкой. То ли дело Сэм Барроуз — он никогда не станет волноваться из-за своей ширинки. Если она и расстегнется, то он просто ее застегнет. У меня мелькнула мысль: «Хотел бы я быть богачом!»

Я почувствовал себя несчастным. Здесь мое положение было безнадежным: я и об узле-то на галстуке не догадаюсь побеспокоиться! И вряд ли когда научусь этому.

И вдобавок, надо признать: Сэм Барроуз действительно был привлекательным мужчиной — этакий красавчик в духе Роберта Монтгомери. Тут он снял свои темные очки, я увидел мешки у него под глазами и слегка воспрял духом. «И совершенно напрасно, — осадил я сам себя, — посмотри на его атлетическое сложение. Такая фигура приобретается сеансами гандбола в частных клубах за пять тысяч долларов». К тому же наверняка у него имеется первоклассный доктор, который не позволит своему клиенту хлестать пиво или дешевый ликер. Сэм Барроуз никогда не ест гамбургеры в придорожных забегаловках. Он вообще не станет есть свинину, а только отборную телятину или говядину. Вполне естественно, что на нем ни капли лишнего жира. От всех этих мыслей мне стало еще хуже.

Я воочию видел результаты образа жизни, предполагающего протертый чернослив в шесть утра и четырехмильные пробежки по спящему еще городу. Молодой чудаковатый миллионер с обложки «Лук» явно не собирался помирать от инфаркта в сорок лет, напротив, он планировал жить и наслаждаться своим богатством. Уж его-то вдовушке не светит наследство, что бы ни говорила на этот счет американская статистика.

Да уж, чудак, мать твою!

Жуть!

Было где-то около семи, когда наш лимузин въехал в Бойсе и мистер Барроуз со товарищи вспомнил, что еще не обедал. Не знаем ли мы приличного ресторана в городе?

В Бойсе не было приличных ресторанов.

— Нас устроит любое место, где бы можно было легко поужинать, — пояснил Барроуз. — Жареные креветки или что-нибудь в этом роде. Нам предлагали несколько раз напитки в самолете, но поесть мы так и не успели — слишком были заняты разговорами.

Все же нам удалось отыскать подходящий ресторанчик. Метрдотель провел нас к подковообразной кабинке в задней части помещения, и мы расположились на кожаных диванчиках. Заказали выпить.

— Скажите, это правда, что основу своего состояния вы заложили игрой в покер в армейские годы? — спросил я Барроуза.

— На самом деле — игрой в кости. Шесть месяцев плавали, беспрерывно играя в кости. Покер требует умения, моя же сила в удаче.

— Не думаю, — возразила Прис, — чтоб вы заняли нынешнее положение только благодаря удаче.

— Представьте себе, это именно так, мадемуазель, — посмотрел на нее Барроуз. — Моя мать снимала комнату в меблирашках Лос-Анджелеса.

— Но ведь не удача же сделала вас Дон Кихотом, который вынудил Верховный суд США вынести решение против монопольной политики Космического агентства в отношении планет и спутников.

— Вы слишком добры ко мне, — склонил голову Барроуз. — На самом деле я просто хотел получить юридическое подтверждение права владения участками на Луне, так, чтобы их уже никто не оспаривал. Скажите, а мы встречались?

— Да, — подтвердила Прис с сияющими глазами.

— Но я не могу припомнить...

— Это была совсем короткая встреча, в вашем офисе. Поэтому неудивительно, что вы не запомнили. Зато я вас помню. — Она не отводила глаз от него.

— Вы дочь мистера Рока?

— Да, мистер Барроуз.

Сегодня, кстати, она выглядела эффектнее, чем обычно. Волосы уложены в прическу, немного косметики — ровно столько, чтобы скрыть природную бледность, вовсе не та кричащая маска в духе Арлекина, которую я наблюдал раньше. Она приоделась в пушистую вязаную кофточку с короткими рукавами, справа на груди поблескивала золотая брошка в виде змейки. К тому же, о господи, сегодня на ней был бюстгальтер, благодаря чему образовались некие выпуклости там, где их прежде не бывало. Надо же, по такому знаменательному случаю Прис обзавелась грудью! И не только. Когда она поднялась, чтоб снять пальто, я обнаружил — ее ноги в новых туфлях на шпильке весьма и весьма недурны. Таким образом, в случае необходимости девушка вполне могла привести себя в порядок.

— Позвольте поухаживать за вами. — Бланк подскочил к Прис, чтоб помочь ей освободиться от пальто, после чего отнес его на вешалку.

Вернувшись, он с улыбкой поклонился ей и снова уселся на свое место.

— А вы уверены, что этот старый греховодник, — он указал на Мори, — действительно ваш отец? Не пахнет ли здесь совращением несовершеннолетних? Смотрите, это карается законом!

И Бланк в неподражаемом комическом стиле ткнул указующим перстом в Мори. После чего широко всем улыбнулся.

— Ты просто сам на нее глаз положил, — заметил Барроуз, высасывая хвостик креветки и откладывая его в сторону. — А ты не боишься, что эта девушка тоже симулякр — такой же, как Стэнтон?

— Беру не глядя! — блеснул глазами Бланк.

— Она на самом деле моя дочь, — сказал Мори. Похоже, он чувствовал себя неловко. — До недавнего времени она находилась в школе.

— А теперь вернулась домой, — поддержал Бланк и заговорщицким тоном добавил: — В семью, так сказать?

Мори принужденно улыбнулся. Я вмешался, чтобы сменить тему:

— Очень приятно снова вас видеть, миссис Нилд.

— Благодарю.

— Этот Стэнтон, похоже, кое-кого испугал до смерти, — сказал Барроуз, оборачиваясь к нам с Мори.

Он закончил со своими креветками и теперь сидел, выложив локти на стол, сытый и довольный. Для человека, начинающего день с протертого чернослива, он удивительно славно управился со своим ужином. На мой взгляд, это характеризовало его с хорошей стороны.

— Так или иначе, вас надо поздравить! — констатировал Бланк и рассмеялся, довольный собой. — Вы изобрели чудовище! Попробуйте теперь изловить его! Пустите толпу с факелами по следу! Вперед!

Все вежливо посмеялись.

— А как умер в конце концов Франкенштейн? — спросила Колин.

— Обледенел, — ответил Мори. — Замок загорелся, они стали поливать его из брандспойта, и вода превратилась в лед.

— Но в следующей серии они нашли чудовище во льду, — добавил я, — и оживили его.

— Он сгинул в кипящей лаве, — выдвинул свою версию Бланк. — Я был там и вот, смотрите, сохранил пуговицу с его куртки.

Он выудил из кармана плаща какую-то пуговицу и с удовольствием демонстрировал ее всем по очереди.

— Пуговица всемирно известного чудовища Франкенштейна!

— Да брось, Дэвид, это же от твоего костюма, — отмахнулась Колин.

— Что! — притворно возмутился Бланк, затем внимательно вгляделся в свою находку и вздохнул: — Точно, это моя пуговица!

Он снова расхохотался.

Барроуз тем временем, закончив обследование зубов при помощи собственного ногтя, обратился к нам с Мори:

— Какую сумму вы вложили в этого робота?

— Около пяти тысяч на двоих, — ответил Мори.

— А сколько такая штука будет стоить при поточном производстве? Скажем, если выпускать их несколько тысяч?

— Черт, — поколебался Мори, — я бы назвал сумму в шестьсот долларов. При условии, что все они идентичны, имеют одинаковое управление монадой и аналогичные программы.

— По сути, — задумчиво произнес Барроуз, — это просто выполненные в натуральную величину говорящие куклы, из тех, что раньше пользовались популярностью, не так ли?

— Не совсем так, — возразил Мори.

— Ну хорошо, — поправился Барроуз, — говорящие и ходячие куклы — ведь добрался же ваш Стэнтон до Сиэтла.

И прежде чем Мори смог ответить, он закончил свою мысль:

— То есть это несколько усложненный экземпляр, снабженный автоматикой. Но фактически ведь ничего нового вы не изобрели?

Мы молчали.

— Как сказать, — произнес Мори, однако не очень уверенно. Я обратил внимание, что и Прис как-то поскучнела.

— Ну что ж, — произнес Барроуз все так же непринужденно, — в таком случае почему бы вам не объяснить мне все толком.

Он отхлебнул из своего стакана молодого венгерского вина и поощряюще улыбнулся:

— Вперед, мистер Рок!

— Дело в том, что это не совсем автоматика, — начал Мори. — Скажите, вы знакомы с работами Вальтера Грэя из Англии? По поводу черепах? Он разрабатывал то, что называется гомеостатической системой. Такая система, будучи полностью отрезанной от среды обитания, обладает механизмом саморегулирования. Можете себе представить маленькую, полностью автоматизированную фабрику, которая сама себя ремонтирует? Вам знаком термин «обратная связь»? Это электрическая система, которая...

Дэйв Бланк прервал Мори, положив руку ему на плечо:

— Насколько я понимаю, мистера Барроуза интересует патентоспособность ваших симулякров, если мне будет дозволительно так выразиться.

Ответила Прис, тщательно взвешивая слова:

— Наше изобретение зарегистрировано в Патентном бюро. Кроме того, у нас имеются юридически заверенные свидетельства экспертов.

— Это хорошая новость, — улыбнулся ей Барроуз. — А плохая заключается в том, что покупать, собственно говоря, нечего.

— Здесь задействованы совершенно новые принципы, — заговорил Мори. — Создание электронного симулякра Стэнтона стало возможным в результате многолетней работы многих исследовательских групп, как финансируемых правительством, так и неправительственных. И надо сказать, мы полностью удовлетворены, даже поражены столь блестящими результатами нашего труда. Вы же сами наблюдали, как Стэнтон вышел из экспресса в Сиэтле, взял такси и доехал до вашего офиса.

— Дошел, — поправил Барроуз.

— Простите? — не понял Мори.

— Я говорю, что на самом деле он пришел пешком от автобусной станции.

— Ну, это неважно. В любом случае, полученные результаты не имеют прецедента в электронике.

Пообедав, мы направились в Онтарио и около десяти вечера были у офиса «Объединения МАСА».

— Вот они, маленькие городки, — прокомментировал Дэйв Бланк. — Все спят.

— Погодите выносить суждение, пока не увидите нашего Линкольна, — произнес Мори, вылезая из машины.

Делегация приостановилась у витрины павильона и ознакомилась с рекламной табличкой относительно Линкольна.

— Черт меня побери! — сказал Барроуз. — Звучит здорово, но где же ваш симулякр? Он что, спит по ночам? Или вы его убираете каждый вечер около пяти, когда самое оживленное уличное движение?

— Линкольн, очевидно, в мастерской, — пояснил Мори. — Мы сейчас спустимся туда.

Он отпер дверь и посторонился, пропуская всех внутрь. Через минуту мы стояли перед входом в темную мастерскую, ожидая, пока Мори нащупает выключатель. Наконец он справился, и нашим глазам предстал мистер Авраам Линкольн. Он молча сидел в комнате, погруженный в размышления.

— Господин президент, — обратился к нему Барроуз.

Я видел, как он подтолкнул Колин Нилд. Та судорожно вздохнула, вытянув от любопытства шею, — она была впечатлена. Бланк ухмылялся с энтузиазмом голодного, но уверенного в победе кота. В данной ситуации он явно развлекался. Барроуз же уверенно прошел в мастерскую, сомнения ему были незнакомы — он всегда знал, что делать. Вот и сейчас он остановился в нескольких шагах от Линкольна, не протягивая руки для приветствия, однако всем своим видом демонстрируя почтительность и уважение.

Линкольн обернулся и посмотрел на нас со странным выражением грусти и подавленности на лице. Для меня это было так неожиданно и ново, что я отшатнулся. Сходные чувства испытывал и Мори. Прис же просто продолжала стоять в дверях, вообще никак не реагируя на увиденное. Линкольн поднялся и постоял, как будто колеблясь, затем выражение муки постепенно исчезло с его лица, и он произнес резким надтреснутым голосом:

— Да, сэр. — При этом с высоты своего роста он благожелательно рассматривал посетителя, в глазах светился теплый интерес.

— Меня зовут Сэм Барроуз, — представился гость, — и для меня большая честь встретиться с вами.

— Благодарю вас, мистер Барроуз, — произнес старик. — Не желаете ли вы с вашими спутниками войти и устроиться поудобнее?

Дэйв Бланк изумленно и даже с примесью какого-то благоговейного страха присвистнул. Он хлопнул меня по спине и протянул:

— Ну и ну!

— Вы помните меня, господин президент? — спросил я, входя в комнату.

— Конечно, мистер Розен.

— А меня? — натянуто улыбнулась Прис.

Симулякр отвесил легкий официальный поклон в ее сторону.

— Мисс Фраунциммер. А вы... мистер Рок, глава данного предприятия, не так ли? Владелец или, вернее, совладелец, если не ошибаюсь.

— И чем же вы здесь занимаетесь? — полюбопытствовал Мори.

— Я размышлял над одним замечанием Лаймона Трэмбела. Как вам известно, судья Дуглас встречался с Бьюкененом, и они обсуждали положение дел в Канзасе и Конституцию Ле Комптона. Позже судья Дуглас отошел от этой позиции и даже сражался с Бьюкененом. Я бы сказал, очень опасный шаг, но таково было решение руководства. Я, в отличие от моих соратников по партии, республиканцев, не поддерживал Дугласа. Но когда в тысяча восемьсот пятьдесят седьмом году я приехал в Блумингтон, то увидел, что республиканцы не спешат переходить на сторону Дугласа, как об этом писалось в нью-йоркской «Трибьюн». Тогда я попросил Лаймона Трэмбела написать мне в Спрингфилд и сообщить...

Тут Барроуз вмешался:

— Простите, сэр, мне неприятно вас прерывать. Но дело в том, что мы приехали сюда по делу, и вскоре мне, вот этому джентльмену — мистеру Бланку и миссис Нилд надо уезжать обратно в Сиэтл.

Линкольн галантно поклонился в сторону секретарши Барроуза.

— Миссис Нилд. — Он протянул ей руку, и Колин с коротким смешком приблизилась, чтоб пожать ее.

— Мистер Бланк. — Симулякр обменялся энергичным рукопожатием с коротышкой-адвокатом. — Вы, случайно, никак не связаны с Натаном Бланком из Кливленда?

— К сожалению, нет, — ответил тот. — Если не ошибаюсь, вы ведь тоже одно время были адвокатом, мистер Линкольн?

— Совершенно верно, сэр, — подтвердил Линкольн.

— Тогда мы коллеги.

— Понятно, — улыбнулся бывший президент, — следовательно, вы отличаетесь завидной способностью спорить по пустякам.

Бланк хохотнул в своей обычной манере. В этот момент Барроуз вышел из-за его спины и заговорил с симулякром:

— Мы прилетели сюда из Сиэтла, чтобы обсудить с мистером Розеном и мистером Роком возможность финансовой сделки, сутью которой является финансирование «Объединения МАСА» компанией «Барроуз организейшн». Прежде чем прийти к окончательному соглашению, мы хотели бы встретиться и побеседовать с вами. Ранее нам довелось встретиться с мистером Стэнтоном, он приехал к нам на автобусе. Дело в том, что мы рассматриваем вас обоих как главное изобретение, обеспечивающее активы «Объединения МАСА». Будучи в прошлом юристом, вы, наверное, представляете себе детали подобной сделки. Так вот, мне хотелось бы задать вам несколько вопросов. Каково ваше представление о современной жизни? Знаете ли вы, например, что такое «витамин»? Понимаете, какой год на дворе?

И он с жгучим интересом уставился на Линкольна. Тот помедлил с ответом. В это время Мори отозвал Барроуза в сторону, я присоединился к ним.

— Вы спрашиваете не по делу, — сказал Мори. — Вам прекрасно известно, что он не запрограммирован вести подобные разговоры.

— Знаю, но мне любопытно.

— Не стоит, — предупредил Мори, — вы лучше подумайте, как будет весело, если из-за ваших расспросов у него перегорит какая-нибудь первичная цепь!

— Он настолько уязвим?

— Нет, но вы дразните его!

— Отнюдь, — возразил Барроуз, — но он выглядит настолько убедительно, что мне захотелось узнать, насколько реально его самоощущение.

— Лучше оставьте его в покое, — посоветовал Мори.

— Как вам будет угодно, — резко прервал разговор Барроуз и подал знак Колин Нилд. — Думаю, нам пора завершать свой визит и возвращаться в Сиэтл. Дэвид, вы удовлетворены тем, что увидели?

— Нет, — ответил Бланк, подходя к нам. Колин и Прис остались с симулякром, расспрашивая у него что-то о его дебатах со Стивеном Дугласом. — На мой взгляд, он функционирует далеко не так идеально, как стэнтоновский экземпляр.

— В смысле?

— Постоянно возникают какие-то заминки.

— Сейчас он как раз пришел в себя, — заметил я.

— Сэр, позвольте вам объяснить, — возразил Мори. — Дело в том, что мы имеем две совершенно разные личности. Стэнтон более догматичный, непрошибаемый человек.

Он обернулся ко мне:

— Я ведь сам готовил их программы и все знаю о них двоих. Что тут поделаешь, Линкольн такой вот человек. Ему свойственно впадать в размышление, именно этим он занимался до нашего прихода. В другие периоды он более оживлен.

Бланку он пояснил:

— Это просто черта характера. Если вы подождете, то увидите Линкольна в другом настроении. Человек настроения — вот кто он. Не такой, как Стэнтон, не настолько позитивный. Я хочу сказать, что это не какие-нибудь электрические недоработки, он такой и должен быть.

— Ясно, — кивнул Бланк, однако непохоже было, чтобы Мори его переубедил.

— Я понимаю ваши опасения, — сказал Барроуз своему адвокату. — Мне тоже временами кажется, что он неисправен.

— Именно, — поддакнул Бланк. — Я до сих пор не уверен в его исправности. Там может быть куча технических неисправностей.

— И к тому же куча надуманных запретов, — проворчал Барроуз. — Например, не задавать вопросов, связанных с современностью. Вы обратили внимание?

— Еще бы.

— Сэм, — проникновенно сказал я, — боюсь, вы не совсем понимаете ситуацию. Возможно, сказывается усталость из-за долгого перелета и поездки в Бойсе. Мне кажется, вы ухватили основную идею, так дайте же шанс нашему опытному экземпляру показать себя. Пусть это будет жестом доброй воли с вашей стороны, ладно?

Барроуз, так же как и Бланк, не удостоил меня ответом. Мори, насупившись, сидел в углу с сигарой, окружив себя клубами голубоватого дыма.

— Вижу, что Линкольн несколько разочаровал вас, — продолжал я, — и я вам сочувствую. Честно говоря, мы специально натаскивали Стэнтона.

— Да? — блеснул глазами Бланк.

— Идея принадлежала мне. Мой партнер ужасно нервничал. — Я кивнул в сторону Мори. — Он хотел, чтоб все было как следует, вот мы и решили... Теперь я понимаю, что это было ошибкой. С другой стороны, делать ставку на линкольновский симулякр — тоже дохлый номер. Тем не менее, мистер Барроуз, потратьте еще немного времени и закончите беседу.

И мы все вернулись туда, где Прис и миссис Нилд стояли, слушая высокого сутулого человека с бородой.

— ...Процитировал меня в том смысле, что статья Декларации независимости, где говорится, что все люди рождены равными, относится и к неграм. Причем судья Дуглас напомнил, что я сделал данное заявление в Чикаго. А в Чарльстоне я якобы заявил, что негры относятся к низшей расе. И что это не является вопросом морали, а зависит от точки зрения. В то же время якобы в Гейлсбурге я утверждал, что это скорее вопрос морали. — Симулякр улыбнулся своей мягкой, чуть обиженной улыбкой. — И тогда кто-то из публики выкрикнул: «Да он прав!», и мне, не скрою, стало очень приятно, ибо создавалось впечатление, что судья Дуглас ловит меня на слове.

Прис и миссис Нилд понимающе рассмеялись, остальные промолчали.

— А самым удачным моментом его выступления было, когда он заявил, что представители Республиканской партии в северных штатах полностью отрицают рабство, в то время как республиканцы остальных штатов не согласны с ними... И еще он поинтересовался, как же тогда быть с цитатой из Священного Писания, которую приводил мистер Линкольн. О том, что дом, лишенный единства, неспособен выстоять?

Голос Линкольна дрогнул от смеха.

— И судья Дуглас спросил, разделяю ли я принципы Республиканской партии? Увы, тогда мне не представился случай ответить ему. Но вот в сентябре того же года, в Куинси, я, в свою очередь, спросил его, полагает ли он, что конский каштан то же самое, что и каштановая лошадь? Безусловно, я не собирался декларировать политическое и социальное тождество между белой и черной расой. По моему мнению, существует физическая разница, которая препятствует проживанию обеих рас на основе абсолютного равенства. Но я придерживаюсь точки зрения, что негр, также как и белый, имеет право на жизнь, свободу и стремление к счастью. Конечно же, мы не одинаковы как по цвету кожи, так и по интеллектуальным и моральным задаткам. Но я считаю, что он имеет такое же право есть свой честно заработанный хлеб, как и я, судья Дуглас или любой другой человек. — Симулякр помолчал и добавил: — В ту минуту я получил несомненное удовольствие.

Сэм Барроуз спросил у меня:

— А перемотка ленты управляется снаружи?

— Да нет, он говорит то, что считает нужным.

— Не понял? Вы намекаете, что ему нравится ораторствовать? — с недоверием переспросил Барроуз. — Ну что ж, я выслушал вашего симулякра и должен сказать: я не вижу здесь ничего, кроме уже знакомого механизма в маскарадном костюме. Аналогичный экземпляр демонстрировал Педро Водор на Всемирной выставке в тысяча девятьсот тридцать девятом году.

Мы говорили достаточно тихо. Уверен, что ни симулякр, ни его собеседницы не видели и не слышали нас. Но тем не менее Линкольн прервал свой рассказ и обратился к Барроузу:

— Я ведь правильно вас понял, когда незадолго до того вы изъявили желание «приобрести» меня в качестве некоего капитала? Я не ослышался? А если так, то позвольте спросить, как вы можете это сделать? Ведь, по словам мисс Фраунциммер, справедливость в отношении различных рас сейчас блюдется строже, чем когда-либо? Я могу немного путаться в понятиях, но мне кажется, что купить человека нельзя ни в одном месте земного шара, даже в печально знаменитой России.

— Это не относится к механическим людям, — ответил Барроуз.

— Вы имеете в виду меня? — спросил симулякр.

— Ну да, именно вас, — со смехом ответил Барроуз.

Стоя рядом с своим шефом, Дэвид Бланк наблюдал за этой пикировкой, задумчиво потирая подбородок.

— Не согласитесь ли вы, сэр, просветить меня, что, по-вашему, есть человек? — задал вопрос симулякр.

— С удовольствием. — Барроуз бросил насмешливый взгляд на своего адвоката, очевидно, вся ситуация забавляла его. — Человек — это двухвостая редька. Вам знакомо такое определение, мистер Линкольн?

— Конечно, сэр. Именно такое определение дает Шекспир устами Фальстафа[1], не так ли?

---

[1] «...Напоминал двухвостую редьку-раскоряку с пририсованной сверху головой». *Шекспир У.* Генрих IV. Перевод Б. Пастернака.

— Точно. А я бы добавил: человек — животное, которое имеет привычку носить в кармане платок. Как вам это? Шекспир не говорил такого?

— Сами знаете, что нет, сэр, — тепло рассмеялся симулякр. — Но замечание хорошее, я ценю ваш юмор. Если вы не против, я даже использую его в своей речи.

Барроуз благосклонно кивнул.

— Благодарю, — продолжал Линкольн. — Итак, вы характеризовали человека как животное с носовым платком. В таком случае, а что же вы называете животным?

— Ну уж точно не вас. — Засунув руки в карманы, Барроуз самоуверенно глядел на собеседника. — Животное характеризуется биологическим составом и наследственностью, чего вы, в частности, лишены. Внутри вас провода, микросхемы, переключатели и прочее. То есть вы представляете собой машину — наподобие электропрялки или, скажем, паровой машины.

Он подмигнул Бланку.

— Как вам это, Дэвид? Паровая машина, апеллирующая к статье Конституции, которая здесь упоминалась? Имеет ли она право есть свой хлеб подобно белому человеку?

— А умеет ли машина говорить? — спросил симулякр.

— Конечно. Радио, фонограф, магнитофон, телефонный аппарат — все они болтают, как безумные.

Симулякр задумался. Вряд ли ему доводилось слышать все приведенные названия, но природная проницательность подсказывала правильный ответ. К тому же у Линкольна было время на размышления, а думать-то уж он умел! Мы не раз имели случай в этом убедиться.

— Отлично, сэр, а что же такое, по-вашему, машина? — задал он очередной вопрос.

— Вы сами. Эти парни сделали вас, и, соответственно, вы являетесь их собственностью.

Удивление с оттенком горечи отразилось на длинном бородатом лице симулякра.

— Но тогда и вас, сэр, можно назвать машиной. Ведь если я являюсь созданием «этих парней», то вас создал Всевышний, по своему образу и подобию. Я согласен со Спинозой, иудейским философом, который рассматривал животных как умные машины. Мне кажется, определяющим моментом здесь является наличие души. Машина может делать что-то так же, как человек. Но у нее нет души.

— Души вообще не существует, — возразил Барроуз. — Это фикция.

— Тогда выходит: машина — то же самое, что животное, — сухо, терпеливо объяснял симулякр, — а животное — то же, что человек. Разве не так?

— Животное сделано из плоти и крови, а машина из ламп и проводов, как вы, уважаемый. О чем вообще спор? Вы прекрасно знаете, что вы машина. Когда мы вошли, вы сидели здесь один в темноте и размышляли именно об этом. И что же дальше? Я знаю, что вы машина, и мне плевать на это. Меня больше интересует, хорошо ли вы работаете? Как выяснилось — не настолько, чтоб меня заинтересовать. Возможно — в будущем, когда у вас поубавится пунктиков. Пока же все, на что вы способны, — это болтовня по поводу судьи Дугласа и бесконечные политические и светские анекдоты, которые никому не интересны.

Его адвокат Дэвид Бланк обернулся и посмотрел все с тем же задумчивым видом.

— Думаю, нам пора возвращаться в Сиэтл, — сказал ему Барроуз. После чего, подводя итог, объявил нам с Мори: — Итак, вот мое решение. Мы заключаем с вами сделку при условии владения контрольным пакетом акций. Так, чтобы мы могли диктовать политику. Например, на мой взгляд, идея Гражданской войны абсолютно абсурдна. В том виде, в котором сейчас существует.

— Н-не понял, — растерялся я.

— Предложенная вами схема реконструкции Гражданской войны осмыслена только в одном-единственном варианте. Готов поспорить, вы ни за что не догадаетесь! Да, мы восстанавливаем эту историю силами ваших роботов, но для того, чтобы мероприятие принесло выгоду, требуется непредсказуемый исход. И организация тотализатора.

— Исход чего? — все еще не понимал я.

— Войны. Нужно, чтобы зритель не знал заранее, кто победит: серые или синие.

— Ага, типа первенства страны по бейсболу, — задумчиво произнес Бланк.

— Именно, — кивнул Барроуз.

— Но Юг в принципе не мог победить, — вмешался Мори. — У него не было промышленности.

— Можно ввести систему гандикапа, — предложил Барроуз.

Мы с моим компаньоном не находили слов.

— Вы, должно быть, шутите? — наконец предположил я.

— Я абсолютно серьезен.

— Превратить национальную эпопею в скачки? В собачьи бега? В лотерею?

— Как хотите, — пожал плечами Барроуз. — Я подарил вам идею на миллион долларов. Можете выбросить ее — ваше право. Но я вам уверенно скажу: другого способа окупить участие ваших кукол в Гражданской войне не существует. Лично я бы нашел им совсем другое применение. Мне прекрасно известно, где вы откопали вашего инженера Боба Банди. Я в курсе, что раньше он служил в Федеральном космическом агентстве, конструируя симулякров для них. Мне-то как раз крайне интересна информация об использовании подобных механизмов в космических исследованиях. Я же знаю, что ваши Стэнтон и Линкольн являются всего лишь упрощенной модификацией правительственного образца.

— Напротив, усложненной, — севшим голосом поправил Мори. — Их симулякры — это примитивные движущиеся устройства, которые используются в безвоздушном пространстве, где человек существовать не способен.

— Ну хорошо, я расскажу вам, где можно, на мой взгляд, использовать ваше изобретение. Скажите, вы могли бы создавать другоподобных симулякров?

— Что? — хором спросили мы с Мори.

— Мне может потребоваться определенное количество таких экземпляров. Ну, знаете, типа семьи из дома по соседству. Веселые, дружелюбные, всегда готовые прийти на помощь. Мы помним таких соседей с детства и всегда радуемся, если, переезжая на новое место, обнаруживаем их рядом. Сразу чувствуешь себя дома, в Омахе, штат Небраска.

После недолгой паузы Мори произнес:

— Этот человек хочет сказать, что собирается продавать множество симулякров. Так что их можно строить.

— Не продавать, — торжествующе объявил Барроуз. — Дарить. Колонизация начнется со дня на день, мы и так слишком долго ждем этого момента. Но Луна — заброшенное и пустынное место. И людям там будет очень одиноко. Быть пионером вообще очень трудно. Именно поэтому я предвижу большие сложности с застройкой: люди не захотят обживать купленные участки. А я мечтаю, чтоб там выросли целые города. Но для этого надо согреть сердца людей.

— А поселенцы будут знать, что их соседи симулякры? — спросил я.

— Естественно, — уверенно заявил Барроуз.

— И вы не собираетесь вводить их в заблуждение?

— Черт! Конечно нет, — возмутился Дэйв Бланк. — Это было бы мошенничеством.

Мы переглянулись с моим партнером.

— Вам лучше сделать вот что, — сказал я. — Дать им имена и фамилии. Старые добрые американские имена. Семейство Эдвардсов: Билл и Мэри Эдвардс, а также их семилетний сынишка Том. Они переезжают на Луну, они не боятся холода, разреженной атмосферы и необжитой местности.

Барроуз глядел на меня во все глаза.

— А затем, по мере того как все больше людей будет покупаться на вашу удочку, вы начнете потихоньку выпихивать симулякров из этого дела. Милые Эдвардсы, Джонсы и все остальные — они будут продавать свои дома и съезжать. Пока в конце концов все типовые города на Луне не окажутся заселенными настоящими, земными людьми. И никто ничего не узнает.

— Не думаю, что это пройдет, — покачал головой Мори. — У кого-нибудь из землян может завязаться романчик, скажем, с миссис Эдвардс, и правда выплывет наружу. Вы же знаете, какова жизнь в этих маленьких городках.

Тут очнулся Дэйв Бланк. Он возбужденно хихикнул:

— Отличная идея!

— Я думаю, это сработает, — веско объявил Барроуз.

— Еще бы вам так не думать, — огрызнулся Мори, — ведь вы же владелец участков там, на небе. И люди, которые не желают эмигрировать... а я думаю, они постоянно ропщут, и удерживают их единственно суровые законы.

— Закон суров, но... — самодовольно усмехнулся Барроуз. — Впрочем, давайте смотреть на вещи реально. Если бы вы хоть однажды увидели этот мир, там, наверху... Ну, скажем так: для большинства людей хватает и десяти минут. Я лично разок побывал там и больше не хочу.

— Похвальная откровенность, мистер Барроуз, — сказал я.

— Мне известно, — продолжал Барроуз, — что получены неплохие результаты при использовании правительственных симулякров в исследовании лунной поверхности. У вас есть улучшенная модификация этих симулякров, и я знаю, каким образом вы ее получили. Так вот, мне надо, чтобы вы произвели еще одну модификацию, теперь уже в соответствии с моей концепцией. Остальные предложения не обсуждаются. Я убежден, что ваши симулякры не представляют экономической ценности нигде, кроме одной-единственной области — освоение и обживание планет. Ваша идея с Гражданской войной — просто пустая, глупая мечта. Я согласен заключить с вами договор только в одном вышеназванном аспекте. И желательно письменно.

Он посмотрел на своего адвоката, и тот подтвердил его позицию непреклонным кивком.

Я глядел на Барроуза, не веря своим глазам. Неужели все это всерьез? Использовать симулякров в качестве лунных поселенцев, чтоб создать иллюзию процветания? Семейство симулякров: мама, папа и ребенок сидят в своей маленькой гостиной, поедают фальшивые обеды, принимают фальшивые ванны... ужасно! Таким вот образом этот человек разрешает свои финансовые проблемы. Возникает вопрос, а хочу ли я связать свою жизнь, свое счастье с ним? Хотим ли мы все этого?

Мори сидел с несчастным видом, попыхивая сигарой, несомненно, он думал о том же.

Но, с другой стороны, я мог понять и позицию Барроуза. Он вынужден был расписывать людям прелести жизни на Луне, ведь у него в этом деле был свой экономический интерес. И не исключено, что цель действительно оправдывает средства. Человечество должно победить свой страх, свою щепетильность и выйти в чуждое для него пространство, наконец-то выйти! А то, что предлагал Барроуз, могло помочь ему в этом. Так сказать, поддержка и единение. Тепло и огромные воздушные пузыри, защищающие будущие города... нет, жить на Луне не так уж плохо с физической точки зрения. Другое дело, что психологически трудно выносить жизнь в подобном месте. Ничего не растет, не бегает... все застыло в своей неизменности. А тут — сверкающий домик по соседству, люди сидят за обеденным столом, смеются, болтают. И Барроуз мог обеспечить все это, так же как воду, воздух, тепло и дома.

Надо отдать должное этому человеку. У его затеи, с моей точки зрения, было только одно уязвимое место: необходимость хранить все в секрете. Если же, против ожидания, тайное станет явным, Барроуза ждет финансовый крах. Не исключалось даже судебное преследование и тюрьма.

Интересно, сколько же таких подделок таилось в империи Барроуза? Пустышек, прикрытых блестящей видимостью...

Мне удалось перевести разговор на текущие проблемы, связанные с их возвращением в Сиэтл. Я посоветовал Барроузу заказать комнаты в ближайшем мотеле, с тем чтобы отложить отъезд до утра.

Эта передышка позволила мне самому сделать один очень важный звонок. Уединившись, я телефонировал своему отцу в Бойсе.

— Папа, он втягивает нас в историю, чреватую серьезными последствиями, — сказал я ему. — Мы теряем почву под ногами и просто не знаем, что делать. Этот человек неуправляем.

Очевидно, я вытащил отца из постели. Казалось, он не вполне понимает, о чем идет речь.

— Этот Барроуз, он еще там? — спросил он.

— Да. И поверь, у него блестящий ум. Он, например, вступил в дискуссию с Линкольном и считает себя победителем. Может, это и так. Он цитировал Спинозу, о том, что животные — это просто умные механизмы, а не живые существа. Да нет, не Барроуз — Линкольн. Спиноза действительно так утверждал?

— Увы, да.

— Когда ты сможешь приехать?

— Только не сегодня, — ответил отец.

— Ну, тогда завтра. Они остаются на ночь. Сейчас мы прервемся и закончим переговоры утром. Папа, ты со своим мягким человеческим подходом просто необходим здесь. Иначе мы не сможем вывести его на чистую воду.

Я повесил трубку и вернулся к остальным. Все пятеро — шестеро, если считать симулякра — беседовали в главном офисе.

— Мы собираемся выйти и пропустить по стаканчику перед сном, — сообщил мне Барроуз. — Присоединяйтесь к нам.

Затем он повернулся в сторону симулякра:

— Мне бы хотелось, чтоб вы тоже пошли с нами.

Мысленно я взвыл. Но отказаться не смог.

Вскоре мы сидели в баре, и бармен смешивал наши коктейли. Линкольн молчал, но Барроуз заказал ему «Тома Коллинза» и теперь передал готовый напиток.

— Ваше здоровье, — произнес Дэйв Бланк, поднимая свой стакан с виски и обращаясь к симулякру.

— Вообще-то, я редко пью, — сказал симулякр своим странным пронзительным голосом, — хоть и не являюсь трезвенником.

Он с сомнением исследовал содержимое стакана и отхлебнул.

— Вам, ребята, следовало получше обдумать свою позицию, — заявил Барроуз, — но, боюсь, вы уже опоздали. Я хочу сказать, что сколь бы ни была интересна эта ваша игрушка в натуральную величину с экономической точки зрения, моя идея освоения космического пространства тоже важна. Может, важнее всего на свете. Так что одно уравновешивает другое. Вы согласны со мной?

— Насколько мне известно, идея освоения космического пространства является прерогативой федерального правительства, — сказал я.

— Ну, скажем, моя модификация этой идеи, — поправился Барроуз. — Я рассматриваю данную проблему с точки зрения законов рынка.

— Я вас не понимаю, мистер Барроуз, — вмешалась Прис. — Какую проблему?

— Ваше представление о симулякре, настолько похожем на человека, что не отличить одного от другого, и, с другой стороны, мое намерение поместить его и ему подобных в двухкомнатный домик на Луне, этакое современное ранчо в калифорнийском стиле, и назвать их семейством Эдвардсов.

— Вообще-то это была идея Луиса! — воскликнул Мори. — По поводу Эдвардсов!

Он бросил на меня отчаянный взгляд:

— Скажи ему, Луис!

— Ну да, — пожал я плечами. По крайней мере, я так считал. Нам надо выбираться отсюда, подумалось мне. Нас загоняют в угол, причем чем дальше, тем безнадежнее.

Рядом сидел Линкольн и тихо прихлебывал свой «Том Коллинз».

— Как вам джин? — поинтересовался Барроуз.

— Ароматный, — кивнул Линкольн. — Но он затуманивает восприятие.

И я подумал: «Это именно то, что нам надо. Затуманить восприятие».

Глава 10

На этом мы решили сделать перерыв и расстаться до утра. На прощание я протянул руку Барроузу:

— Приятно было познакомиться.

— Аналогично. — Он попрощался за руку со мной, а затем с остальными участниками встречи. Линкольн в это время стоял поодаль со своим обычным, немного грустным видом... Барроуз проигнорировал его, не соизволив ни пожать руку, ни просто пожелать спокойной ночи.

Спустя короткое время мы вчетвером шагали пустынной улицей к офису МАСА. Воздух, свежий и прохладный, приятно холодил легкие и прочищал мысли. Очутившись в родном офисе в своей компании, мы тут же извлекли бутылочку «Олд крау» и смешали себе по доброй порции бурбона с водой.

— Кажется, мы влипли, — констатировал мой компаньон. Остальные молча согласились.

— А что вы скажете? — обратился Мори к симулякру. — Каково ваше мнение о Барроузе?

— Этот человек похож на краба, — ответил Линкольн, — который движется вперед, ползя боком.

— В смысле? — не поняла Прис.

— Я знаю, что он имеет в виду, — вмешался Мори. — Барроуз нас так опускает, что мы теряем всякую ориентацию. Мы перед ним как младенцы! Несмышленыши! И мы с тобой, — он горько кивнул в мою сторону, — мы еще считали себя коммивояжерами. Куда там! Нас пристроили уборщиками. Если нам не удастся отложить обсуждение вопроса, то он наложит лапу на нашу компанию. Получит все и сейчас!

— Мой отец... — начал я.

— Твой отец! — отмахнулся Мори. — Да он еще глупее нас. Господи, и зачем мы связались с этим Барроузом! Он теперь не отстанет от нас, пока не получит того, что хочет.

— Но мы не обязаны вести дела с ним, — заметила Прис.

— Давайте прямо завтра скажем ему, чтоб он возвращался в Сиэтл, — предложил я.

— Не смеши меня! Мы ничего не можем сказать ему. Он завтра постучит к нам в дверь рано утром, как и обещал, сотрет нас в порошок и выкинет на помойку, — накинулся на меня Мори.

— Ну так гоните его прочь! — разозлилась Прис.

— Мне кажется, — попытался я объяснить, — что Барроуз сейчас в отчаянном положении. Его грандиозная спекуляция, я имею в виду колонизацию Луны, трещит по всем швам, разве вы все этого не видите? Это не тот могущественный, успешный человек, которого все привыкли видеть. Он вложил все, что имел, в свои участки на Луне. Затем поделил их, выстроил чертовы купола, чтобы обеспечить воздух и тепло, отгрохал конверторы для преобразования льда в воду — и после всего этого не может найти людей, готовых поселиться там! Мне, честно говоря, жаль его.

Все внимательно слушали меня.

— Весь этот обман с поселениями симулякров является последней отчаянной попыткой спастись. План, порожденный безысходностью. Когда я впервые услышал про все это, я подумал: вот смелая идея! Прекрасное видение, являющееся людям типа Барроуза, а не нам — простым смертным. Теперь же я совсем в этом не уверен. Мне кажется, его гонит страх, причем такой страх, который лишает способности рассуждать. Ведь эта идея с лунными поселенцами абсолютно безумна. Смешно надеяться обмануть федеральное правительство, его вычислят в момент.

— Как? — пожал плечами Мори.

— Ну, начать с того, что Департамент здоровья проверяет каждого потенциального переселенца. Это обязанность правительства. Как он вообще собирается отправлять их с Земли?

— Послушай, — сказал Мори, — это не наша забота. Мы не знаем, как Барроуз собирается реализовать свою схему, и не нам судить об этом. Поживем — увидим. А может, и не увидим, если откажемся вести с ним дела.

— Вот уж точно, — согласилась Прис. — Нам бы лучше подумать, что мы со всего этого можем получить.

— Мы ничего не получим, если его поймают и посадят в тюрьму, — сказал я. — А такое развитие весьма вероятно. И на мой взгляд, Барроуз этого заслуживает. Я вот что скажу: нам надо отделаться от него. Никаких дел с этим человеком! Все слишком рискованно, ненадежно, бесчестно и попросту глупо. У нас самих хватает идиотских идей.

Тут раздался голос Линкольна:

— А нельзя ли устроить, чтоб мистер Стэнтон был здесь?

— Что? — переспросил Мори.

— Думаю, наша позиция укрепилась бы, если б мистер Стэнтон был здесь, а не в Сиэтле, как вы говорите.

Мы переглянулись. Действительно, за всеми этими переживаниями Стэнтон как-то забылся.

— Он прав, — сказала Прис. — Мы должны вернуть Эдвина М. Стэнтона. Он со своей стойкостью будет нам полезен.

— Точно, железо нам не помешает, — согласился я. — Стальной стержень. Без этого мы чересчур гибкие.

— Ну давайте попробуем вернуть его, — предложил Мори. — Хоть сегодня ночью. Можно нанять частный самолет, добраться до аэропорта Си-Так, дальше машиной до Сиэтла и разыскать Стэнтона. Таким образом, утром, когда нам предстоит встреча с Барроузом, он будет уже здесь, с нами.

— Да мы с ног собьемся, — возразил я. — И потом, это займет у нас несколько дней. Стэнтон может быть вовсе не в Сиэтле, а где-нибудь на Аляске или в Японии. Теоретически он вообще может оказаться на Луне, в одном из барроузовских городов.

Мы задумчиво прихлебывали бурбон, все, за исключением Линкольна: он отставил свой стакан в сторону.

— Вы когда-нибудь ели суп из кенгуриного хвоста? — спросил Мори, и мы все уставились на него.

— У меня здесь есть где-то баночка. Если хотите, можно разогреть на плите — это фантастика! Я могу сейчас приготовить.

— Я пас, — отказался я.

— Нет, спасибо, — присоединилась ко мне Прис.

Линкольн только одарил нас вымученной улыбкой.

— Хотите, расскажу, как купил его, — продолжал Мори. — Я был в супермаркете в Бойсе. Представляете, стою в очереди, жду, а кассир и говорит какому-то парню: «Нет, мы не собираемся больше заказывать кенгуриный суп». И тут из-за дисплея — там еще показывали пшеничные хлопья или что-то в этом роде — раздается голос: «Как, не будет больше кенгуриного супа? Никогда?» Ну, тогда парень со своей тележкой бросился за оставшимися банками супа, и я тоже прихватил парочку. Попробуйте, вам понравится.

— Вы обратили внимание, как Барроуз нас обрабатывал? — спросил я. — Сначала он называет симулякра автоматом, затем — механизмом, а после — и вовсе куклой.

— Это специальный прием, — пояснила Прис. — Технология продаж. Таким образом он вышибает у нас почву из-под ног.

— Слова — могучее оружие, — подал голос симулякр.

— А вы сами не могли поставить его на место вместо того, чтоб разводить дебаты?

Симулякр отрицательно покачал головой.

— А что он мог сделать? — заступилась за Линкольна Прис. — Он ведь пытался доказать свою правоту благородно, по-честному, как нас учили в школе. Именно так спорили в середине прошлого века. А Барроуз ведет спор совсем по-другому, он не дает возможности поймать себя. Правда ведь, мистер Линкольн?

Симулякр не ответил, но мне показалось, что улыбка на его лице сделалась еще печальнее, да и само лицо еще больше вытянулось и покрылось морщинами.

— Сейчас все еще хуже, чем было когда-то, — вздохнул Мори.

Тем не менее, подумал я, надо все же что-то делать.

— Насколько я понимаю, Барроуз запросто мог посадить Стэнтона под замок. Прикрутил бы нашего симулякра к столу, а его инженеры тем временем внесли бы какие-нибудь незначительные изменения в конструкцию. Так, что формально наше патентное право не было бы нарушено. — Я обернулся к Мори. — А у нас действительно есть патент?

— В настоящий момент оформляется, — ответил тот, — ты же знаешь, как они там работают.

Все это звучало не очень обнадеживающе.

— У меня нет ни малейших сомнений, — продолжал Мори, — что он способен украсть нашу идею. Теперь, когда он все видел своими глазами. Тут такое дело: главное — в принципе знать, что это возможно, а дальше — работай себе и рано или поздно получишь результат. Вопрос времени.

— Ясно, — сказал я, — как в случае с двигателем внутреннего сгорания. Но тем не менее у нас есть фора. Давайте как можно скорее запустим производство на нашей фабрике Розенов. Попытаемся выдать продукцию на рынок раньше, чем это сделает Барроуз.

Мои собеседники смотрели на меня во все глаза.

— По-моему, в этом что-то есть, — проговорил Мори, покусывая большой палец. — В конце концов, что мы еще можем сделать? А ты думаешь, твой отец в состоянии запустить линию сборки прямо сейчас? Ему по силам такая быстрая конверсия производства?

— Мой отец быстр, как змея.

— Старина Джереми! — раздался насмешливый голос Прис. — Бога ради, не смеши нас. Да ему понадобится год, чтоб подготовить матрицы для штамповки деталей, а сборку надо производить в Японии — ему придется срочно вылетать туда. А он заупрямится и скажет, что поедет только морем. Все это уже было.

— Ого, — сказал я. — Ты, похоже, уже все просчитала?

— Конечно, — ехидно улыбнулась Прис, — я, в отличие от тебя, отношусь ко всему серьезно.

— В таком случае, — резюмировал я, — это наша единственная надежда. Мы должны поставить чертовых симулякров в розничную продажу, как бы мало времени у нас ни было.

— Согласен, — подтвердил Мори. — Вот что мы сделаем: завтра поедем в Бойсе и уполномочим старину Джереми и твоего чудака-братца начать работу. Пусть они готовят производство матриц и договор с японцами. Но что же мы все-таки скажем Барроузу?

— Ну, например, что Линкольн не работает, — предложил я. — Он сломался, и мы временно снимаем свое коммерческое предложение. Думаю, после этого он вернется в Сиэтл.

— То есть ты предлагаешь выключить его? — тихо спросил Мори, стоя рядом со мной.

Я кивнул.

— Ненавижу делать это! — вздохнул Мори.

Мы оба посмотрели на Линкольна, который молча сидел, наблюдая за нами грустными глазами.

— Он захочет самолично убедиться в неисправности симулякра, — сказала Прис. — Пусть посмотрит, потрогает его. Потрясет, в конце концов, как автомат с жевательной резинкой. Выключенный симулякр никак не будет работать.

— Ну что ж, решено, — подвел я итог.

Итак, в тот вечер мы выключили Линкольна. После того как дело было сделано, Мори уехал, заявив, что хочет спать. Прис предложила отвезти меня в мотель на моем «шевроле», с тем чтобы утром снова заехать и подхватить меня. Я чувствовал себя настолько уставшим, что мне было все равно.

Пока мы катили по спящему Онтарио, Прис о чем-то размышляла.

— Интересно, — сказала она наконец, — неужели все богатые и влиятельные люди такие?

— Конечно. Все, кто вынужден зарабатывать свои деньги, а не получает их в наследство.

— Это ужасно, — вздохнула Прис. — То, что мы сделали с Линкольном. Ведь если разобраться, остановить жизнь равносильно убийству. Ты так не думаешь?

— Да.

Позже, когда мы уже затормозили перед мотелем, Прис вернулась к прерванному разговору:

— Ты действительно считаешь, что только так можно стать богатым? Быть таким, как он?

Несомненно, встреча с Барроузом изменила ее взгляд на вещи. На моих глазах происходила переоценка ценностей.

— Не спрашивай меня. Я-то зарабатываю семьдесят пять долларов в месяц. В лучшем случае.

— Тем не менее он достоин восхищения.

— Я знал, что рано или поздно ты скажешь это. Как только ты произнесла свое «тем не менее», я знал, что последует за ним.

— Значит, я для тебя — открытая книга, — вздохнула Прис.

— Нет. Ты величайшая загадка, с которой мне приходилось сталкиваться. Это впервые, когда я сказал себе: «Прис сейчас сделает то-то и то-то» — и действительно так произошло.

— Ну да. И ты совершенно уверен, что постепенно я снова вернусь к тому состоянию, когда никаких сомнений у меня не возникало, а было одно только восхищение этим человеком.

Я промолчал, поскольку и впрямь так думал.

— А ты обратил внимание, — спросила Прис, — как я справилась с выключением Линкольна? Я сделала это. Думаю, теперь я смогу вынести что угодно. Честно говоря, мне даже понравилось.

— Ты врешь, чтобы выглядеть крутой.

— Нет, действительно, это было ни с чем не сравнимое чувство власти, абсолютной власти. Мы даем ему жизнь, а затем ее отнимаем — щелк, и все! Так легко... Но моральная ответственность за это ложится не на нас, а на Сэма Барроуза. И он-то, уж будь уверен, не станет мучиться угрызениями совести. Напротив, это здорово поднимет его самооценку. Чувствуешь, какая здесь сила? Думаю, мы все дорого дали бы, чтобы быть похожими на него. Ведь меня сейчас огорчает не сам факт выключения Линкольна, я ненавижу себя за это огорчение! Стоит ли удивляться, что я сижу здесь вместе с вами и размазываю сопли, в то время как Барроуз снова находится на высоте положения. Улавливаешь разницу между нами и им?

Прис зажгла сигарету и какое-то время сидела молча, курила.

— Как насчет секса? — спросила она неожиданно.

— Думаю, это еще хуже, чем выключение симулякра.

— Опыт половых сношений, возможно, поможет тебе измениться.

Эта девчонка... Сидит здесь и рассуждает! У меня волосы встали дыбом.

— Что такое? — спросила она.

— Ты пугаешь меня.

— Но почему?

— Ты толкуешь об этом так, будто...

Прис прервала меня:

— Так, как будто я смотрю на свое тело откуда-то сверху? Так оно и есть, Луис. Настоящая я — не это тело, а душа.

— Н-да? Докажи, как сказал бы Бланк.

— У меня нет доказательств, Луис, но тем не менее это правда. Я просто знаю, что я — не это физическое тело, существующее во времени и пространстве. Платон был прав.

— А как насчет нас, всех остальных?

— Не знаю, это ваше дело. Я лично ощущаю вас как тела... Может быть, так оно и есть. Скорее всего, вы всего-навсего физические тела. А ты сам не знаешь? Если нет, то я ничем не могу помочь. — Она выбросила сигарету. — Мне лучше поехать домой, Луис.

— Как хочешь, — ответил я, открывая дверцу.

Все окна в мотеле были темными. Даже большую неоновую вывеску выключили на ночь. Все правильно, добропорядочные граждане средних лет в это время спокойно спят в своих постелях.

— Луис, — окликнула меня Прис, — у меня в сумке есть колпачки. Я всегда их с собой ношу.

— Какие колпачки? Те, что ты вставляешь в себя, или те, которые Мори закупает для своего «мерседеса»?

— Не шути, для меня это очень серьезно. Секс, я имею в виду.

— Да, а как насчет секса в шутку?

— Что это значит?

— Ничего. Просто ничего, — ответил я, прикрывая за собой дверцу.

— Я сейчас скажу тебе нечто избитое, — начала Прис, высунувшись в окно с моей стороны.

— Нет. Потому что я не собираюсь это слушать. Я терпеть не могу, когда мне серьезно говорят избитые вещи. И знаешь что, Прис, лучше бы ты оставалась далекой, недоступной душой, чем издевалась над страдающими животными. Тогда бы... — Я замялся на мгновение, но потом решил, какого черта, и закончил: — Тогда, по крайней мере, я мог бы честно ненавидеть и бояться тебя.

— А что ты почувствуешь после того, как услышишь мои избитые слова?

— Я завтра же побегу в больницу и попрошу кастрировать меня, или как там у них называется подобная операция.

— Ты хочешь сказать, что я сексуально желанна для тебя в роли жестокого шизоида, но стоит мне проявить сентиментальность, и я не тяну даже на это?

— Твое «даже» совершенно напрасно. Это чертовски много.

— Луис, забери меня к себе в мотель, — попросила она. — Трахни меня, Луис.

— Есть что-то в твоем языке, Прис, что одновременно отталкивает и притягивает меня.

— Ты просто трус.

— Вовсе нет, — ответил я.

— Да.

— Нет. Но я не собираюсь доказывать это тем способом, как ты предлагаешь. Я на самом деле не трус, у меня было много разных женщин за мою жизнь. Честно! Меня пугает не секс сам по себе, для этого я слишком стар. То, о чем ты говоришь, актуально для мальчишек из колледжа, с их первым презервативом в кармашке.

— Но ты не захотел трахнуть меня!

— Нет. Потому что ты не только далека от меня, ты еще и жестока. И даже не ко мне жестока, а к себе, к своему телу, которое ты презираешь и ненавидишь. Разве это не правда, Прис? Ты помнишь спор, который вели Линкольн, я имею в виду — симулякр Линкольна, и Барроуз с Бланком? Животное похоже на человека, они оба сделаны из плоти и крови. А ты стараешься не быть такой.

— Почему стараюсь? Я и есть не такая.

— А какая же ты? Что ты? Машина?

— Нет. В машине должны быть провода, а у меня их нет.

— Что же тогда? Что ты о себе думаешь?

— Я знаю, что я такое, — сказала Прис. — Шизоид. Это болезнь нашего века — также как в девятнадцатом веке была истерия. Особая форма глубоко проникающего, трудноуловимого духовного отчуждения. Я бы многое дала, чтобы избавиться от этой проблемы, но не могу... Ты счастливчик, Луис Розен, со своей старомодностью. Я бы с удовольствием с тобой поменялась. И мне очень жаль, что мое толкование секса такое грубое, я вовсе не хотела отпугивать тебя. Прости меня, Луис.

— Не грубое. Гораздо хуже — нечеловеческое. Могу представить себе, какова ты в сексе... Наблюдатель. Беспрерывный и всесторонний: на ментальном, на духовном уровне — везде. Всегда внимательный и рассудочный.

— А разве это плохо? Я всегда так поступаю.

— Спокойной ночи. — Я пошел от машины.

— Спокойной ночи, трус.

— Да пошла ты!..

— Луис! — В ее голосе слышалась мука.

— Забудь меня, — сказал я.

Шмыгая носом, Прис произнесла:

— Ты говоришь ужасные вещи...

— Бога ради, забудь меня, — повторил я. — Ты обязана меня забыть. Я, может быть, больной, что говорю тебе такое. Сам не верю, что я сказал это!

Все еще всхлипывая, она медленно кивнула, завела мотор и включила фары.

— Не уезжай! — попросил я. — Разве ты не видишь: мои слова — это сумасшедшая попытка пробиться к тебе? Твое восхищение Барроузом, все, что ты говоришь, — это сводит меня с ума. Я люблю тебя, Прис, очень люблю, когда вижу тебя теплой, человечной. А затем все снова меняется...

— Спасибо, — чуть слышно поблагодарила она. — За то, что пытаешься утешить.

Она слабо улыбнулась.

— Не хочу, чтоб ты становилась хуже. — Я говорил, держась за дверцу машины. Я очень боялся, что она уедет.

— Не буду. В общем-то, меня это мало трогает.

— Давай ты зайдешь ко мне, — попросил я. — Посидишь минутку, ладно?

— Нет. Не волнуйся, все в порядке. Это просто переутомление сказывается. Я знаю, что расстроила тебя. Но на самом деле я не хотела говорить те грубые слова. А сказала потому, что не умела лучше. Видишь ли, Луис, никто никогда не учил меня говорить о таких вещах. О них вообще обычно не говорят.

— Этому можно научиться. Послушай, Прис, пообещай мне одну вещь — что не будешь заниматься самообманом, придумывая, будто я тебя сегодня обидел. На самом деле почувствовать то, что было сейчас у тебя, — просто здорово. Чувствовать...

— Себя обиженной?

— Нет, не то. Я хотел сказать: поощренной. Поверь, я вовсе не пытаюсь сгладить то, что я сделал, что мы сделали. Но, Прис, тот факт, что ты так страдаешь из-за...

— Ни черта я не делала!

— Не лги, Прис. Делала.

— Ну хорошо, делала. — Она опустила голову.

Я открыл дверцу машины и взял ее за руку:

— Пойдем со мной, Прис.

Она выключила мотор и погасила огни.

— Это что, первая стадия интимных отношений? — пыталась она защищаться.

— Я научу тебя говорить о вещах, о которых обычно не говорят.

— Учти, я хочу именно научиться *говорить* об этом, а не делать. И вообще, ты просто смеешься надо мной. Я знаю, кончится дело тем, что мы посидим рядышком и я поеду домой. Может, так и лучше. Может, только так и надо.

Мы вошли в темную комнату мотеля. Я включил свет, обогреватель, а затем еще и телевизор.

— Это чтобы никто не услышал, как мы дышим? — Она выключила телевизор. — Не нужно, я дышу очень тихо.

Скинув пальто, она стояла, держа его на руке, пока я не забрал и не повесил в шкаф.

— Ну, говори, куда мне садиться и как? Сюда? — Она уселась на стул с прямой спинкой, сложила руки на коленях и спокойно посмотрела на меня. — Ну как? Что еще мне снять? Туфли? Или всю одежду? Или, может, ты сам любишь это делать? На всякий случай предупреждаю: у меня на юбке не замок, а пуговицы. И пожалуйста, не тяни сильно за верхнюю пуговицу, она отрывается, мне потом придется пришивать.

Она обернулась ко мне:

— Пуговицы вот здесь, сбоку.

— Это все очень познавательно, — сказал я, — но ничего не объясняет.

— А ты знаешь, чего бы мне хотелось? — Ее лицо вдруг осветилось. — Чтобы ты поехал куда-нибудь и привез кусок кошерной говядины и мацу. А еще пиво и халву на сладкое. Знаешь, такую чудесную, тонко нарезанную говядину по два пятьдесят за фунт.

— Я бы с радостью, — ответил я. — Но на сотни миль вокруг сейчас этого не достать.

— А в Бойсе?

— Нет, — сказал я. — Да и поздно уже для кошерной говядины. Не в смысле сегодняшнего вечера, в смысле нашей жизни.

Я поставил свой стул поближе и взял ее за руку. Она оказалась маленькой, сухой и довольно жилистой, с сильными пальцами. «Наверное, из-за ее чертовой мозаики», — подумал я.

— Послушай, давай сбежим отсюда, — предложил я. — Уедем куда-нибудь на юг и не вернемся. И никогда больше не увидим этих симулякров, Барроуза и вообще Онтарио.

— Нет, — покачала она головой. — Нам суждено быть связанными с Сэмом, это же носится в воздухе, разве ты не чувствуешь? Смешно, неужели ты думаешь, что можно просто прыгнуть в машину и уехать? Не выйдет, Луис...

— Прости.

— Я прощаю тебя, но не понимаю. Иногда ты мне кажешься ребенком, совсем не разбирающимся в жизни.

— Все, что я делал, — так это пытался урвать кусочек реальности здесь, кусочек там и принимал их в себя. Я похож на овцу, которая выучила один путь на пастбище и никогда не отклоняется от своего маршрута.

— Так ты чувствуешь себя в безопасности?

— Большей частью, но только не рядом с тобой.

Она кивнула.

— А я для тебя тоже пастбище?

— Можно и так выразиться.

С коротким смешком Прис сказала:

— Почти как любовь по Шекспиру. Луис, ты должен сказать мне, что собираешься засеять, а после общипать меня. Пастись среди моих прекрасных холмов и долин, особенно на божественно-лесистых лугах, где дикий папоротник и душистые травы в изобилии колышутся на ветру. Ну, мне же не надо все это декламировать? Или надо? — Она блеснула глазами. — А теперь, ради бога, сними с меня одежду или хотя бы сделай попытку.

И она стала скидывать туфли.

— Не надо, — попросил я.

— Разве мы не миновали поэтическую фазу? Пожалуй, теперь уже можно обойтись без излишних изысков и перейти к более реальным вещам. — Она начала было расстегивать юбку, но я схватил ее за руки.

— Прис, я слишком невежественный, чтоб продолжать, — сказал я. — Во мне нет этого. Слишком невежественный, застенчивый и, допускаю, трусливый. Все происходящее обычно далеко за гранью моих возможностей. Мне кажется, я заброшен в мир, в котором ничего не понимаю. — Я бережно держал ее руки. — Самое лучшее, что я сейчас могу придумать и сделать, — это поцеловать тебя. В щечку, если позволишь.

— Ты просто стар, Луис, в этом все и дело. Ты — часть прошлого, отмирающего мира. — Прис обернулась и потянулась ко мне. — Ну что ж, поцелуй, как хотел.

И я поцеловал ее в щеку.

— На самом деле, — усмехнулась она, — если тебе интересно: дикий папоротник и душистые травы вовсе не колышутся в изобилии на ветру. Парочка папоротников да четыре травинки — вот и все, что есть в наличии. Я еще не доросла, Луис. Всего год назад я начала носить бюстгальтер и порой попросту забываю о нем. Да по правде говоря, он мне не очень-то и нужен.

— Можно мне поцеловать тебя в губы?

— Нет, это чересчур интимно.

— А ты закрой глаза.

— Тогда уж лучше выключи свет. — Она высвободила одну руку и потянулась к выключателю на стене. — Подожди, я сама...

— Подожди, — остановил я ее. — У меня совершенно невероятное предчувствие.

Ее рука замерла на выключателе.

— Луис, не в моем характере останавливаться на полпути, а ты сбиваешь меня с толку. Прости, но я должна продолжить. — И она выключила свет.

Комната погрузилась в полную темноту. Я ничего не видел.

— Прис, я собираюсь ехать в Портленд. За кошерной говядиной.

— Куда мне положить юбку? — раздалось из темноты. — Чтобы она не помялась.

— Мне кажется, я смотрю сумасшедший сон.

— Это блаженство, а не сон, Луис, — отозвалась Прис. — Тебе знакомо такое чувство, которое входит в тебя и ударяет в голову? Помоги, пожалуйста, развесить одежду. Мне потом надо будет собраться в пятнадцать минут. Ты умеешь заниматься любовью и разговаривать? Или переходишь на хрюканье, как животное?

Я слышал какой-то шелест — Прис раскладывала одежду и шарила в поисках постели.

— Здесь нет кровати, — сказал я.

— Ну тогда будем на полу.

— Твои коленки поцарапаются.

— Твои коленки, Луис.

— У меня фобия, — пожаловался я. — Я не могу без света. Мне кажется, я занимаюсь любовью с чем-то, сделанным из веревок, рояльных струн и старого оранжевого одеяла моей бабушки.

Прис рассмеялась:

— Точно. Это я и есть. — Ее голос раздался совсем рядом. — Я почти поймала тебя. Теперь не сбежишь.

— Прекрати, — взмолился я. — Я включаю свет!

Я щелкнул выключателем, и комната залилась светом, который на миг ослепил меня.

Потом прозрел и увидел совершенно одетую девушку — она и не раздевалась вовсе. Я глазел на нее в полном недоумении. Наверное, видок у меня был еще тот. Во всяком случае, Прис тихо рассмеялась.

— Шутка. Я хотела тебя подурачить: довести до пика сексуального возбуждения, а потом... — она щелкнула пальцами, — спокойной но-о-о-чи!

Я постарался улыбнуться.

— Не принимай меня всерьез, Луис. Не будь эмоционально зависим. Иначе я разобью тебе сердце.

— А кто зависим? — услышал я свой полузадушенный голос. — Это игра, в которую люди играют в темноте. Я просто хотел, как это говорится... урвать свой кусок.

— Незнакома с таким выражением. — Прис больше не смеялась, ее глаза холодно изучали меня. — Зато у меня есть идея.

— Я еще тебе кое-что скажу, приготовься. У них на самом деле есть говядина в Бойсе. И я смогу без особых проблем достать сколько надо.

— Ты ублюдок! — Сидя на полу, она нащупала туфли и стала их натягивать.

— Прис, песок сыплется в дверь!

— Что? — Она огляделась. — О чем ты толкуешь?

— Мы здесь в ловушке. Кто-то высыпал на нас целую гору песка, и мы никогда не выйдем наружу.

— Прекрати! — крикнула она.

— Ты никогда не верила в меня.

— Ну да, а ты пользуешься этим, чтобы мучить меня. — Она бросилась к шкафу за своим пальто.

— А меня не мучили? — Я шел за ней следом.

— Ты имеешь в виду сегодняшний вечер? О черт, мне не следовало выходить из машины, надо было остаться там.

— Если бы я все сделал так, как надо...

— Это ничего б не изменило. Все зависело от тебя, от твоих способностей! Я так многого ждала. Я ужасная идеалистка. — Прис отыскала свое пальто и начала надевать, я машинально помогал ей.

— Мы одеваемся, даже не раздевшись, — произнес я.

— Теперь ты будешь предаваться сожалениям, — пожала плечами Прис. — Это единственное, что ты умеешь делать хорошо.

Она бросила на меня такой ненавидящий взгляд, что я передернулся.

— Я бы мог сказать тебе кое-что важное, — начал я.

— Но ты этого не сделаешь, так как знаешь: я так отвечу, что ты умрешь на месте.

У меня и впрямь язык прирос к зубам.

— Во всем виноват твой страх, — сказала на прощание мне Прис.

Она медленно шла по дорожке к припаркованной машине.

— Верно, страх, — подтвердил я, идя за ней по пятам. — Но этот страх проистекал из уверенности, что подобные вещи должны происходить по взаимному согласию двух людей. Необходимо взаимопонимание, а не навязывание воли одного другому.

— А может, ты просто боишься тюрьмы? — спросила Прис. Она уже залезла в машину и теперь сидела, положив руки на руль. — Тебе, как любому нормальному мужчине, следовало бы сграбастать меня и затащить в постель, что бы я там ни говорила.

— Если б я поступил так, ты потом бы не переставая жаловалась до конца своей жизни. Сначала — мне, затем — Мори, адвокату и, наконец, в зале суда — всему честному миру.

Мы оба немного помолчали.

— Так или иначе, но я тебя поцеловал, — сказал я. — В щечку.

— Нет, в губы.

— Неправда.

— Мне запомнилось, что в губы.

— Ага, ты уже начинаешь творить историю, которую потом будешь рассказывать налево и направо — о том, как ты сумела кое-чего добиться от меня.

— Которую я запомню, сохраню в своем сердце.

Прис завела мотор, включила фары и уехала.

Я постоял несколько минут на опустевшей дорожке и медленно побрел к мотелю. Мы оба психанули, уговаривал я сам себя. Устали, были деморализованы, вот и дошли до ручки. А ведь завтра нам предстоит нелегкое дело — отшить этого Барроуза. Бедняжка Прис, ей придется хуже всего. А началось все с того, что мы выключили старину Линкольна. В этом все дело, вдруг понял я.

Я сжал кулаки в карманах и шагнул к двери.

Следующее утро встретило меня таким ярким солнечным светом, что, даже не поднимаясь с постели, я ощутил прилив бодрости. Все не так уж плохо, подумал я. А после того как побрился, просмотрел газету и позавтракал в кафетерии булочкой с беконом, запив все апельсиновым соком и чашечкой кофе, я и вовсе почувствовал себя заново родившимся.

Вот что делает завтрак, подумалось мне. Исцеляет, собирает воедино рассыпанные кусочки.

Нет, возразил я сам себе, правильнее говорить об улучшении состояния, но не исцелении. Потому что исцеление предполагает возврат к первоначальному здоровью, а о чем говорить, если такового не было с самого начала. Что же это за болезнь?

Прис, можно сказать, смертельно больна. Это коснулось и меня, заползло внутрь и угнездилось там. Мы все заражены — и Мори, и Барроуз, и все остальные, вплоть до моего отца, хотя он подвержен болезни меньше всех.

О боже, отец! Я совсем забыл, что он сегодня приезжает. Я поспешил наружу, поймал такси.

К офису «Объединения МАСА» я подъехал первым. Минутой позже увидел из окна, как приближается мой «шевроле». Из него вышла Прис. Сегодня она была в джинсовой юбке и блузке с длинными рукавами. Волосы подняты, лицо чистое и умиротворенное.

Войдя в офис, Прис улыбнулась мне:

— Прости за то, что я говорила вчера ночью. Но ничего ведь не потеряно. Может, в следующий раз?

— Ничего не потеряно, — эхом повторил я.

— Ты серьезно, Луис?

— Нет, — ответил я и вернул ей улыбку.

Хлопнула дверь, и в офис вошел Мори.

— Привет! Я отлично выспался, — оповестил он мир. — Честное слово, дружище, мы выдоим этого придурка Барроуза до последнего цента!

За ним следовал мой отец в своем темном полосатом костюме, наводящем на мысль о железнодорожной униформе. Он сдержанно поприветствовал Прис, затем обернулся к нам:

— Он уже здесь?

— Нет, папа, — ответил я, — пока нет.

— Думаю, нам следует снова включить Линкольна, — сказала Прис. — Нечего бояться этого Барроуза.

— Согласен, — быстро произнес я.

— А я нет, — возразил Мори, — и объясню почему. Его вид только подогреет аппетит Барроуза, разве не так? Подумайте сами.

Подумав, я и в самом деле согласился с моим компаньоном. Мори прав, оставим его выключенным. И не станем включать, что бы ни случилось: пусть Барроуз пинает его, хоть на кусочки расколотит. Жадность, вот что им движет. А нами движет страх, подумалось мне. Действительно, как много из того, что было нами предпринято впоследствии, диктовалось страхом. А отнюдь не здравым смыслом...

В этот момент раздался стук в дверь.

— Вот и он, — сказал Мори и мельком взглянул на меня. Дверь отворилась, за ней стояли Сэм Барроуз, Дэвид Бланк, миссис Нилд и темная, мрачная фигура, в которой мы с удивлением узнали Эдвина М. Стэнтона.

— Мы встретились с ним внизу, на улице, — весело пояснил Дэйв Бланк. — Этот джентльмен тоже направлялся сюда, и мы позволили себе подвезти его на лифте.

Симулякр Стэнтона кисло оглядел нас всех.

Великий Боже, подумал я, мы этого не ждали, но какая разница? Важно разобраться, означает ли это, что нам нанесен удар? И если да, то насколько серьезный?

Я не находил ответа на эти вопросы. Но как бы то ни был, игра продолжалась, и настал момент открывать карты. Так или иначе.

Глава 11

— Мы тут немного прогулялись и потолковали с мистером Стэнтоном, — любезно сообщил нам Барроуз. — И кажется, пришли к тому, что можно назвать взаимопониманием.

— О! — отреагировал я.

На лице Мори застыло упрямое, неприязненное выражение. Прис заметно нервничала.

Тут на сцену выступил мой отец — он протянул руку и представился:

— Джереми Розен, владелец завода по производству спинет-пианино и электроорганов в Бойсе. Если не ошибаюсь, я имею честь разговаривать с мистером Сэмюэлем Барроузом?

Именно так, подумал я. Каждая сторона подготовила сюрприз неприятелю. Вы умудрились за минувшую ночь разыскать и вернуть Стэнтона, мы, со своей стороны, выставили моего отца — счет один-один.

Чертов Стэнтон! В «Британской энциклопедии» написано: способен кооперироваться с врагами во имя достижения личных целей. Подлец!

И тут я понял: он вовсе не уезжал открывать юридическую контору или осматривать достопримечательности! Скорее всего, все это время он провел в Сиэтле вместе с Барроузом. Они сговорились с самого начала! Наш первый симулякр предал нас. Это было дурным предзнаменованием. Неожиданно я подумал: «На его месте Линкольн так не поступил бы». Эта мысль принесла мне значительное успокоение, и я решил про себя: «Будет лучше, если мы снова включим его». Вот почему я обратился к Мори:

— Будь добр, сходи и пригласи мистера Линкольна подняться сюда.

Брови моего компаньона удивленно поползли вверх.

— Он нужен нам, — твердо сказал я.

— Я тоже так считаю, — поддержала меня Прис.

— Хорошо, — кивнул Мори и вышел.

Итак, все началось... Вот только что именно?

— Когда мы впервые столкнулись со Стэнтоном, — заговорил Барроуз, — то были склонны трактовать его как хитроумный механизм. Но затем мистер Бланк справедливо указал мне, что вы-то рассматриваете его как живое существо. Посему хотелось бы узнать, а как вы оплачиваете мистера Стэнтона?

— «Оплачиваете»? — озадачился я.

— Надеюсь, вы не забыли про закон о подневольном труде, — напомнил Бланк.

Я только рот открыл от удивления.

— Хотелось бы знать, заключен ли контракт с мистером Стэнтоном? — поинтересовался

Бланк. — И если да — то не противоречит ли он закону о минимальной заработной плате? Впрочем, чего темнить: мы обсуждали этот вопрос с самим Стэнтоном, и он не может припомнить ничего подобного. Таким образом, я как юрист не вижу никаких обстоятельств, препятствующих мистеру Барроузу нанять Стэнтона в качестве работника с оплатой, скажем, шесть долларов в час. Согласитесь, это честная цена. Более того, уполномочен сообщить, что именно на таких условиях мистер Стэнтон соглашается вернуться с нами в Сиэтл.

В комнате повисло молчание.

В этот момент дверь отворилась и вошел Мори. За его спиной маячила высокая сутулая фигура симулякра Линкольна. Тут подала голос Прис:

— Думаю, нам следует принять их предложение.

— Какое такое предложение? — с ходу вскинулся Мори. — Я ничего не слышал.

Он обратился ко мне:

— Ты в курсе, о чем она говорит?

Я потряс головой.

— Прис, — строго спросил Мори, — ты встречалась с мистером Барроузом?

— Вот мое предложение, — вступил непосредственно сам Барроуз. — Мы оцениваем МАСА в семьдесят пять тысяч долларов. Я поднимаю...

— Значит, вы сговорились? — настаивал Мори.

Ни Прис, ни Барроуз не ответили. Но этого и не требовалось — и так все было ясно.

— Я поднимаю цену до ста пятидесяти тысяч долларов, — закончил как ни в чем не бывало Барроуз. — Естественно, при условии владения контрольным пакетом акций.

Мори отрицательно покачал головой.

— Можно нам удалиться и обсудить ваше предложение? — обратилась Прис к Барроузу.

— Конечно.

Мы уединились в маленькой подсобке в конце коридора.

— Мы проиграли, — сказал Мори упавшим голосом, он разом посерел и осунулся. — Разбиты вчистую.

Прис молчала с непроницаемым лицом.

После продолжительного молчания заговорил мой отец:

— Необходимо избежать этого любой ценой. Мы не должны становиться частью корпорации, где заправляет Барроуз.

Я обернулся к Линкольну, который все это время слушал нас, не произнося ни слова.

— Вы ведь адвокат. Бога ради, помогите нам!

Линкольн заговорил:

— Луис, у мистера Барроуза и его единомышленников сильная позиция — обвинения в мошенничестве здесь не пройдут. Следует признать: они переиграли нас.

Симулякр задумался, прошел к окну и выглянул на улицу, затем снова вернулся к нам. Видно было, что он мучительно ищет решение, — жесткие губы болезненно кривились, но в глазах сверкали искры.

— Сэм Барроуз — бизнесмен, но и вы тоже не разносчики пиццы. Выход, на мой взгляд, есть. Допустим, вы продаете прямо сейчас свою маленькую фирму мистеру Джереми Розену. За любую цену, хоть за доллар. Таким образом, формально МАСА становится собственностью «Фабрики Розена по производству спинет-пианино и электроорганов», у которой, как известно, достаточно большие активы. Теперь, чтобы приобрести желанное, Барроузу придется выкупить все предприятие в целом, включая фабрику. А к этому он на данный момент не готов. Теперь что касается Стэнтона: можете быть уверены — он не станет сотрудничать с Барроузом. Я берусь побеседовать с ним и убедить вернуться. Мы знакомы с ним много лет, смею утверждать, что Стэнтон — человек порой неуравновешенный, импульсивный, но честный. Он работал в администрации Бьюкенена, и я, невзирая на многочисленные протесты со стороны коллег, продолжал поддерживать его. Не скрою, Стэнтон бывает раздражительным, не всегда объективным, но в его порядочности сомневаться не приходится. Он не станет поддерживать мошенников. К тому же мне кажется, он вовсе не жаждет возвращаться к юридической практике. Стэнтон публичный человек, ему важно общественное признание. И, уверяю вас, он будет очень хорош на подобном месте — это истинный слуга общества. Думаю, если вы предложите ему пост председателя правления, он останется.

Мори задумчиво произнес:

— Мне это не приходило в голову.

— Я против, — тут же возразила Прис. — МАСА не следует передавать семейству Розенов, это даже не обсуждается. И Стэнтон не примет предложение, о котором говорил Линкольн.

— Еще как примет, — возразил Мори, и мы с отцом его поддержали. — Мы сделаем Стэнтона большим человеком в нашей организации, а почему бы и нет? У него есть к тому способности. Бог свидетель, с ним мы за год поднимем наш оборот до миллиона долларов.

— Полагаю, — мягко сказал Линкольн, — вы не пожалеете, доверив дело мистеру Стэнтону.

Мы вернулись в офис, где нас терпеливо поджидал Сэм Барроуз со своей командой.

— У меня для вас новость, — сообщил Мори, прочистив горло. — Мы только что продали «Объединение МАСА» мистеру Джереми Розену. За один доллар.

Барроуз в недоумении моргал.

— Да? — наконец сказал он. — Интересно!

Он посмотрел на Бланка, который воздел руки в беспомощном жесте, как бы снимая с себя всякую ответственность. Тем временем Линкольн обратился к Стэнтону:

— Эдвин, мистер Рок, а также оба мистера Розена просят вас присоединиться к их вновь сформированной организации в качестве председателя правления.

Привычное кисло-озлобленное выражение на лице симулякра Стэнтона исчезло, теперь на его месте была написана нерешительность.

Забавно было наблюдать за сменой чувств на этой вытянутой, сморщенной физиономии.

— Насколько данное заявление соответствует истине? — спросил он, обращаясь к нам.

— На все сто процентов, сэр, — твердо ответил Мори. — Это предложение фирмы. Мы считаем, что человек с вашими способностями должен стоять во главе правления.

— Точно, — подтвердил я.

— Я полностью присоединяюсь, мистер Стэнтон, — поддержал нас мой отец. — И берусь поговорить со вторым моим сыном, Честером. Мы искренне будем рады.

Усевшись за старую электрическую печатную машинку «Ундервуд», Мори вставил листок бумаги и приготовился печатать.

— Мы подготовим письменный документ и подпишем его прямо сейчас. Так сказать, отправим корабль в плавание.

— Лично я рассматриваю все, здесь происходящее, — отчеканила Прис ледяным голосом, — как вероломное предательство. Причем не только по отношению к мистеру Барроузу, но и ко всему, ради чего мы трудились столько времени...

— Помолчи, — бросил ей Мори.

— ...и посему отказываюсь принимать участие в этом, — закончила свое выступление Прис.

Голос ее был абсолютно спокоен, как если бы она делала в этот момент телефонный заказ в секции одежды у Мэйси. Мы все, включая наших оппонентов, не верили своим ушам. Однако Барроуз быстро справился с удивлением.

— Вы ведь принимали участие в создании первых двух симулякров? Следовательно, сможете построить еще один?

— Ничего она не сможет, — вскипел Мори. — Все, что она делала, так это разрисовывала их лица. В электронике она ничего не понимает. Ни-че-го!

Он ни на секунду не отрывал взгляда от дочери.

— Боб Банди уходит со мной, — заявила Прис.

— Что?! — крикнул я. — Он тоже?

И тут я все понял.

— Так вы с ним... — Договаривать не было смысла.

— Боб без ума от меня, — спокойно подтвердила Прис.

Барроуз полез в карман за бумажником.

— Вы можете вылететь вслед за нами, — сказал он. — Я дам вам деньги на билет. Во избежание всяких осложнений нам лучше путешествовать по отдельности.

— Хорошо, — кивнула Прис. — Я буду в Сиэтле где-то через день. Но денег не надо, у меня есть свои.

— Ну что ж, можно сворачивать наш бизнес здесь, — кивнул Бланку Барроуз. — Пора двигаться обратно.

После этого он обернулся к Стэнтону:

— Мы покидаем вас, мистер Стэнтон. Вы уверены в своем решении?

— Да, сэр, — скрипучим голосом подтвердил симулякр.

— Ну, тогда всего доброго, — попрощался с нами Барроуз. Бланк сердечно помахал нам, Колин Нилд просто повернулась и последовала за шефом. Через минуту мы остались одни.

— Прис, — сказал я, — ты ненормальная.

— Веский аргумент, ничего не скажешь, — безразличным тоном ответила она.

— Ты это говорила всерьез? — спросил Мори, лицо его подергивалось. — Насчет того, чтобы поехать с Барроузом? Ты собираешься лететь к нему в Сиэтл?

— Да.

— Я позову копов, и тебя упрячут за решетку, — пообещал он. — Ты же несовершеннолетняя. Просто ребенок. Я обращусь в Комитет по психическому здоровью, чтобы тебя снова поместили в Касанинскую клинику.

— Ничего подобного, — заявила Прис. — Я в состоянии осуществить задуманное, и «Барроуз организейшн» мне в том поможет. В клинику меня могут поместить либо по моему желанию — а его нет, либо по показаниям — но я не являюсь психотиком. Напротив, я очень умело веду свои дела. Так что попридержи свой гнев — ничего хорошего из этого не выйдет.

Мори облизал губы, заикаясь, начал что-то говорить, но затем умолк. Было ясно, что Прис права — дела обстояли именно так, как она излагала. С точки зрения закона у нас не было возможности помешать Барроузу, и он это прекрасно знал. Таким образом, они получали нашу технологию — и, соответственно, все барыши.

— Я не верю, что Боб Банди покинет нас из-за тебя, — сказал я Прис.

Однако по выражению ее лица я понял, что так оно и будет. И эта маленькая негодяйка была вполне уверена в себе. Она не блефовала. Но когда же все это завязалось между ними? Вряд ли мы получим ответ на свой вопрос — Прис умела хранить секреты. Оставалось только примириться.

— Вы могли ожидать чего-либо подобного? — спросил я у Линкольна.

Он отрицательно покачал головой.

— Во всяком случае, мы избавились от них, — подвел итог Мори. — Мы сохранили «Объединение МАСА» и Стэнтона. Что же касается этой парочки — Прис и Боба, то бога ради. Хотят уйти к Барроузу — скатертью дорога. Флаг им в руки!

Он гневно посмотрел на дочь, но та ответила совершенно бесстрастным взглядом. Я знал эту особенность Прис: в критические минуты она становилась холоднее, сдержаннее и собраннее, чем обычно. Пробить эту броню было невозможно.

«Наверное, оно и к лучшему», — с горечью подумал я. Мы не справлялись с девчонкой — по крайней мере, я. Пусть теперь Барроуз попробует. Я допускаю, что он найдет ей достойное применение, даже сможет делать на ней деньги... Хотя не исключено, что и наоборот: Прис принесет убытки фирме или даже разорит ее. Сначала первое, затем — второе. Но, к сожалению, в этой игре есть еще одна фигура — Боб Банди. А вот это уже опасно. Вдвоем они вполне могут построить симулякра, и Мори им совершенно не нужен. Не говоря уж обо мне.

Склонившись ко мне, Линкольн произнес сочувственным тоном:

— Вы получите большую выгоду, используя мистера Стэнтона с его неуемной энергией, его способностью принимать правильные решения. Результаты начнут сказываться незамедлительно.

— Увы, мое здоровье оставляет желать лучшего, — проворчал Стэнтон, тем не менее немало польщенный. — Но я постараюсь сделать все, что в моих силах.

— Мне очень жаль, что все так получилось с твоей дочерью, — сказал я своему партнеру.

— Господи, как же она могла это сделать? — Мори был совершенно убит.

— Она вернется, — похлопал его по руке мой отец. — Обязательно вернется. С детьми всегда так.

— Я не хочу, чтоб она возвращалась, — произнес Мори, но было видно: это неправда.

— Давайте спустимся и выпьем по чашечке кофе, — предложил я. — Вон там есть хорошее кафе.

— Идите без меня, — отказалась Прис. — У меня чертова уйма работы, мне лучше поехать домой. Можно мне взять «ягуар»?

— Нет, — ответил Мори.

Она молча пожала плечами и вышла, захватив свою сумку. Дверь захлопнулась. Прис ушла из нашей жизни. Раз и навсегда.

Мы сидели в кафе, и я размышлял о том, как здорово Линкольн помог нам с Барроузом. Фактически, именно он вызволил нас из беды. Не его вина, что в результате все сложилось не лучшим образом. Кто мог предположить, что Прис решит соскочить? Никто. Также как никто не знал о ней и Банди. Мы и не подозревали, что она кормит с ладони нашего инженера благодаря своим старым как мир штучкам. Ни я, ни Мори не догадывались.

Официантка давно уже поглядывала в нашу сторону и теперь наконец решилась подойти.

— Скажите, это не тот манекен Линкольна, который был выставлен в витрине? — спросила она.

— Нет, на самом деле это манекен У.К. Филдса[1], — ответил я, — только переодетый Линкольном.

— Мы с моим дружком были на демонстрации в тот день. И впрямь похоже. А можно его потрогать?

— Конечно, — ответил я.

Она осторожно прикоснулась к руке Линкольна.

— Ой, да он теплый! — воскликнула эта клуша. — И даже пьет кофе!

[1] У. К. Филдс — псевдоним Уильяма Клода Дьюкефилда, знаменитого американского комика. *(Прим. ред.)*

Мы с трудом отделались от нее, чтоб подвести печальные итоги нашей беседы. Обращаясь к симулякрам, я констатировал:

— Вы, джентльмены, многое сделали для урегулирования проблем нашей ассоциации. Гораздо больше, чем кто-либо из нас.

— Мистер Линкольн, — проговорил ворчливым тоном Стэнтон, — всегда отличался талантом приходить к соглашению с кем угодно и чем угодно, причем далеко не оригинальным способом — при помощи шутки.

Линкольн улыбался, прихлебывая свой кофе.

— Интересно, что сейчас делает Прис? — произнес Мори. — Должно быть, складывает вещи. Все-таки ужасно, что ее нет с нами. Ведь она была частью нашей команды.

Да, осознал я, там, в офисе, мы избавились от кучи народа. Среди них: Барроуз, Дэйв Бланк, миссис Нилд. А также, к вящему удивлению, Прис Фраунциммер и наш творец живых душ Боб Банди. Интересно, увидимся ли мы еще когда-нибудь с Барроузом? С Бобом Банди? Вернется ли Прис? А если да, то переменится ли она?

— Как же она могла нас предать? — недоумевал Мори. — Переметнуться на сторону врага... Теперь я понимаю, что ни клиника, ни доктор Хорстовски ничего не сделали. Ничего! За все это время и за все мои деньги! Да уж, она нам продемонстрировала верность и преданность! Я знаю, что сделаю: я потребую обратно мои деньги, все, которые вложил. Что же до Прис, то мне нет никакого дела до нее! Я порвал с дочерью! Вот так!

Чтобы сменить болезненную тему, я обратился к Линкольну:

— Вы можете еще что-нибудь посоветовать нам, сэр? Как нам теперь поступить?

— Боюсь, моя помощь не столь велика, как хотелось бы, — ответил Линкольн. — У меня нет никаких предположений в отношении мисс Прис. Судьба непостоянна... Что же касается меня самого, полагаю, вы официально предложите мне пост вашего юрисконсульта. Подобно мистеру Бланку при Барроузе.

— Блестящая мысль, — сказал я, доставая чековую книжку. — Какой гонорар вас устроит?

— Десяти долларов будет достаточно, — ответил Линкольн. Я выписал чек на указанную сумму, и Линкольн с благодарностью принял его.

Мори сидел, погруженный в грустные размышления.

— Гонорар адвоката сейчас составляет минимум двести долларов, — вмешался он. — Доллар в наши дни совсем не тот, что раньше.

— Десять пойдет, — ответил Линкольн. — И я начну подготавливать бумаги о передаче «Объединения МАСА» фабрике пианино в Бойсе. Полагаю, мы сформируем акционерное общество, как и предлагал мистер Барроуз. Я просмотрю нынешние законы, чтобы выяснить необходимую сумму уставных капиталов. Боюсь, это займет какое-то время, так что наберитесь терпения, джентльмены.

— Идет, — согласился я.

Потеря Прис, несомненно, сильно ударила по нам. Особенно страдал Мори. Увы, потери вместо прибылей — вот первые результаты сотрудничества с Барроузом. И еще вопрос — сумеем ли мы от него отделаться? Линкольн прав: все в нашей жизни непредсказуемо! Взять хоть Барроуза — похоже, он был удивлен не меньше нашего.

— Скажи, мы можем построить симулякра без Прис? — спросил я у Мори.

— Да, но не без Боба.

— Возможно его кем-нибудь заменить? — продолжал допытываться я.

Но Мори в настоящий момент мог думать только о своей дочери.

— Я скажу тебе, что ее погубило, — горько сетовал он. — Эта чертова книжка Марджори Морнингстар.

— Как это?

На самом деле ужасно было наблюдать, как Мори вновь и вновь соскальзывал на одни и те же, несущественные в данный момент обстоятельства. Он становился похож на старого маразматика. Очевидно, шок оказался непосильным для моего партнера.

— Эта книга внушила Прис, что она может встретить прекрасного принца, богатого, красивого и знаменитого. Типа Сэма К. Барроуза. Старая как мир сказка о замужестве. Многие девушки вокруг нас выходят замуж по любви. Может, это и глупо, но не так отвратительно, как бессовестный брак по расчету. Прис же, прочитав ту книгу, стала относиться к любви очень рассудочно. Единственное, что могло бы спасти ее, — это безумная любовь к какому-нибудь пареньку, ее сверстнику. Нечаянная любовь, на которой бы она споткнулась. Но, увы, такого не случилось. И вот теперь Прис ушла. — Голос его дрогнул. — Надо честно называть вещи своими именами. Ведь здесь дело не только в бизнесе. То есть не только в бизнесе с симулякрами. Прис жаждала продать себя, и подороже. Ты понимаешь меня, Луис.

Он покачал головой с несчастным видом.

— А он — как раз тот человек, который мог заплатить ей достойно. И она знала это.

— Да, — ответил я. А что еще я мог сказать?

— Я не прав, нельзя было ему позволять даже приближаться к ней. Но, знаешь, я не виню его. Все, что с ней сейчас случилось, — ее собственная инициатива. Она все делала, чтобы приблизиться к нему. Теперь нам надо следить за газетами, Луис. Ты же знаешь, как они любят писать о Барроузе. Впредь всю информацию о Прис мы будем получать из этих чертовых газет.

Он отвернулся и шумно прихлебнул из своей чашки, чтоб скрыть слезы.

Мы все чувствовали себя расстроенными. Повесили головы. Молчание прервал Стэнтон.

— Когда мне приступать к своим обязанностям председателя правления? — осведомился он.

— В любое время, как захотите, — ответил Мори.

— Остальные джентльмены согласны?

Мы все дружно кивнули.

— Тогда я считаю, что занял этот пост.

Симулякр пригладил свои бакенбарды, высморкался и прочистил горло.

— Мы должны начать работу прямо сейчас. Слияние двух компаний неизбежно предполагает период повышенной активности. У меня есть некоторые соображения относительно нашей предстоящей продукции. Так, скажем, мне не видится разумным оживлять еще одного симулякра Линкольна или... — Он задумался ненадолго и добавил с сардонической улыбкой: — Или еще одного Стэнтона. По одному экземпляру вполне достаточно. В будущем давайте ограничимся чем-нибудь попроще. К тому же это уменьшит наши проблемы с механикой, не так ли? Мне необходимо проверить оборудование и штат рабочих, чтобы убедиться, в каком все состоянии... И тем не менее уже сейчас я уверен, что нашей компании вполне по силам выпускать продукцию не очень сложную, но вполне востребованную на сегодняшний день. Я имею в виду типовых симулякров — может быть, симулякров-рабочих, которые бы производили себе подобных.

«Заманчивая, но пугающая идея», — подумал я.

— По-моему, — продолжал Стэнтон, — нам следует сконцентрировать свои усилия на скорейшем проектировании и выпуске стандартных симулякров. Причем необходимо опередить Барроуза. К тому времени, как он сможет выжать и использовать знания мисс Фраунциммер, нам надлежит поставить на рынок собственную, соответствующим образом разрекламированную продукцию.

Тут нечего было возразить.

— Отдельным пунктом я предлагаю наладить выпуск симулякров, специализирующихся на каком-то одном, пусть простом задании — возможно, что-нибудь из домашней работы, например уход за детьми. Продавать их в означенном качестве. Причем не делать их слишком сложными, так, чтобы и цена была невелика. Скажем, ограничиться суммой в сорок долларов.

Мы переглянулись — мысль была отнюдь не глупа.

— Спрос на подобных помощников есть, я имел возможность в этом убедиться, — говорил Стэнтон. — И я берусь утверждать, что если подобный симулякр снабдить адекватным мышлением в применении к усредненному домашнему ребенку, то у нас в будущем не будет проблем с его сбытом. Посему прошу проголосовать за мое предложение. Все, кто согласен, произнесите свое «за».

— Я «за», — сказал я.

— И я, — поддержал меня Мори.

После минутного размышления мой отец присоединился к нам.

— Итак, предложение принято, — резюмировал Стэнтон.

Он отпил из своей чашки, затем аккуратно поставил ее обратно на стол и строгим официальным голосом объявил:

— Нашей компании необходимо новое имя. Я предлагаю — «Ассоциация Ар энд Ар» города Бойсе, штат Айдахо. Считаете ли вы такое название приемлемым?

Стэнтон огляделся — возражений не было.

— Отлично. — Он удовлетворенно промокнул губы салфеткой. — Тогда приступаем к делу немедленно. Мистер Линкольн, не будете ли вы так добры в качестве нашего консультанта ознакомиться с юридической документацией? Все ли в порядке? Если возникнет необходимость, можете пригласить помощника-юриста, более осведомленного в нынешнем законодательстве. Я вас на это уполномочиваю. Итак, начинаем работать. В будущем нас ждет честный, энергичный труд, джентльмены, поэтому не следует задерживаться на помехах и неудачах недавнего прошлого. Это очень существенно, господа, — смотреть вперед, а не назад. По силам ли нам это, мистер Рок? Несмотря на все искушение?

— Да, — ответил Мори. — Вы совершенно правы, Стэнтон.

Он достал коробок спичек из кармана пальто, прошел к столу и выудил из ящичка две сигары с золотой оберткой. Одну из них протянул моему отцу.

— «Elconde de Guell», сделано на Филиппинах.

Он поджег сигару, отец последовал его примеру.

— Думаю, у нас все получится, — сказал отец.

— Точно, — поддержал его Мори.

Все остальные допивали кофе.

Глава 12

Я боялся, что предательство Прис совершенно выбьет из колеи Мори. Даже подумывал, нужен ли мне такой партнер. Тем более я был счастлив убедиться, что ошибался. Мори бросился в работу с удвоенной энергией: он по-прежнему контролировал всю корреспонденцию по поводу спинетов и органов, организовывал отправку товара с фабрики во все пункты тихоокеанского Северо-Запада, а также на юг — в Калифорнию и Неваду, Нью-Мексико и Аризону. Вдобавок он с головой погрузился в новое направление — создание няньки-симулякра.

Разрабатывать новые схемы без Боба Банди нам было не по силам, но Мори мог модифицировать старую конструкцию. Нашим нянькам предстояло стать потомками Линкольна, если можно так выразиться.

Когда-то давным-давно Мори попался старый научно-фантастический журнал под названием «Истории волнующего чуда». Там был рассказ о роботах-слугах, которые опекали детей, подобно огромным механическим собакам. Их звали «Нэнни», очевидно в честь дворняжки Питера Пэна. Имя запало Мори в душу, и на ближайшем заседании правления — председательствовал Стэнтон плюс Мори, Джереми, Честер и я — он предложил использовать эту идею.

— Полагаю, автор рассказа или журнал могут подать иск, — встревожился я.

— Да брось, это было так давно, — возразил Мори. — Журнала давно не существует, а автор, наверное, уже умер.

— Пусть наш адвокат исследует данный вопрос.

После тщательного анализа мистер Линкольн пришел к выводу, что общественное мнение также ассоциировало имя «Нэнни» с механической нянькой.

— Насколько я понял, — отметил он, — большинству из вас известно это имя и его функциональная увязка ясна даже без прочтения означенного рассказа.

Так что в конце концов «Нэнни» была утверждена. Однако это стоило нам нескольких недель, поскольку Линкольн с привычной основательностью настоял на том, чтоб прочесть «Питера Пэна» прежде, чем принять решение. Причем процесс настолько захватил нашего адвоката, что он приносил книжку на заседания правления и со смехом зачитывал нам особо понравившиеся куски. Бороться с этим было бесполезно, и мы стоически терпели незапланированные сеансы чтения.

— Я предупреждал вас, — заметил как-то Стэнтон после того, как особо долгий отрывок загнал нас в курилку.

— Меня больше всего бесит, что это детская книга, — признался Мори. — Если ему так уж необходимо почитать вслух, почему бы не выбрать что-нибудь полезное, например «Нью-Йорк таймс»?

Сам Мори сосредоточился на сиэтлских газетах, надеясь обнаружить какую-либо информацию о Прис. Он был уверен, что скоро такое сообщение появится. Прис была в Сиэтле, это точно, поскольку не так давно к нему приезжал грузовик за оставшимися ее вещами. Водитель сообщил Мори, что вещи приказано доставить в Сиэтл. Надо думать, перевозку оплатил Сэм К. Барроуз, поскольку у Прис таких денег не было.

— Ты все еще можешь обратиться к копам, — посоветовал я.

— Я верю в Прис, — мрачно сказал Мори. — Я знаю, что она самостоятельно сделает верный выбор и вернется к нам с матерью. И потом, формально — я уже больше не ее официальный опекун, девочка находится под опекой государства.

Со своей стороны, я искренне надеялся, что Прис не вернется. Ее отсутствие обеспечивало мне спокойствие и позитивный взгляд на мир. К тому же я был уверен: это пойдет только на пользу работе Мори. Несмотря на его мрачный вид, все же приходилось признать, что он освободился от кучи неприятностей, которые прежде ожидали его за дверями дома, чтоб накинуться, как цепные псы. Ну и кроме того, в начале каждого месяца перестали появляться счета от доктора Хорстовски, здорово облегчив жизнь бедняге.

— Как ты думаешь, — спросил он меня как-то вечером, — Барроуз нашел ей лучшего психоаналитика? Хотел бы я знать, сколько стоит ему подобное удовольствие? Три раза в неделю по сорок долларов за визит — это составляет сто двадцать в неделю, или почти пять сотен в месяц. Только за то, чтоб подлечивать ее хронический психоз!

Мори покачал головой. Это напомнило мне слоган Управления психического здоровья, который где-то с год назад появился на всех почтамтах Соединенных Штатов:

ОТКРОЙ ПУТЬ К ПСИХИЧЕСКОМУ ЗДОРОВЬЮ —
БУДЬ ПЕРВЫМ СРЕДИ СВОИХ РОДНЫХ,
КТО ПРИДЕТ
В КЛИНИКУ ПСИХИЧЕСКОГО ЗДОРОВЬЯ!

И еще эти школьники, детки с блестящими значками на груди, которые каждый вечер методично обходили все дома и просили пожертвований в фонд исследований по проблемам психического здоровья. Да что там просили — требовали, вымогали, с невинным бесстыдством эксплуатируя преимущества своего возраста.

— Да уж, мне жаль Барроуза, — вздохнул Мори. — Надеюсь, она возместит ему расходы, добившись успеха в строительстве симулякра. Хотя, честно говоря, сомневаюсь. Без меня она просто жалкий дилетант — будет морочить ему голову своими рисуночками. Ты вспомни ее фреску в ванной — а ведь это единственная вещь, которую она довела до конца. Это при том, что сотни баксов тратятся на материалы и в конечном итоге летят на ветер!

— Ух ты! — Я в очередной раз поздравил себя и всех остальных с такой удачей — что Прис не было с нами.

— Все эти творческие проекты, — говорил Мори, — на самом деле захватывают ее. По крайней мере, на первой стадии.

Тут он наставительно поднял палец:

— Но мы не должны ее недооценивать, дружище! Ты только погляди, как искусно она слепила тела Стэнтона и Линкольна. Нет, что ни говори, она молодец!

— Молодец, — согласился я.

— И кто нам сконструирует оболочку для Нэнни теперь, когда Прис ушла от нас? Не ты — у тебя нет и намека на художественные способности. И не я. И уж конечно, не та штуковина, которая выползла из-под земли и которую ты зовешь своим братцем.

Я слушал его вполуха, что-то забрезжило у меня в мозгу.

— Послушай, Мори, — медленно проговорил я. — А что ты скажешь насчет механических нянек времен Гражданской войны?

Он смотрел на меня, не понимая.

— У нас уже есть готовая конструкция, — продолжал я. — Давай сделаем две модели нянек: одну — в синей гамме янки, другую — в сером южан. Дозорные, несущие свою вахту.

— Что такое «дозорные»?

— Ну, вроде часового, только их много.

После долгой паузы Мори произнес:

— Да, солдаты, верные своему долгу, должны понравиться детям. Это не то что обычная механическая няня — холодная, безликая, — кивнул он. — Отличная мысль, Луис. Давай созовем собрание правления и изложим нашу идею. Вернее, твою идею. Мы должны начать работать прямо сейчас. Согласен?

Он с энтузиазмом бросился к дверям, на ходу приговаривая:

— Я сейчас позвоню Джереми и Честеру и сбегаю вниз за Стэнтоном и Линкольном.

Оба симулякра жили отдельно, в нижнем этаже дома Мори — обычно он сдавал эти помещения, но сейчас решил использовать для собственных нужд.

— Как ты думаешь, они ведь не станут возражать? Особенные надежды я возлагаю на Стэнтона — он такой практичный. А вдруг он решит, что это попахивает богохульством? Ну, во всяком случае, мы подадим им мысль, а дальше посмотрим. Если будут возражения, мы законсервируем нашу идею до поры до времени. А ближе к концу снова достанем ее. В конце концов, что они могут противопоставить — кроме обычных пуританских доводов со стороны Стэнтона типа «плохое предзнаменование»?

«И помимо моих собственных предчувствий», — подумал я. Странное дело, этот момент творческого озарения сопровождался у меня четким ощущением беды. Как будто то, что я предлагаю, должно неминуемо привести нас к поражению. Непонятно почему? Может, все это слишком примитивно? С другой стороны, мой замысел приближал работу к нашей — вернее, Мори и Прис — первоначальной идее Гражданской войны. Они мечтали воссоздать сражения прошлого века с миллионами участников-симулякров, мы же предлагаем механических слуг из той эпохи. Нянь, которые облегчат домохозяйкам их повседневные заботы. Хотя, пожалуй, тут можно говорить о принижении идеи Гражданской войны.

К тому же нам явно не хватало масштаба. У нас не было ни достаточных средств, ни видов на приличный грант, одно только желание разбогатеть. Собственно, мы не сильно отличались от Барроуза, только масштаб другой — по свернутой, крошечной шкале. Жадности нам не занимать, но размеры, увы, были не те. В ближайшем будущем, если все сложится благополучно, нам предстоит начать производство нашей халтуры — няньки Нэнни. И скорее всего, мы даже сможем пристроить товар на рынке благодаря всяким хитроумным контрактам типа «перепродажа изъятых вещей»... Подобные штучки уже проделывались в прошлом.

— Нет, — решительно остановил я Мори. — Забудь, что я говорил. Все это ужасно.

— Почему?! — запнулся он у дверей. — Это блестящая мысль!

— Да потому что... — Мне было не подобрать нужных слов. Я ощущал себя уставшим и опустошенным. И одиноким, еще более, чем прежде... Я тосковал. Но по кому? Или по чему? Может, по Прис Фраунциммер? Или по Барроузу? По всей их шайке: и Барроузу, и Бланку, и Колин Нилд, и Бобу Банди, и Прис. Что-то они делают прямо сейчас? Какую безумную, дикую, бесполезную идею разрабатывают? Я страстно желал узнать это. У меня было такое чувство, будто они ушли вперед и оставили всех нас: меня, Мори, моих отца и брата Честера — где-то далеко позади.

— Ну объясни же, — требовал Мори, пританцовывая от нетерпения, — в чем дело?

— Это как-то слащаво, сентиментально... — сказал я.

— Слащаво? Черт побери! — разочарованно выругался Мори.

— Забудь про все это, — повторил я. — Чем, по-твоему, занимается Барроуз в настоящий момент? Моделирует семейство Эдвардсов? Или пытается присвоить нашу идею по поводу празднования Миллениума? Или, может быть, высиживает что-то совсем новое? Мори, мы не имеем представления. Вот где наша ошибка. Нам не хватает представления.

— Я уверен, ты не прав.

— Ты сам знаешь, что прав, — сказал я. — Потому что мы не сумасшедшие. Мы трезвые и разумные. Мы не такие, как Барроуз или твоя дочь. Разве ты не понимаешь, не чувствуешь? Нам именно этого не хватает — безумия всепоглощающего действия. Может, не доведенного до конца, брошенного на полпути ради другого, такого же безумного проекта...

— Пусть даже все обстоит именно так, как ты говоришь, — устало согласился Мори. — Но боже всемогущий, Луис, мы же не можем просто лечь и умереть, оттого что Прис переметнулась на другую сторону! Думаешь, мне не приходили в голову такие мысли? Я ведь знаю ее намного лучше тебя, дружище... И я ведь также мучаюсь, каждую ночь мучаюсь. Но это дела не меняет, мы должны идти вперед и стараться изо всех сил. Эта твоя идея... пусть не гениальна, но, ей-богу, неплоха. Она сработает, ее можно будет продать. А в противном случае что нам еще остается? Так, по крайней мере, мы сможем скопить какие-то деньги, чтоб нанять инженера, кого-нибудь вместо Банди, и сконструировать тело для нашей Нэнни. Ты ведь и сам понимаешь это, дружище?

«Вот именно — скопить деньги», — подумал я. Небось, Барроуза и Прис такие мысли не волнуют. Смогли же они нанять грузовик из Сиэтла в Бойсе. А мы... Мы слишком мелкие и ничтожные. Жучки.

Без Прис мы ничто.

Я спросил себя, что же я такое сделал? Неужели я влюбился в нее? В эту женщину с холодными глазами, расчетливую, амбициозную сумасшедшую, находящуюся под опекой Федерального бюро психического здоровья и до конца жизни обреченную на визиты к психотерапевту. Этого бывшего психотика, который очертя голову бросается в бредовые проекты, вцепляется в глотку и уничтожает любого, кто посмеет отказать ей в чем-то. Это ли предмет, достойный любви? Разве в такую женщину можно влюбиться? Что же за ужасная судьба уготована мне?

У меня был полный сумбур в чувствах. Мне казалось, что Прис олицетворяет для меня одновременно и жизнь и не жизнь. Нечто столь же жестокое, острое, раздирающее на клочки, как и смерть. Но в то же время в ней был воплощен некий дух, который оживлял и давал силу жить. Она олицетворяла движение, жизнь в ее нарастающей, корыстной, бездумной реальности. Само присутствие Прис было мне невыносимо, но, с другой стороны, я не мог жить без нее. В ее отсутствие я как-то съеживался, уменьшался вплоть до полного исчезновения, превращался в мертвого жука, который — ненужный и незаметный — валяется на заднем дворе. Когда Прис находилась рядом со мной, она ранила, топтала, раздражала меня, разбивала мое сердце на кусочки, — но все-таки это была жизнь, я продолжал существовать. Получал ли я наслаждение от этих страданий? Нет и нет! Я даже вопроса себе такого не задавал, для меня страдание и Прис были неразделимы. Я понимал, что боль является неотъемлемой составной частью жизни с Прис. Когда она ушла, исчезло все болезненное, ненадежное, подлое. Но вместе с ней ушло и все живое, остались какие-то мелкие, никому не нужные схемы, пыльный офис, где вяло ковырялась в пыли пара-тройка мужчин...

Видит бог, я не хотел переживать все это, не хотел страдать из-за Прис или еще кого бы то ни было. Однако так уж получалось, что реальная жизнь проявлялась именно в страдании. Во сне мы часто испытываем страх, но это не та медленная, сущая, телесная боль, не те ежедневные мучения, которые несла нам эта девушка. Причем ей не надо было для этого стараться, делать что-то особое — боль являлась естественным следствием существования Прис.

Избавиться от этого кошмара мы могли, только избавившись от самой Прис; мы так и поступили. Мы ее потеряли. Но вместе с ней ушла и реальность со всеми ее странностями и противоречиями. Жизнь стала предсказуема: мы произведем своих Нэнни эпохи Гражданской войны, мы заработаем какое-то количество денег и так далее. Но что дальше? Какое все это имеет значение?

— Послушай, — обратился ко мне Мори, — нам надо двигаться.

Я послушно кивнул.

— Я имею в виду, — заорал Мори мне в самое ухо, — мы не имеем права сдаваться! Сейчас мы, как и намеревались, соберем совет правления, и ты выскажешь им свою идею. И ты будешь драться за нее так, как если бы ты сам в нее верил. Понятно? Ты можешь мне это пообещать?

Он подтолкнул меня в спину.

— Давай, черт тебя побери, или я тебе сейчас так двину в глаз, что ты окажешься в больнице! Очнись, дружище!

— Хорошо, — согласился я. — Но у меня такое чувство, будто ты разговариваешь со мной с другого конца могилы.

— Ты и выглядишь соответственно. Но как бы то ни было, сейчас тебе надо спуститься и поговорить со Стэнтоном. С Линкольном, полагаю, у нас не будет никаких проблем, скорее всего, он сейчас сидит в своей комнате и хихикает над «Винни Пухом».

— Какого черта? Это что, еще одна детская книжка?

— Точно, дружище, — сказал Мори. — Ну давай, пошли вниз.

И я пошел. Меня это даже немного взбодрило. Но по-настоящему ничто не могло вернуть меня к жизни. Ничто, кроме Прис. Мне предстояло свыкнуться с этим. Набраться сил, чтобы жить с этим каждый оставшийся день моей жизни.

Первое известие о Прис, промелькнувшее в сиэтлских газетах, едва не прошло мимо нас, поскольку, на первый взгляд, было никак с ней не связано. Лишь перечитав статью несколько раз, мы осознали, что это значит.

В заметке говорилось о Сэме К. Барроузе, это мы поняли сразу. Писали, что его встречали в ночных клубах с потрясающей молодой художницей. Называлось ее имя — Пристина[1] Вуменкайнд.

— О господи! — воскликнул Мори. — Это же наша фамилия. Она перевела на английский «Фраунциммер», но неправильно. Послушай, дружище, я всегда гордился своей фамилией, хвастал перед всеми — тобой, Прис, моей бывшей женой. Но «Фраунциммер» вовсе не означает «женщины» — скорее, это надо переводить как «куртизанки» или попросту «проститутки».

Он снова недоверчиво перечел статью.

— Она поменяла фамилию, но все переврала. Черт, ей следовало называться Пристина Стритуокер[2]. Фарс какой-то, просто абсурд! Знаешь, откуда все пошло? Это все чертова Марджори Монингстар. Ее настоящее имя Моргенштерн, что означает «утренняя звезда». Прис почерпнула у нее идею и имя тоже изменила с Присциллы на Пристину. Нет, я сойду с ума!

Он вновь и вновь перечитывал заметку, озираясь бешеными глазами.

---

[1] Pristine *(англ.)* — чистый, нетронутый, неиспорченный.

[2] Street-walker *(англ.)* — проститутка.

— Я уверен, что это Прис. Это не может быть никто иной. Прочти описание, а потом скажи свое мнение.

> «ЗАМЕЧЕН В «У СВАМИ»
>
> Не кто иной, как Сэм Большая Шишка Барроуз, — в сопровождении особы, которую мы, используя лексикон завсегдатаев ночных клубов, назвали бы «его новой протеже», цыпочки «круче некуда», по имени — если вы в состоянии такое проглотить — Пристина Вуменкайнд, с выражением лица «что я здесь делаю?», словно она нас, простых смертных, в упор не замечает, с черными волосами и формами, которые заставили бы позеленеть от зависти фигуры на носах старинных деревянных кораблей (знаете такие?). Находившийся также в этой компании Дэйв Бланк, адвокат, сообщил нам, что Прис — художница, с другими СКРЫТЫМИ талантами. И, усмехнулся Дэйв, возможно, что однажды она появится на телевидении в качестве актрисы — никак не меньше!..»

— Черт, что за дрянь! — воскликнул Мори, отшвырнув газету. — Как этот чертов репортер может писать подобное? Они с ума сошли. Но ты-то узнаешь Прис? И что за фигня насчет восходящей телезвезды?

— Надо думать, Барроуз владеет каким-нибудь телеканалом или частью его, — предположил я.

— У него есть компания по производству собачьей еды — консервированной ворвани. И раз в неделю он спонсирует телешоу — цирк пополам с бизнесом. Он наверняка отстегнул им какие-то деньги, чтобы Прис выпустили на пару минут на экран. Но для чего? Она же не умеет играть! Нет у нее к этому таланта! Так, я думаю, надо обратиться в полицию. Позови сюда Линкольна, мне надо посоветоваться с адвокатом!

Я постарался его успокоить, но Мори пребывал в состоянии бешенства.

— Я знаю, он спит с ней! Эта тварь спит с моей дочерью! Он ее растлевает! — Он принялся названивать в аэропорт Бойсе в надежде захватить ракетный рейс.

— Я полечу туда и арестую его, — бормотал он между звонками. — Нет, к черту полицию! Я возьму с собой пистолет... Девчонке всего восемнадцать! Это уголовное преступление! И у нас достаточно доказательств, чтобы возбудить дело... Я ему всю жизнь сломаю. Он угодит за решетку на двадцать пять лет!

— Послушай, — попробовал увещевать его я, — Барроуз продумывает абсолютно все до последней мелочи. За ним всегда ходит по пятам его чертов адвокат и покрывает все его делишки. Не знаю, как он это делает, но у них везде все схвачено. И ты, только потому, что газетный придурок решил написать какую-то ерунду о твоей дочери...

— Тогда я убью ее, — решил Мори.

— Погоди! Заткнись, ради бога, и выслушай меня. Мы не знаем, действительно она спит с ним или нет. Скорее всего, ты прав — она его любовница. Но одно дело знать и совсем другое — доказать. Положим, ты сможешь силой ее вернуть в Онтарио, но он обязательно об этом узнает.

— Как бы я хотел, чтобы Прис оставалась в Канзас-Сити! Лучше бы она никогда не покидала клинику. Ведь она же всего-навсего ребенок, к тому же психотик в прошлом.

Чуть позже Мори немного успокоился.

— А как он может удержать ее около себя? — поинтересовался он.

— Барроуз всегда может найти какую-нибудь шестерку из своих людей, чтоб женить на Прис. И тогда уж никто не будет иметь власти над ней. Ты этого хочешь? Я беседовал с Линкольном, и он наглядно объяснил мне, как трудно бороться с такими людьми, как Барроуз. Они прекрасно знают, как заставить закон работать на себя. Барроуз может делать все, что угодно. Он орудует законом, что ершиком для бутылок. Там, где для обычных людей находятся правила и ограничения, для Барроуза есть одни только удобства.

— Это было бы ужасно, — подумав, ответил Мори. Лицо его стало совсем серым. — Я понимаю, что ты имеешь в виду. Он в состоянии изыскать легальные поводы задержать мою дочь в Сиэтле.

— Да, и ты никогда не сможешь вернуть ее обратно.

— А она будет спать с двумя мужчинами: своим дрянным мужем — каким-нибудь мальчишкой-посыльным с фабрики Барроуза, и с самим Барроузом. — Взгляд у Мори был совсем диким.

— Мори, — попытался урезонить его я. — Надо смотреть на вещи реально. Прис уже спала с мужчинами — например, со своими одноклассниками в школе.

Его так и передернуло.

— Мне неприятно говорить тебе это, — сказал я, — но то, как она как-то раз при мне рассуждала о сексе...

— Все, — отрезал Мори, — пропустим это.

— Послушай, то, что она спит с Барроузом, не смертельно для Прис. Да и для тебя тоже. По крайней мере, она не забеременеет — он достаточно искушен в этих вопросах. Будет следить, чтоб она вовремя принимала таблетки.

Мори кивнул.

— Лучше бы я умер, — сказал он.

— Поверь, я чувствую то же самое. Но вспомни, что ты мне сказал не более чем два дня назад. Нам надо идти вперед, как бы плохо ни было. И вот теперь я повторяю тебе то же самое. Неважно, что значила для нас обоих Прис. Ты согласен со мной?

— Да, — ответил после долгого молчания Мори.

И мы пошли вперед. Мы начали с того места, где остановились. На собрании правления Стэнтон стал возражать против серого мятежного костюма Нэнни. В принципе, он приветствовал разработку темы Гражданской войны, но, по его мнению, солдаты должны быть бравыми вояками северян. Кто же доверит своего ребенка мятежнику, вопрошал он. И мы сдались. После этого Джереми было поручено спешно начать переоборудование розеновской фабрики.

В то же время мы в своем офисе в Онтарио занялись макетами, подготовленными японским инженером-электронщиком, которого мы наняли на полставки.

Еще несколько дней спустя в сиэтлской газете появилась новая статья. Я умудрился заметить ее прежде Мори.

> «Мисс Пристина Вуменкайнд — молодая блестящая кинозвездочка, недавно открытая «Барроуз организейшн», будет присутствовать на вручении «Золотого бейсбольного мяча» — награды победителям Малой Лиги. Сегодня Ирвин Кан, пресс-секретарь мистера Барроуза, заявил об этом представителям Телеграфного агентства. Поскольку один из решающих матчей чемпионата Малой Лиги остается несыгранным, то...»

Все ясно, сказал я себе, значит, и пресса работает на Барроуза. Также как Дэвид Бланк и все остальные. Он наконец дал Прис то, о чем она так долго мечтала. И конечно же, пока держит в тайне, что именно он получит взамен в конце их сделки. Впрочем, у Прис могли быть свои соображения относительно этого, о чем она также помалкивала.

Не переживай, она в хороших руках, успокаивал я себя. Пожалуй, во всей Северной Америке нет человека, который мог бы лучше осуществить ее мечты.

Статья называлась «Большая Лига награждает игроков Малой Лиги «Золотым мячом». Значит, Прис — «Большая Лига», отметил я. Далее сообщалось, что мистером Барроузом была оплачена спортивная форма клуба Малой Лиги — фаворита в борьбе за «Золотой мяч» (надо ли говорить, что и сам «Золотой мяч» обеспечивался Барроузом?). Теперь на спине каждого спортсмена красовалась надпись «Барроуз организейшн», ну а спереди, уж конечно, название команды и города или школы, за которые они играли.

Я не сомневался, что Прис была счастлива. В конце концов, Дженни Мэнсфилд тоже начинала со звания «Мисс Прямая Спина». Ее протолкнула Организация американских хиропрактиков в середине пятидесятых. Именно они вывели ее на публику и разрекламировали в качестве поклонницы здорового питания.

И я задумался, а что ждет Прис в будущем? Стартует она на вручении «Золотого мяча» детишкам, а дальше резко пойдет в гору. Возможно, Барроуз сочтет нужным опубликовать ее фотографию в обнаженном виде на развороте «Лайф». А что? Ничего особого здесь нет — подобные снимки печатаются каждую неделю. Это явно прибавит ей популярности. Все, что ей нужно будет сделать, — так это обнажиться перед квалифицированным фотографом, так же как она обычно раздевается перед своим благодетелем — Сэмом К. Барроузом.

Затем она сможет по-быстрому окрутить президента Мендосу. Насколько мне известно, он был уже женат сорок один раз.

Правда, ненадолго — порой по неделе или около того. Или же она может пробиться на одну из тех холостяцких вечеринок, что устраиваются в Белом доме или на президентской яхте в открытом море. Или стать спутницей президента на роскошный уик-энд. Особенно перспективны вечеринки: там всегда требуются новые девушки. Подобный дебют открывает им все пути в жизни, особенно в индустрии развлечения. Ибо то, что хорошо для президента Мендосы, — хорошо для всех американских мужчин. Ведь никто не будет оспаривать его безупречный вкус, так же как и его права быть первым у девушки... Эти мысли сводили меня с ума.

Я гадал, сколько потребуется времени на предполагаемый взлет Прис? Недели? Месяцы? Под силу ли Барроузу провернуть все быстро, или Прис надо запастись терпением?

Неделей позже, пролистывая обзор телевизионных программ, я обнаружил ее имя среди списка участников еженедельного шоу, спонсируемого «Компанией Барроуза по производству собачьего питания».

Согласно рекламе она должна была участвовать в номере с метанием ножей: на снимке блестящие ножи летели в нее, пока она танцевала

«Лунный флинг»[1], одетая в один из этих новых прозрачных купальников. Сцена снималась в Швеции, поскольку в Соединенных Штатах подобные купальники все еще были под запретом.

Я не стал показывать заметку Мори, но он и сам как-то наткнулся на нее. За день до шоу он пригласил меня к себе и показал эту рекламу. В журнале также помещалась фотография Прис — маленькая, только голова и плечи, однако было ясно, что она совершенно раздетая. Мы оба пожирали глазами снимок с яростью и отчаянием. И все же следовало признать — Прис выглядела совершенно счастливой. Да скорее всего, она и была счастлива.

За ее спиной расстилались зеленые холмы и море. Очень здоровый, естественный пейзаж. И было очевидно, что эта смеющаяся стройная черноволосая девушка полна жизни, энергии и радости. Полна будущего.

Глядя на картинку, я понял: будущее принадлежит ей. И пусть она показывается, голая, в «Лайф», пусть станет любовницей президента на пару дней, пусть, полуобнаженная, танцует свой безумный танец в то время, как в нее летят сверкающие ножи, — все равно она останется живой, прекрасной и восхитительной! И этого у нее не отнимет никто, как бы они ни возмущались или негодовали. Типа нас с Мори. Ну да, а что мы могли предложить ей взамен? Нечто совсем заплесневелое, попахивающее не завтраш-

---

[1] Флинг — шотландский быстрый танец.

ним днем — вчерашним. Запах возраста, печали и смерти.

— Дружище, — заявил я Мори. — Думаю, мне надо поехать в Сиэтл.

Он не ответил, углубившись в чтение заметки.

— Честно говоря, мне больше не интересно возиться с симулякрами, — признался я. — Сожалею, но это так. Я просто хочу поехать в Сиэтл и посмотреть, как там она. Может, после...

— Ты не вернешься, — упавшим голосом произнес Мори. — Никто из вас не вернется.

— А может, она и вернется?

— Хочешь пари?

И я поспорил с ним на десять баксов. Это все, что я мог сделать для своего партнера. Бесполезно было давать обещания, которые я не мог, да и не хотел сдержать.

— Это погубит «Ассоциацию Ар энд Ар», — сказал он.

— Может, и так, но я должен поехать.

Той ночью я начал укладывать вещи. Заказал билет на «Боинг-900», вылетающий в Сиэтл утром в десять сорок. Теперь ничто не могло остановить меня. Я даже не позаботился позвонить Мори и сообщить ему подробности. К чему попусту тратить время?

Он ничего не мог сделать. А я? Мог ли я что-нибудь сделать? Скоро мне это предстояло узнать.

Мой «сервис» сорок пятого калибра показался мне слишком громоздким, поэтому я взял пистолет поменьше — тридцать восьмого калибра, завернул его в полотенце вместе с коробкой патронов. Я никогда особо не тренировался в стрельбе, но был уверен, что смогу поразить человека в пределах обычной комнаты — или даже, возможно, на другой стороне просторного зала, как в ночном клубе. И уж на самый крайний случай, я мог его использовать для самого себя. Наверняка я не промахнусь, стреляя себе в голову.

До следующего утра мне было совершенно нечего делать, и я завалился на диван с томиком Марджори Монингстар, который всучил мне Мори. Книга принадлежала ему, возможно, именно этот опус перевернул представления Прис много лет назад. Я читал не для удовольствия, мне хотелось заглянуть поглубже в ее душу.

Поднявшись утром, я умылся, побрился, проглотил легкий завтрак и выехал в аэропорт Бойсе.

Глава 13

Если вам интересно, каков бы был Сан-Франциско без землетрясений и пожаров, то вам следует взглянуть на Сиэтл. Это старинный морской порт, выстроенный на холмах, с узкими улицами, похожими на горные ущелья. Здесь практически нет современных зданий, если не считать Публичной библиотеки. Отойдя подальше от центра, можно увидеть улицы, мощенные булыжником и красным кирпичом, как где-нибудь в Покателло, штат Айдахо. Узкие, наводненные крысами улочки разбегаются во все стороны от центра и тянутся на многие мили. Центр же Сиэтла отведен под роскошную, процветающую торговую зону, группирующуюся вокруг парочки старых отелей и образующую как бы город в городе. Ветры дуют обычно со стороны Канады, и когда мой «Боинг» приземлился в аэропорту Си-Так, я разглядел вдалеке сверкающие горные вершины. Зрелище было пугающим и завораживающим.

Я нанял лимузин, чтоб добраться до центра Сиэтла, хоть это и стоило мне пять долларов. Дама-водитель ползла на черепашьей скорости, переходя из пробки в пробку, пока наконец мы не оказались перед гостиницей «Олимп». Поистине монументальное сооружение, опоясанное вереницей магазинов на первом этаже, больше подходило бы столичному городу. Под стать была и обслуга в гостинице — здесь вы могли получить все, что пожелаете. К вашим услугам было несколько ресторанов — в их затемненных, с ярко-желтыми светильниками залах вы могли отдыхать в полном покое и одиночестве. Это мир ковров и благородного дерева, лифтов и коридоров, прекрасно одетых постояльцев и вышколенной прислуги.

В своей комнате я первым делом включил легкую музыку по радио, посмотрел из окна на лежащую далеко внизу улицу, отрегулировал отопление и вентиляцию, а затем, скинув ботинки, зашлепал по мягкому ковровому покрытию. Раскрыв чемодан с вещами, я задумался. Всего час назад я был в Бойсе, и вот сейчас — на Западном побережье, почти у канадской границы. Таковы современные пути сообщения — попадаешь из одного крупного города в другой, даже в глаза не увидев глубинки между ними. Что может быть приятнее?

Хорошую гостиницу всегда можно распознать по обслуживающему персоналу. Заходя к вам в комнату, эти люди никогда не смотрят вам в лицо. Вниз, в сторону, за вашу спину, наконец, куда угодно, но не на вас. В вашей воле ходить в шортах или даже голышом — для прислуги вы невидимы, если это совпадает с вашим желанием. Горничная входит очень тихо, оставляет ваши наглаженные рубашки или завтрак на подносе, свежие газеты. Вы суете ей деньги, она бормочет «благодарю, сэр» и так же неслышно исчезает. Это очень по-японски — не глазеть, не пялиться человеку в лицо. У вас возникает великолепное ощущение своей территории, на которой никто до вас не жил. Никаких следов пребывания предыдущего постояльца — комната только ваша, а горничная, с которой вы сталкиваетесь в коридоре, служит для того, чтоб подчеркнуть это чувство. Служащие отеля абсолютно, даже как-то сверхъестественно уважают ваше право на частную жизнь. Естественно, за все это приходится платить звонкой монетой: такой сервис обойдется вам в пятьдесят долларов против двадцати в обычной гостинице. Но оно того стоит, поверьте мне. Человек на краю психического срыва может восстановить силы всего за несколько дней в соответствующем первоклассном отеле с его комнатами за двадцать пять долларов и магазинами.

Я провел в своем номере всего пару часов и уже недоумевал по поводу своего всегдашнего беспокойства, связанного с путешествием в другой город. Я ощущал себя на каникулах, честно заработанных каникулах. Пока у меня были деньги, я мог жить в своей роскошной комнате, поглощать гостиничную еду, бриться и мыться в собственной ванной и даже делать покупки, не выходя на улицу. Мне стоило определенных усилий напомнить себе, что я прибыл сюда по делу. С трудом заставил я себя выйти на серую, холодную и ветреную улицу и побрести в нужном направлении. Эффект был ошеломляющий, почти болезненный. Ты снова оказался в мире, где никто не придерживает тебе дверь, ты просто стоишь на углу среди таких же, как ты. Ты ничем не лучше толпы, застывшей у светофора, просто один из многих. Снова превращаешься в обычного человека, стоящего один на один против своей боли. То, что ты переживаешь, сродни родовой травме, но, по крайней мере, остается надежда, что скоро ты справишься со своим делом и вернешься в гостиницу.

Там имеется еще одно преимущество — можно позвонить из своего номера и решить какие-то вопросы, вовсе не выходя наружу. И внутреннее чутье подталкивает тебя поступать именно так: ты звонишь и звонишь, добиваясь, чтоб нужные тебе люди сами пришли к тебе в гостиницу.

Однако я понимал, что на сей раз мои проблемы не решить подобным образом. Я и не пытался, а просто отложил все дела на какое-то время, проведя остаток дня у себя в номере. Когда стемнело, я спустился в бар, оттуда перекочевал в ресторан, прошел в вестибюль и еще раз прошвырнулся по магазинам — я тянул время, откладывая необходимость выйти в холодную, энергичную канадскую ночь.

И все это время в моем кармане лежал пистолет 38-го калибра.

Незаконность действий рождала во мне странные ощущения. Наверное, можно было бы сделать все в рамках установленных правил, изыскав благодаря Линкольну способ вырвать Прис из рук Барроуза. Но я предпочел поступить именно так, в глубине души я наслаждался ситуацией: приехал сюда один, с пистолетом в чемодане, тем самым пистолетом, который теперь болтался у меня в кармане пальто. Меня никто не знал, никто не мог помочь мне в предстоящем противоборстве с Барроузом. Было в этом что-то от настоящей героической истории или от старого вестерна. Я — незнакомец в городе, вооруженный и сознающий свою миссию.

Между тем, осушив стаканчик в баре, я вернулся в комнату, улегся на постель, просмотрел газеты, поглазел в телевизор и заказал по телефону горячий кофе в номер. Я ощущал себя хозяином мира, пребывая на его вершине. Вопрос, как долго это будет длиться.

А затем, было уже за полночь и я собирался идти спать, меня вдруг осенило — почему бы не позвонить Барроузу прямо сейчас? В лучших традициях гестапо: разбудить и нагнать страху. Не говорить, где в точности я нахожусь, ограничиться зловещим: «Я иду, Сэм». Пусть он поймет по моему голосу, что я в городе, в опасной близости от него.

Отлично!

Я выпил еще рюмочку, попутно удивившись: сегодня это уже шестая или седьмая! И стал накручивать телефонный диск.

— Соедините меня с Сэмом Барроузом, — обратился я к оператору. — К сожалению, я не знаю его номера.

Гостиничный оператор должен был все знать сам. Через минуту в трубке послышались гудки, я ждал. Про себя я повторял заготовленные слова.

«Верни Прис «Ассоциации Ар энд Ар»! — вот что я собирался сказать ему. — Я ненавижу ее, но она наша. Она составляет нашу жизнь».

Телефон все звонил и звонил, очевидно, никого не было дома либо никто не хотел отвечать. Наконец я повесил трубку.

Я чувствовал себя совершенно по-идиотски, бесцельно бродя по комнате. Как ему объяснить? Как это возможно, чтобы Прис являлась сутью нашей жизни? Неужели сами по себе мы совсем беспомощны? Что ж мы, калеки, что ли? Или такова суть жизни вообще? Не наша вина, что дела обстоят таким образом. Ведь не мы же придумали эту жизнь! Или, может, именно мы?

Ну и так далее. Я провел, должно быть, пару часов в этих бесцельных метаниях по комнате, охваченный неясной тоской. Ужасное состояние! Это было похоже на какой-то вирус гриппа, который напал исподтишка, атаковал мой мозг и в одночасье привел его на грань смерти. Или мне только так казалось в ту ужасную ночь? Я потерял всякое ощущение реальности, забыл, что нахожусь в отеле с его первоклассным обслуживанием, магазинами, барами и ресторанами. В какой-то момент я почти был готов сдаться — стоя у окна и глядя на далекие освещенные улицы. Я едва понимал, где я, что за город вокруг меня — это был своего рода коллапс, почти смерть.

Около часу ночи — я все еще мерил комнату шагами — зазвонил телефон.

— Алло, — отозвался я.

Это был не Барроуз. Звонил Мори из Онтарио.

— Как ты узнал, что я в «Олимпе»? — спросил я, совершенно сбитый с толку. Мне подумалось, что он выследил меня каким-то оккультным способом.

— Ты, похоже, совсем идиот! Я же в курсе, что ты в Сиэтле. И сколько там приличных гостиниц? Я тебя знаю — всегда претендуешь на самое лучшее! Готов поспорить, что ты сейчас в номере люкс с какой-нибудь дамочкой, от которой совершенно балдеешь.

— Послушай, я приехал сюда, чтобы убить Барроуза.

— Да? И чем же ты его убьешь? Своей дурьей башкой? Разбежишься и боднешь его в живот так, что пополам разорвешь?

Я рассказал ему о своем «кольте».

— Послушай, дружище, — спокойным голосом спросил Мори, — ты, наверное, не понимаешь, что всех нас погубишь?

Я молчал.

— Этот разговор стоит нам кучу денег, — вздохнул Мори, — так что я не собираюсь целый час тебя увещевать, как какой-нибудь пастор. Иди сейчас спать, а завтра позвони мне, хорошо? Пообещай мне, или я сейчас свяжусь с полицейским участком, и тебя арестуют прямо в твоем номере, помоги нам Всевышний!

— Нет.

— Ты должен пообещать мне!

— Ну хорошо, Мори, я обещаю ничего не делать до утра.

Сам не понимаю, зачем я это сказал. Я ведь уже пытался успокоиться и потерпел неудачу. И вот теперь ходил, меряя комнату шагами.

— Хорошо. Послушай меня, Луис. Прис не вернешь таким образом, я ведь уже думал об этом. Если ты сейчас пойдешь и пристрелишь парня, то только сломаешь ей жизнь. Подумай хорошенько, и ты сам все поймешь. Думаешь, я бы не поступил так, если б верил, что это поможет?

— Не знаю. — Голова у меня раскалывалась, все тело болело. — Я хочу поскорее лечь.

— Хорошо, дружище, отдыхай. Послушай только, оглянись вокруг себя, нет ли там стола с ящиками или чего-нибудь в этом роде. Есть? Отлично, Луис, загляни в верхний ящик. Ну давай-давай, прямо сейчас, пока я жду! Загляни в него.

— Зачем?

— Там наверняка лежит Библия. Их обычно кладут в такие места.

Я швырнул трубку. Чертов подонок, повторял я про себя, он еще смеет давать мне такие советы!

Лучше б я вообще никогда не приезжал в Сиэтл, подумалось мне. Я чувствовал себя непонятливой машиной. Наверное, то же ощущал симулякр Стэнтона, приехав в Сиэтл. Пытаешься втиснуть себя в эту незнакомую вселенную, отыскать уголок, где можно было бы действовать привычным образом — например, открыть адвокатскую контору в его случае или... И я задумался, а что же в моем случае? Однако неприятное это дело — моделировать свое жизненное пространство. Я уже привык к Прис и ее повседневной жестокости. Более того, я почувствовал, что, против ожидания, я начал привыкать и к Сэму К. Барроузу, к его адвокату, его системе взглядов.

Мои инстинкты велели мне предпочесть знакомое зло чему-то незнакомому. Я мог функционировать только одним известным мне способом. Подобно слепой, безмозглой твари я шлепал вперед, туда, где мне положено отложить икру, потому что так велит инстинкт.

Я знаю, что хочу! Это было как озарение! Я вовсе не хочу стрелять в него, напротив — я хочу присоединиться к «Барроуз организейшн»! Чтобы, подобно Прис, стать ее частью. Я собираюсь переметнуться на другую сторону.

Там должно найтись место и для меня, твердил я себе. Может, не в «Лунном проекте», не страшно: я ведь не рвусь на телевидение, не жажду увидеть свое имя на страницах газет. С меня будет довольно просто ощущать себя полезным. Пусть кто-то важный, большой использует мои способности.

Я схватил трубку и заказал разговор с Онтарио, штат Орегон. Тамошнему оператору я дал домашний номер моего компаньона.

Трубку снял Мори, совсем сонный.

— Что ты делаешь, спишь? — задал я идиотский вопрос. — Послушай, Мори, мне надо сказать тебе очень важную вещь. Ты должен это знать: я собираюсь перейти на ту сторону. Я ухожу к Барроузу, и черт с тобой, моим отцом, и Честером, и Стэнтоном, который, кстати, стал настоящим диктатором и делает нашу жизнь невыносимой. Единственный, о ком я жалею, — это Линкольн. Но если он такой мудрый и понимающий, то поймет и простит меня. Как Иисус.

— О чем ты, Луис? — По-моему, он меня совсем не понимал.

— Я предатель.

— Нет, ты ошибаешься.

— Как я могу ошибаться? Что значит — ошибаюсь?

— Если ты уходишь к Барроузу, то наша «Ассоциация Ар энд Ар» перестает существовать, следовательно, предавать нечего. Мы просто сворачиваемся, дружище. — Он говорил совершенно спокойно. — Разве не так?

— Мне наплевать. Я просто знаю, что Прис права: встреча с таким человеком, как Барроуз, не проходит без последствий. Он — как звезда или комета: ты либо оказываешься захваченным его хвостом и движешься в кильватере, либо вообще прекращаешь трепыхаться, так как сознаешь бесцельность своего существования. Мне кажется, он обладает какой-то магией. Знаешь, я постоянно ощущаю эмоциональный голод внутри себя — глупый, неразумный, но такой настоящий. Что-то, похожее на инстинкт. Поверь, ты и сам вскоре это испытаешь! Без Барроуза мы не более чем улитки. В конце концов, а в чем цель нашей жизни? Тащиться куда-то в пыли? А ведь мы не живем вечно! Если ты поднимешься к звездам, ты умрешь. Знаешь, зачем я взял свой «кольт»? Я скажу тебе: если мне не удастся войти в «Барроуз организейшн» — я вышибу себе мозги. Черт побери, я не собираюсь оставаться позади! Инстинкт внутри меня велит мне жить! И он очень силен!

Мори не отвечал, но я чувствовал его присутствие на том конце провода.

— Мне жаль, что я тебя разбудил, но мне надо было сказать тебе это.

— Луис, — ответил наконец Мори, — ты болен психически. И знаешь, что я собираюсь сделать, дружище? Я сейчас звоню доктору Хорстовски.

— Зачем?

— Чтобы он перезвонил тебе в отель.

— Как хочешь. Я вырубаю телефон.

Я повалился без сил на постель. Я был уверен — он сдержит свое обещание. И действительно, через двадцать минут, где-то около половины второго, телефон снова зазвонил.

— Алло, — отозвался я.

Далекий голос произнес:

— Это Милтон Хорстовски.

— Луис Розен слушает.

— Мне звонил мистер Рок. — Долгая пауза. — Как вы себя чувствуете, мистер Розен? Мистер Рок говорил, что вы чем-то очень расстроены.

— Послушайте, вы всего-навсего государственный служащий, и это вас не касается, — ответил я. — У меня с моим компаньоном Мори Роком произошла ссора, только и всего. Сейчас я приехал в Сиэтл, чтобы присоединиться к более солидной и процветающей организации. Помните, я упоминал Сэма Барроуза?

— Я знаю, кто это.

— Вот и прекрасно. Это что, ненормально?

— Да нет, — ответил Хорстовски, — если так смотреть на вещи.

— А про пистолет я сказал Мори, просто чтоб позлить его. Послушайте, доктор, уже поздно, и я немного устал. Поверьте, иногда при разрыве партнерских отношений возникают психологические трудности. — Я подождал, но Хорстовски никак не реагировал. — Думаю, я сейчас пойду спать, а когда вернусь в Бойсе, возможно, загляну к вам. Все это очень тяжело для меня. Вы ведь слышали, что Прис тоже ушла от нас в «Барроуз организейшн»?

— Да, я поддерживаю связь с ней.

— Она потрясающая девушка, — сказал я. — И знаете ли, доктор, я начинаю подумывать, что влюблен в нее. Такое возможно? Я имею в виду — для человека моего психологического склада?

— Думаю, это вполне допустимо.

— Так вот, я уверен: именно так и произошло. Я не могу без Прис — вот почему я в Сиэтле. И еще: насчет «кольта» это все ерунда. Можете передать Мори, если мои слова его успокоят. Я просто хотел, чтоб он поверил в серьезность моих намерений. Вы поняли меня?

— Да, вполне, — ответил доктор Хорстовски.

Мы побеседовали еще, но так ни к чему и не пришли. Наконец я повесил трубку и задумался. Не исключено, что скоро здесь и впрямь объявятся копы или парни из ФБПЗ. Лучше не испытывать судьбу.

Так что я начал как можно скорее складывать вещи. Побросав одежду в чемодан, я спустился вниз на лифте и у стойки портье потребовал счет.

— Вам не понравилось у нас, мистер Розен? — спросил тот, пока девушка-помощница заполняла счет.

— Нет, все в порядке, — успокоил я его. — Просто мне наконец-то удалось связаться с человеком, ради которого я сюда приехал. И он предложил мне переночевать у него.

Я оплатил счет — вполне умеренный — и подозвал такси. Швейцар помог донести чемодан и погрузил его в багажник, это стоило мне еще пару долларов. Минутой позже мы уже катили в плотном потоке машин.

Проезжая мимо вполне приличного современного мотеля, я заприметил место и через несколько кварталов попросил водителя остановиться. Расплатившись, я вернулся к гостинице. Объяснил владельцу, что моя машина сломалась — якобы я проездом в Сиэтле, по делу, — и зарегистрировался под именем Джеймса У. Байрда, это было первое, что пришло мне на ум. После чего уплатил вперед восемнадцать с половиной долларов и, получив ключ на руки, отправился в комнату номер шесть.

Помещение оказалось довольно приятное — чистое и светлое, как раз то, что мне надо. Так что я сразу же улегся и позволил себе заснуть. Теперь они меня не достанут, сказал я себе, проваливаясь в сон. Я в безопасности. А завтра я разыщу Барроуза и сообщу ему потрясающую новость — что я перехожу на его сторону.

А затем, помнится, подумал: «Теперь я снова буду с Прис». Мне предстояло стать свидетелем расцвета ее славы. Я буду рядом и все увижу своими глазами. Может быть, мы поженимся. Я обязательно расскажу ей о моих чувствах, о том, как люблю ее. Она, должно быть, невероятно похорошела, подумал я. Недаром Барроуз прибрал ее к рукам. Но если он вздумает состязаться со мной, я сотру его в порошок. Распылю неведомым науке методом. Я не позволю ему стоять у меня на пути. Шутки в сторону.

Раздумывая так, я заснул.

В восемь утра меня разбудило яркое солнце, заливавшее комнату и мою постель, — с вечера я забыл задернуть занавески. Я выглянул в окно:

припаркованные машины ярко блестели на солнышке — день обещал быть приятным.

Я пытался вспомнить свои мысли прошлой ночью. Постепенно память вернулась ко мне: дикие безумные планы убить Барроуза и жениться на Прис при свете дня казались полным бредом. Мне было стыдно. Очевидно, подумал я, в момент засыпания человек вновь возвращается в далекое детство с его необузданной фантазией и отсутствием контроля.

Пережитый ночью амок[1] не изменил мои планы: я пришел вернуть Прис, и если Барроуз станет на моем пути — тем хуже для него.

Сейчас, при свете дня, я попытался призвать на помощь здравый смысл: прошлепал в ванную и долго стоял под прохладным душем. Увы, эти благоразумные меры не рассеяли морок. Я просто решил переработать свои планы так, чтоб они стали более убедительными, рациональными и практичными.

Прежде всего необходимо было выбрать правильную линию поведения в беседе с Барроузом. Я ни в коем случае не должен обнажать свои скрытые мотивы и истинные чувства. Следовало запрятать поглубже все, что касалось Прис. А вместо этого говорить о своем желании получить место в «Барроуз организейшн». Я мог бы участвовать в создании симулякров — зна-

[1] Амок — психическое заболевание, выражающееся в приступообразном расстройстве сознания; после кратковременного нарушения настроения больной пускается бежать, уничтожая все встречающееся на пути.

ния и опыт, полученные за годы работы с Мори и отцом, тут очень пригодились бы. Но ни слова, слышишь, ни намека на Прис! Ибо если только Барроуз заподозрит что-то...

Мой враг ловок и хитер, думал я про себя, но он не умеет заглядывать в мысли. А я не выдам себя, не позволю прочесть их на моем лице — для этого опыта и профессионализма у меня хватит.

Я практиковался во время одевания, пока завязывал галстук перед зеркалом. Мое лицо оставалось абсолютно непроницаемым, никто не догадался бы, что сердце внутри разрывалось на части. Мое бедное сердце, источенное, изъеденное червем желания, имя которому — любовь к Прис Фраунциммер, Вуменкайнд или как бы она себя ни называла...

Вот что такое зрелость, думал я, сидя на кровати и начищая ботинки. Умение скрывать свои истинные чувства, умение воздвигнуть маску и одурачить даже такого умника, как Сэм Барроуз. Если тебе это под силу, значит, ты достиг зрелости.

А иначе тебе конец. Вот и вся премудрость.

Я еще раз посмотрел на телефон. Пока еще рано... Вышел и позавтракал — яичница с ветчиной, тосты, кофе и сок. Затем, в половине десятого, вернулся в мотель и раскрыл телефонный справочник Сиэтла. Довольно долго изучал немалый список предприятий, принадлежащих Барроузу. Наконец остановился на одном, где вероятнее всего он находился в этот час. Набрал номер и услышал четкий женский голос:

— «Северо-Западная электроника». Доброе утро.

— Будьте добры, мистер Барроуз у себя?

— Да, сэр, но он на другой линии.

— Я подожду.

— Соединяю вас с его секретарем, — отрапортовала девушка, и последовала долгая пауза.

Затем послышался другой голос, тоже женский, но постарше и пониже:

— Офис мистера Барроуза. Будьте добры, представьтесь.

Я сказал:

— Мне хотелось бы назначить встречу с мистером Барроузом. Это Луис Розен, я сегодня ночью прилетел в Сиэтл. Мистер Барроуз меня знает.

— Минуточку.

Молчание, затем секретарша сообщила мне:

— Мистер Барроуз может побеседовать с вами прямо сейчас. Говорите, пожалуйста.

— Алло, — произнес я.

— Алло, — прозвучал бодрый голос Барроуза. — Как поживаете, Розен? Чем могу быть полезен?

— Как там Прис? — После ночной бури чувств и переживаний мне было странно говорить с ним по телефону.

— Прекрасно. А как ваши отец и брат?

— Тоже отлично.

— Должно быть, забавно иметь брата с таким перевернутым лицом. Я хотел бы познакомиться с ним. Почему бы вам не зайти ко мне, раз уж вы оказались в Сиэтле? Вас устроит около часу сегодня?

— Устроит.

— Отлично. Тогда до встречи.

— Минутку, Барроуз, — остановил я его. — Скажите, вы собираетесь жениться на Прис?

Молчание.

— Я приехал пристрелить тебя, — выкрикнул я.

— О, ради бога!

— Сэм, у меня на руках японская, сплошь на микросхемах, энцефалотропическая блуждающая противопехотная мина, — именно так я представил свой «кольт» 38-го калибра. — И я намереваюсь активизировать ее в Сиэтле. Ты понимаешь, что это означает?

— Э, нет, не вполне. Энцефалотропическая... это что-то, нацеленное на мозг человека?

— Да, Сэм. Твой мозг. Мы с Мори записали образец твоих мозговых колебаний, когда ты приезжал в наш офис в Онтарио. Твое появление там было большой ошибкой. Так вот, мина сама отыскивает тебя и затем взрывается. Причем если я осуществлю запуск, то ничто не сможет остановить ее. Она обязательно тебя накроет, Сэм.

— Ради бога, Розен!

— Прис любит меня! — кричал я. — Она сама мне об этом говорила как-то раз, когда подвозила вечером домой. Ты хоть знаешь, сколько ей лет? Сказать?

— Восемнадцать.

Я швырнул телефонную трубку.

Я собираюсь его убить, повторял я про себя. Именно так. Он увел у меня девушку.

Бог знает, что он там делает с ней... или ей.

Набрав еще раз номер, я снова услышал тот же ясный голос девушки-оператора:

— «Северо-Западная электроника», доброе утро.

— Я только что разговаривал с мистером Барроузом.

— О, связь прервалась, сэр? Я сейчас снова соединю вас. Одну минутку.

— Передайте мистеру Барроузу, что я приду познакомить его с моей продвинутой технологией. Запомнили? Именно так и передайте. До свидания. — И я снова дал отбой.

Он обязательно получит мое сообщение! А может, надо было потребовать, чтоб он привез Прис сюда? Согласится ли он? Черт тебя побери, Барроуз!

Я убеждал себя, что он уступит мне во всем. Он откажется от Прис, чтоб спасти свою шкуру. Все хорошо, я могу вернуть ее в любое время. Она ему не нужна, повторял я. Что она значит для Барроуза? Просто еще одна девица. Это я влюблен в Прис! Для меня она единственная и неповторимая. Я снова стал накручивать телефонный диск.

— «Северо-Западная электроника», доброе утро.

— Соедините меня, пожалуйста, еще раз с мистером Барроузом.

Гудки.

— Мисс Уоллес, секретарь мистера Барроуза. Кто говорит?

— Это Луис Розен. Я хочу еще раз поговорить с Сэмом.

— Минутку, мистер Розен, — произнесла она после легкой заминки. Я ждал.

— Алло, Луис, — раздался голос Сэма Барроуза. — Ну, сознайтесь, вы нарочно гоните волну, а? — (Он хихикнул.) — Я звонил в армейский арсенал на побережье, и там действительно есть такая штука — энцефалотропическая мина. Но вы-то откуда могли ее достать? Бьюсь об заклад, вы блефуете.

— Верните мне Прис, если хотите избавиться от этой угрозы.

— Да ладно, Розен!

— Я вас не разыгрываю. — Мой голос предательски дрогнул. — Вы напрасно думаете, что это игра. На самом деле я дошел до ручки. Я люблю ее, и мне плевать на все остальное.

— О господи!

— Или вы сделаете, как я велю, или я приду и уделаю вас. — Мой голос сорвался на визг. — У меня есть все виды армейского оружия еще с тех пор, как я ездил за границу. Я не шучу!

Пока я так кричал, спокойный голос в глубине моего сознания гнул свою линию: «Этот мерзавец бросит ее. Я знаю, какой он трус».

— Успокойтесь, — сказал Барроуз.

— Ну ладно же! Я иду и беру все свои технические примочки...

— А теперь послушайте меня, Розен. Я уверен: на это безумство вас подбил Мори Рок. Я консультировался с Дэйвом, и он меня уверяет, что обвинение в совращении несовершеннолетней не имеет значения, если...

— Я убью тебя, если ты прикоснешься к ней! — заорал я в трубку.

А все тот же спокойный сардонический голос в моем сознании продолжал нашептывать: «Так и надо с подонком!» Мой советчик радостно смеялся, похоже, он здорово развлекался.

— Ты слышишь меня? — кричал я.

— Ты псих, Розен, — вдруг сказал Барроуз. — Я лучше позвоню Мори, он, по крайней мере, в своем уме. Так вот, слушай: я связываюсь с Мори и сообщаю ему, что Прис летит обратно в Бойсе.

— Когда?!

— Сегодня. Но только не с тобой. А тебе, я думаю, следует обратиться в Государственную психиатрическую службу. Ты очень болен.

— Хорошо, — сказал я, почти успокоившись. — Но я останусь здесь, пока Мори не сообщит мне по телефону, что она в Бойсе.

И я повесил трубку. «Фу!»

Нетвердой походкой я проковылял в ванную и умылся холодной водой.

Итак, неразумное, неконтролируемое поведение оправдывает себя! Интересный урок в моем возрасте. Ладно, так или иначе, я вернул Прис!

Я заставил Барроуза поверить в мое воображаемое сумасшествие. А может, и не воображаемое? Судя по моим поступкам, я и впрямь лишился рассудка. Вот что делает со мной отсутствие Прис — сводит с ума.

Немного успокоившись, я позвонил Мори на фабрику в Бойсе.

— Прис возвращается, а я остаюсь здесь. Позвонишь мне, когда она приедет. Я напугал Барроуза, я сильнее его.

Мори ответил:

— Поверю в это, когда увижу ее.

— Послушай, этот человек до смерти испугался меня, просто окаменел от ужаса. Он не знал, как избавиться от Прис. Ты не представляешь, в какого жуткого маньяка превратила меня стрессовая ситуация. — И я дал ему свой телефон в мотеле.

— Доктор Хорстовски звонил тебе прошлой ночью?

— Да, — ответил я. — Но, должен тебя огорчить, ты напрасно тратил на него деньги — он совершенно некомпетентен. Общение с ним не вызвало у меня ничего, кроме презрения. Я собираюсь сообщить ему это, когда вернусь.

— Меня восхищает твое самообладание, — сказал Мори.

— Ты вправе восхищаться. Мое самообладание, как ты изволил выразиться, вернуло Прис домой. Я люблю ее.

После долгого молчания Мори сказал:

— Слушай, она же ребенок.

— Я собираюсь жениться на ней. Я не какой-нибудь там Сэм Барроуз.

— Да мне плевать, кто ты или что ты! — Теперь Мори уже кричал. — Ты не можешь жениться на ней, она ребенок! Ей надо вернуться в школу. Убирайся прочь от моей дочери!

— Мы любим друг друга, и ты не сможешь помешать нам. Позвони мне, когда она приземлится в Бойсе. Иначе я убью Сэма Барроуза, а может быть, и ее, и себя... если будет нужно.

— Луис, — Мори заговорил тихим спокойным голосом, — ты нуждаешься в помощи Федерального бюро психического здоровья. Ей-богу, это так. Я не позволю Прис выйти за тебя ни за какие сокровища в мире. Я бы многое дал, чтобы ты не ездил в Сиэтл и не вмешивался. Пусть бы она оставалась с Барроузом. Да, уж лучше с ним, чем с тобой. Что ты в состоянии дать моей девочке? И посмотри, как много она может получить от Барроуза.

— Он превратит ее в проститутку, вот и все, что он ей даст.

— Неважно! — заорал Мори. — Это все разговоры, слова, и ничего больше. Возвращайся в Бойсе. Мы аннулируем наше партнерство, тебе надо выйти из «Ассоциации Ар энд Ар». Я сейчас звоню Барроузу и говорю, что не желаю вести с тобой никаких дел. Я хочу, чтобы Прис осталась с ним.

— Будь ты проклят!

— На черта мне такой зять? Ты думаешь, я дал ей жизнь — образно говоря — для того, чтоб она вышла за тебя замуж? Смех, да и только! Ты ноль без палочки! Пошел вон оттуда!

— Очень плохо, — сказал я.

Я чувствовал, что внутри меня все помертвело. Но все же повторил:

— Я хочу жениться на ней.

— А ты *говорил* Прис об этом?

— Нет еще.

— Да она плюнет тебе в лицо!

— Ну и что?

— Ка̀к что? Да кто тебя захочет? Кому ты нужен? Только своему недоделанному братцу и престарелому папаше. Я поговорю с Авраамом Линкольном и выясню, как положить конец нашему партнерству. — Раздался щелчок, он повесил трубку.

Я не мог поверить. Сидел на разобранной постели и глядел в пол. Все ясно, Мори, так же как и Прис, был нацелен на большой успех и большие деньги. Яблочко от яблоньки... Дурная кровь, сказал я себе, переданная по наследству. Ничего удивительного, иначе откуда бы она получила все это?

«И что же мне теперь делать?» — спросил я себя.

Вышибить себе мозги и тем самым осчастливить всех. По словам Мори, они прекрасно проживут и без меня.

Но такой вариант мне не нравился. Мой внутренний голос — холодный и спокойный — был против такого решения, он подсказывал: «Вздуй их всех! Проучи их...» Именно! Прис и Мори, Сэм Барроуз, Стэнтон с Линкольном — покажи им всем!

Интересные вещи выясняются про моего партнера! Вот как, оказывается, он относится ко мне, вот какие чувства прячет в глубине души... Господи, что за ужасная штука — правда!

Ну, по крайней мере я рад, что все выяснилось, подумал я про себя. Неудивительно, что Мори бросился с головой в производство нянек-симулякров. На самом деле он рад, что его дочь ушла к Сэму К. Барроузу и стала его любовницей. Он гордился этим. Видно, тоже начитался Марджори Монингстар.

Теперь я не поддамся на обман, не куплюсь на красивую внешнюю личину. Я постиг суть людей, знаю, что они ценят в жизни выше всего. Им нужно, чтоб ты сдох прямо здесь или, по крайней мере, пообещал это.

Но пусть на это не рассчитывают — я не собираюсь сдаваться! Я люблю Прис и приложу все силы, чтобы отнять ее у Мори, Сэма Барроуза и всего остального мира. Прис моя и должна принадлежать мне. И плевать, что они все про это думают. Мне нет дела до того дьявольского приза, о котором они мечтают. Мне достаточно слышать мой внутренний голос. А он говорит: «Уведи у них Прис Фраунциммер и женись на ней». Это предопределение свыше. Ей суждено быть миссис Луис Розен из Онтарио, штат Орегон. Таков мой обет. Я снова снял трубку и набрал знакомый номер.

— «Северо-Западная электроника», доброе утро.

— Соедините меня снова с мистером Барроузом. Это Луис Розен.

Пауза. Новый голос:

— Мисс Уоллес.

— Мне надо поговорить с Сэмом Барроузом.

— Мистера Барроуза нет. А кто говорит?

— Говорит Луис Розен. Скажите мистеру Барроузу, чтоб он взял мисс Фраунциммер...

— Кого?

— Ну, мисс Вуменкайнд. Скажите мистеру Барроузу, чтоб он прислал ее на такси в мой мотель. — И я продиктовал ей адрес, который был на жетончике ключа от комнаты. — Пусть не сажает ее на самолет в Бойсе. Передайте ему, если он не сделает, как я говорю, я приду и достану его.

Молчание. Затем мисс Уоллес сказала:

— Но я не могу ему ничего передать. Его действительно сейчас нет. Он поехал домой.

— Тогда я перезвоню ему туда, дайте мне номер.

Срывающимся голосом мисс Уоллес продиктовала мне знакомый уже телефон — я звонил по нему прошлой ночью. Набрав его, я услышал голос Прис:

— Алло.

— Это Луис. Луис Розен.

— О боже, — удивленно произнесла Прис. — Где ты? Слышно так, как будто ты совсем рядом.

Мне показалось, она нервничала.

— Я здесь, в Сиэтле, я прилетел прошлой ночью. Я хочу спасти тебя от Сэма Барроуза.

— Господи!

— Слушай, Прис. Оставайся там, где ты сейчас, я подъеду. Хорошо? Ты поняла меня?

— Нет, Луис... — Ее голос стал жестче. — Погоди минуту. Я разговаривала сегодня утром с Хорстовски. Он предостерегал меня относительно тебя. Он сказал, что у тебя приступ кататонической ярости.

— Пусть Сэм посадит тебя на такси и отправит сюда, ко мне, — потребовал я.

— Думаю, тебе лучше позвонить Сэму.

— Я убью его, если ты не поедешь со мной.

— Не думаю, что ты сможешь. — Теперь она говорила совершенно спокойно. Я понял, что Прис обрела свою обычную непрошибаемую уверенность. — В лучшем случае, попытаешься. Чего еще ждать от мелкого подонка!

Я был сражен.

— Послушай, Прис... — начал я.

— Ты растяпа, мелкая душонка. Если попытаешься вмешаться, тебя скрутят в два счета. Я прекрасно понимаю, для чего тебе все это. Вы, старые придурки, козлы, не можете справиться со своими симулякрами без меня, разве не так? Вот почему вы хотите, чтоб я вернулась! Так вот — идите к черту! И если ты только приблизишься ко мне, я начну кричать, что меня насилуют, убивают, и остаток своей жизни ты проведешь за решеткой. Так что подумай хорошенько!

Она замолкла, но трубку не клала. Я просто чувствовал, как она с наслаждением ждет моего ответа — если я найду, что ответить.

— Я люблю тебя. — Все, что я мог сказать.

— Пошел ты, Луис!.. О, там Сэм пришел, давай заканчивать! И не зови меня Прис, мое имя

Пристина. Пристина Вуменкайнд. Возвращайся в Бойсе и возись со своими недоделанными второсортными симулякрами. А меня оставь в покое, понял? — Она еще подождала, но я снова не нашелся с ответом.

— Прощай, ты, никчемное, уродливое ничтожество! — сухо сказала Прис. — И пожалуйста, в будущем не доставай меня своими телефонными звонками. Прибереги их для какой-нибудь потаскушки, которая согласится, чтоб ты лапал ее. Если такая дура найдется для тебя, недоноска!

На сей раз в трубке раздался щелчок — Прис дала отбой. Я был совершенно раздавлен.

Меня колотило и трясло от этого разговора, который так внезапно закончился. А еще больше — от нее самой, от ее голоса — такого спокойного, язвительного, обвиняющего... и такого знакомого.

Прис, повторял я, ведь я же люблю тебя. За что мне это? В чем я провинился? Какой извращенный инстинкт гонит меня к тебе?

Я опустился на кровать и закрыл глаза.

Глава 14

Мне ничего не оставалось, кроме как, поджав хвост, вернуться в Бойсе.

Я потерпел поражение — и не от могущественного, искушенного Сэма К. Барроуза, не от моего партнера Мори. Меня победила восемнадцатилетняя девчонка, Прис. Не было никакого смысла торчать в Сиэтле.

Что ждало меня впереди? Я мог, наверное, вернуться в «Ассоциацию Ар энд Ар», помириться с Мори и снова оказаться там, откуда попытался бежать. То есть трудиться над нянькой-солдатом Гражданской войны. Работать на грубого, сурового, раздражительного Стэнтона. Терпеть бесконечные литературные чтения Линкольна из «Питера Пэна» и «Винни Пуха». Снова вдыхать вонючий дым «Корины» и более приятный, но не менее надоевший аромат «Эй энд Си» моего отца. Мир, от которого я уехал, — с «Фабрикой электроорганов и спинетов», с нашим офисом в Онтарио...

А ведь оставалась еще угроза, что Мори сдержит свое слово насчет разрыва партнерства и воспротивится моему возвращению. Тогда даже эта привычная рутина окажется мне недоступна. И нечего будет ждать от будущего.

И я подумал: «А может, сейчас настал как раз тот самый момент?» Время достать «кольт» и снести себе макушку. Все лучше, чем возвращаться в Бойсе.

Жизненные процессы в моем теле то ускорялись, то замедлялись. Я чувствовал себя раздавленным страшной центробежной силой и в то же время судорожно пытался на ощупь разобраться в том, что творилось вокруг. Я принадлежал Прис. Но, владея мной безраздельно, она в то же время отбрасывала меня, с проклятиями изрыгала в приступе отторжения. Это было, как если бы магнит одновременно притягивал и отталкивал беспомощные частицы. Я находился во власти смертоносных колебаний.

А Прис продолжала свою убийственную игру, даже не замечая, что происходит.

Мне наконец-то открылся смысл моего существования. Я был обречен любить больше жизни жестокую, холодную и бесплодную тварь — Прис Фраунциммер. Лучше уж ненавидеть весь мир!

Осознав почти полную безысходность моего положения, я решил испробовать еще одно, последнее средство. Прежде чем сдаться окончательно, мне следует посоветоваться с симулякром Линкольна. Он помогал нам прежде, не исключено, что поможет и сейчас.

— Это снова Луис, — произнес я, когда Мори снял трубку. — Мне надо, чтобы ты прямо сейчас отвез Линкольна в аэропорт и посадил на ракетный рейс в Сиэтл. Хочу позаимствовать его на двадцать четыре часа.

Мори, естественно, бросился возражать, но после получасового яростного спора сдался. В конце концов мне было обещано, что Линкольн прилетит в Сиэтл на «Боинге» еще до наступления темноты.

Я чувствовал себя совершенно измотанным и прилег отдохнуть. Встречать Линкольна я не собирался, рассудив, что если он не сумеет отыскать мой мотель, то грош цена ему как советчику. Буду лежать здесь и отдыхать...

Пикантность ситуации заключалась в том, что именно Прис сконструировала мою последнюю соломинку.

Что ж, подумал я, попробуем хотя бы частично вернуть наши капиталовложения. Мы ведь потратили кучу денег на создание симулякра Линкольна, вернуть хоть что-то при помощи Барроуза не удалось. И в результате все, что делает наше изобретение, — это сидит целый день напролет и хихикает над детскими книжками.

Я постарался восстановить историю взаимоотношений Эйба Линкольна с девушками.

Вроде бы какая-то чересчур разборчивая красотка разбила сердце президента в юности. Но сколько я ни напрягался, не мог припомнить, как же он выпутался тогда. Точно знал, что настрадался он немало.

«Как и я сам», — подумалось мне. И еще: «У нас с Линкольном много общего». Обоим нам женщины доставили неприятности. Тем более он должен сочувствовать моему положению.

А что же мне делать, пока симулякр не прибудет? Оставаться в мотеле было рискованно. Я решил пойти в публичную библиотеку и почитать про любовные истории Линкольна в молодости. Я предупредил управляющего гостиницей, где меня искать, если вдруг некто похожий на Авраама Линкольна будет искать меня, вызвал такси и уехал. Часы показывали десять — у меня была чертова прорва времени.

Надежда еще остается, повторял я себе, пока ехал в библиотеку. Я пока не сдаюсь!

Только не теперь, когда у меня появился такой помощник, как Линкольн. Один из самых замечательных американских президентов и к тому же превосходный юрист. Чего больше?

Если кто-нибудь и может помочь мне, так это Линкольн.

Однако книга, которую мне выдали в сиэтлской библиотеке, не особенно улучшила мое настроение. Если верить автору, девушка, которую любил Линкольн, отвергла его. Он был настолько подавлен этим, что на многие месяцы впал в меланхолию, сходную с умопомешательством, — даже хотел покончить с собой. Этот случай оставил неизгладимые шрамы в его душе на всю оставшуюся жизнь.

«Отлично!» — мрачно подумал я, закрывая книгу. Это как раз мне и нужно — узнать, что кто-то еще больший неудачник, нежели я сам.

Может, нам обоим свести счеты с жизнью? Еще раз перечесть старые любовные письма, а затем — «бах!» — из моего «кольта».

С другой стороны, последующая жизнь Линкольна вселяла надежду — он ведь стал президентом Соединенных Штатов! И вот мои выводы: человек, стоявший на грани самоубийства из-за женщины, вполне может продолжать жить, подняться над своим горем, хоть и вряд ли когда-нибудь забудет его. Наверное, такая травма накладывает отпечаток на характер человека, делая его более глубоким и вдумчивым. Я ведь замечал эту меланхолию в Линкольне. Должно быть, и я к концу своей жизни стану таким же.

Впрочем, стоит ли заглядывать так далеко вперед? Важнее сейчас найти выход из создавшейся ситуации.

Покинув библиотеку, я прогуливался по улицам Сиэтла и набрел на книжный магазинчик, где продавались дешевые книжки в мягких переплетах. Мое внимание привлекло собрание сочинений Карла Сэндберга, посвященное жизни Авраама Линкольна. Я купил книги и вернулся с ними в мотель. Уютно расположившись с чипсами и упаковкой пива, приступил к чтению.

Особо меня интересовали юные годы Линкольна и история с девушкой, которую звали Энн Ратлидж. Однако здесь изложение мистера Сэндберга становилось весьма туманным, казалось, он ходит вокруг да около. Так что я отложил свое пиво и книгу в сторону, снова сел на такси и отправился в библиотеку. Вооружившись справочным изданием, я попытался внести ясность в дело. Время едва перевалило за полдень.

Итак, роман с Энн Ратлидж. Ее смерть от малярии в 1835 году повергла Линкольна в состояние, которое «Британская энциклопедия» характеризовала как «состояние болезненного упадка, явившееся первым предвестником развивающегося безумия». Очевидно, такая неожиданная черта характера напугала самого Линкольна. И именно этот страх выразился в его совершенно непостижимых переживаниях несколькими годами позже. Имелись в виду события 1841 года.

В 1840 году, когда Линкольну был 31 год, он собирался жениться на очень милой девушке по имени Мэри Тодд. Однако внезапно в 1841 году он разорвал помолвку, причем при очень необычных обстоятельствах. Уже был назначен день свадьбы, невеста ждала в белом платье, все было готово. Но Линкольн не появлялся. Его друзья отправились выяснить, в чем дело, и обнаружили жениха в состоянии безумия. Выздоровление происходило очень медленно. Двадцать третьего января Линкольн отправил письмо своему другу Джону Т. Стюарту. Вот отрывок из него:

> Наверное, сейчас я самый несчастный человек на свете. Если мое нынешнее состояние распространить на весь род человеческий, то вы бы не увидели ни единого веселого лица. И затрудняюсь сказать, станет ли мне когда-нибудь лучше? Боюсь,

> что нет. Оставаться в таком состоянии невыносимо: я должен или поправиться, или умереть. Так мне кажется.

А в предыдущем письме к Стюарту, датированном двадцатым января, Линкольн пишет:

> В последние несколько дней я проявлял себя как самый постыдный ипохондрик. И потому мне кажется, что доктор Генри необходим для моего существования. Увы, пока он не получит этого места, он уезжает из Спрингфилда. Так что ты понимаешь, насколько я заинтересован в данном деле.

Речь идет о назначении доктора Генри на должность почтмейстера Спрингфилда, так чтобы он имел возможность навещать Линкольна и поддерживать в нем желание жить. Другими словами, в этот период Линкольн находился на грани самоубийства. Или безумия.

А может, и того и другого сразу.

И вот, сидя над справочниками в библиотеке Сиэтла, я пришел к заключению, что сейчас Линкольн бы и был классифицирован как маниакально-депрессивный психотик.

Самое же любопытное замечание, сделанное по этому поводу «Британской энциклопедией», звучало так:

> «На протяжении всей своей жизни Линкольн демонстрировал некую «отстраненность», мешавшую ему быть в полной мере реалистом. Однако сей недостаток столь

успешно прикрывался маской напускного реализма, что многие не слишком внимательные люди и вовсе не замечали этой странности его характера. Самого же Линкольна, похоже, вовсе не заботило, разоблачен он или нет. Он с готовностью плыл по жизни, позволяя обстоятельствам играть главенствующую роль в определении курса и постоянно разглагольствуя на тему, являются ли его земные привязанности результатом истинно реального восприятия духовной близости или же проистекают из приближения, более или менее, к фантомам его духа».

Затем «Британская энциклопедия» комментирует факты, касающиеся Энн Ратлидж. А также добавляет следующее:

> «Они породили в нем глубокую чувствительность — наряду со склонностью к меланхолии и необузданной эмоциональной реакцией. Эти качества в чередовании с приступами бурного веселья являлись отличительной чертой Линкольна до самой его смерти».

Позже в своих политических выступлениях он дает волю язвительному сарказму, что является, как я выяснил, характерным для маниакально-депрессивного психоза. В этом же заболевании следует искать корни чередования «бурного веселья» с «меланхолией».

Но больше всего меня убеждало в правильности моего диагноза следующее утверждение:

> «Среди симптомов данного заболевания можно назвать скрытность, временами переходящую в замкнутость».

И далее:

> «...Также заслуживает рассмотрения такая его черта, которую Стивенсон назвал «чистосердечной бездеятельностью».

Самая же зловещая особенность, на мой взгляд, была связана с нерешительностью Линкольна. Данную черту вряд ли можно объяснить маниакально-депрессивным психозом. Скорее это являлось симптомом — если вообще могло считаться симптомом — интровертного психоза. Или шизофрении.

Я взглянул на часы: половина шестого — время обедать. Усталость сковала все мое тело, глаза болели. Я вернул все справочники, поблагодарил библиотекаря и вышел на холодную, продуваемую улицу, чтоб где-нибудь перекусить.

Мне было ясно, что человек, на чью помощь я так рассчитывал, являлся чрезвычайно сложной и глубокой личностью. Сидя в ресторане и поглощая обед — весьма неплохой, кстати сказать, я перебирал в уме все факты, почерпнутые из энциклопедии.

Вывод, к которому я пришел, оказался ошеломляющим: Линкольн был в точности как я. Временами мне казалось, что там, в библиотеке, я перечитывал собственную биографию. С точки зрения психологии мы были похожи как два боба в стручке. Таким образом, разобравшись в его проблемах, я получал ключ к решению собственных.

Линкольн все принимал близко к сердцу. Может, он и был «отстраненным», но никак не бесчувственным, совсем наоборот. В этом смысле он являлся полной противоположностью Прис, представлявшей собой тип холодного шизоида. Сочувствие, огорчение были просто написаны на лице Линкольна. Я уверен, он в полной мере переживал все беды военного времени, смерть каждого из своих солдат.

Зная все, мне трудно было поверить, что его так называемая «отстраненность» служила признаком шизофрении. Вдобавок, у меня имелся собственный опыт, касающийся Линкольна — его симулякра, если быть точным. В нем не чувствовалось той «чуждости», «инакости», которые так ранили меня в Прис.

Я испытывал искреннее доверие и симпатию к Линкольну, те самые чувства, которые, увы, не мог связывать с Прис. В нем ощущалось что-то очень человечное, теплое и доброе, какая-то врожденная уязвимость. Практика же общения с Прис подсказывала мне, что шизоид вовсе не беззащитен. Напротив, для него характерно стремление к безопасности. Шизоид старается занять такую позицию, откуда он мог бы наблюдать других людей в чисто академической манере, не вмешиваясь и не подвергая себя никакой опасности. Стремление сохранять дистанцию является самой сутью людей, подобных Прис. Необходимость сближения с людьми, как я мог заметить, вызывала у Прис наибольший страх. Причем этот страх часто граничил с подозрительностью, заставляя подчас предполагать у людей мотивы, вовсе им не свойственные. Мы были такие разные с Прис. Мне доводилось видеть, как она время от времени переключается и превращается в параноика. Я связывал это с тем, что Прис не хватало знания истинной человеческой натуры. Она испытывала дефицит ни к чему не обязывающего повседневного общения, то есть именно того, в чем Линкольн поднаторел еще в юности. В конечном итоге, именно здесь крылась разница между ними обоими. Линкольну были известны все парадоксы человеческой души, ее сильные и слабые стороны, ее страсти и ее благородство, а также еще множество более или менее случайных черточек, которые служили в своем многообразии для того, чтобы прикрывать это внутреннее бурление. Старина Эйб достаточно поскитался и повидал на своем веку. Прис же, в отличие от него, усвоила жесткое схематическое представление, некую кальку человека. Абстракцию, внутри которой она жила.

Этим объяснялась ее недосягаемость.

Завершив свой обед, я расплатился по счету, оставил чаевые и вновь вышел в сгущающуюся темноту. Куда теперь? Очевидно, снова в мотель. Я поймал такси и поехал в обратном направлении.

Приблизившись к гостинице, я увидел свет в своих окнах. Управляющий поспешил ко мне, приветствуя на ходу.

— К вам посетитель. И он, о боже, как две капли воды похож на Линкольна. Как вы и говорили. Это не какой-нибудь мошенник или бандит? А то я впустил его в вашу комнату...

Я поблагодарил его и прошел в свой номер.

Там, откинувшись в кресле и вытянув через всю комнату длинные ноги, сидел симулякр Линкольна. Не обращая на меня никакого внимания, он сосредоточенно читал биографию Карла Сэндберга. Позади, на полу валялась небольшая дорожная сумка — его багаж.

— Мистер Линкольн, — окликнул я его.

— Добрый вечер, Луис, — откликнулся он, с улыбкой поднимая на меня взгляд.

— Как вам нравится книга?

— Я пока что не составил о ней мнения. — Он заложил закладку в книгу, закрыл ее и отложил в сторону. — Мори рассказал мне, что у вас серьезные затруднения и вы нуждаетесь в моем присутствии и совете. Надеюсь, я появился не слишком поздно?

— Нет, как раз вовремя. Как вы долетели из Бойсе?

— Меня поразило стремительное движение ландшафта под нами. Казалось, мы только-только взлетели и сразу же приземлились. А пастушка сообщила, что мы пролетели тысячи миль.

— Пастушка? А, проводница, — сообразил я.

— Ну да, — кивнул Линкольн. — Прошу простить мою глупость.

— Могу я предложить вам что-нибудь выпить?

Я взялся за пиво, но симулякр отрицательно покачал головой.

— Я бы предпочел сразу перейти к делу. Луис, почему бы вам не рассказать о своих проблемах? И мы сразу же сможем прикинуть, что делать. — С сочувственным выражением лица симулякр приготовился слушать.

Я уселся напротив него, но колебался, не решаясь приступить к рассказу. После всего прочитанного сегодня я уже был не уверен, что мне хочется обсуждать это с Линкольном. И не потому, что я сомневался в ценности его мнения, — но мне не хотелось своими проблемами вновь вернуть его к давно забытым печалям его юности. Слишком уж моя ситуация напоминала то, что ему довелось пережить с Энн Ратлидж.

— Приступайте, Луис.

— Позвольте, я сначала налью себе пива.

Пытаясь выиграть время, я возился с банкой и открывалкой.

— Ну что ж, — решился я, — наверное, надо все вам рассказать. Во время моего перелета из Бойсе я обдумывал ситуацию с Барроузом...

Линкольн наклонился и достал из своей сумки несколько разлинованных листков бумаги, на которых что-то было записано карандашом.

— Вы хотели противопоставить Барроузу силу, так, чтобы он сам решил отправить мисс

Фраунциммер домой. Но при том забыли подумать, насколько это соответствует ее желаниям?

Я кивнул.

— Тогда, — сказал симулякр, — вам следует позвонить некоторой особе.

Он передал мне клочок бумаги, на котором было записано имя:

СИЛЬВИЯ ДЕВОРАК

Я никак не мог сообразить, какое отношение имеет ко мне эта женщина. Имя казалось мне знакомым, но я не мог вспомнить, где его слышал.

— Сообщите ей, — мягко продолжал Линкольн, — о своем намерении нанести визит, чтоб обсудить одно очень деликатное дело. Которое имеет отношение к мистеру Барроузу... этого будет достаточно. Уверен, она сразу же примет вас.

— И что затем?

— Я буду вас сопровождать, и, думаю, у нас не возникнет проблем. Вам не надо будет выдумывать, просто опишите ей суть ваших отношений с мисс Фраунциммер. Скажите, что вы представляете здесь ее отца, и расскажите о своих чувствах к этой девушке.

Я был заинтригован.

— Но кто такая Сильвия Деворак?

— Это политический противник мистера Барроуза. Она борется за снос квартала Грин-Пич-Хэт, который является собственностью Барроуза и приносит ему огромные барыши за счет непомерно высокой квартирной платы. Эта дама склонна к общественной деятельности и уделяет большое внимание полезным проектам.

Симулякр передал мне подшивку сиэтлских газет.

— Я собрал это благодаря помощи мистера Стэнтона. Как вы можете видеть, миссис Деворак совершенно неутомима и к тому же очень проницательна.

— Вы хотите сказать, что в нашем случае Прис, не достигшая брачного возраста и находящаяся под присмотром федерального правительства по поводу психического заболевания...

— Я хочу сказать, Луис, что миссис Деворак знает, как поступить с той информацией, которую вы ей предоставите.

С минуту я колебался, взвешивая плюсы и минусы его предложения.

— Вы думаете, это правильно? Сделать такую вещь...

— Только Господь Бог может быть уверен, — ответил симулякр.

— А каково ваше мнение?

— Прис — женщина, которую вы любите. И для вас это дело первостепенной важности, не так ли? Скажите, есть ли на свете вещь, которая была бы важнее? Разве вы не поставили свою жизнь на кон в этом споре? Кажется, вы уже сделали свой выбор. И если верить Мори, готовы рисковать не только своей, но и чужими жизнями.

— Черт! Любовь — это американский культ. Мы воспринимаем все слишком серьезно, почти превратив любовь в национальную религию.

Симулякр молчал, покачиваясь взад-вперед.

— Для меня это тоже серьезно, — сказал я.

— Тогда вы должны с этим считаться, и не важно, насколько это серьезно для других. Думаю, было бы не по-человечески замкнуться в мире арендной платы, как это делает мистер Барроуз. Разве не правда, что он противостоит вам? Ваши надежды на успех связаны с одним моментом: он не считает свое чувство к мисс Прис серьезным. Хорошо ли это? Может, поступать так более разумно или морально? Если бы его способ чувствовать был аналогичным вашему, он бы не противился решению о сносе жилья, которого так добивается миссис Деворак, и он бы женился на Прис и получил бы, в его понимании, лучшую сделку. Но он не делает всего этого, и данный факт заставляет его пренебрегать своей человечностью. Вы бы так не поступили, вы бы пожертвовали всем ради своего чувства — собственно, вы так и делаете. Для вас человек, которого любишь, важнее всего на свете, и я думаю — вы правы, а Сэм Барроуз ошибается.

— Спасибо, — поблагодарил я. — Мне кажется, у вас правильное представление об истинных ценностях в жизни, тут надо отдать вам должное. Знаете, я встречал много людей, но вы лучше, чем кто-либо, проникаете в суть вещей.

Симулякр потянулся и похлопал меня по плечу.

— Я думаю, между нами существует какая-то связь. У нас с вами много общего.

— Я знаю, — ответил я. — Мы похожи.

Мы оба были глубоко тронуты.

Глава 15

Некоторое время симулякр Линкольна натаскивал меня, объясняя, что именно я должен сказать по телефону миссис Сильвии Деворак. Я послушно повторял нужные слова, но не мог отделаться от дурных предчувствий.

Наконец я был готов, с точки зрения Линкольна. Отыскав в телефонном справочнике Сиэтла нужный номер, я набрал его и тут же услышал мелодичное:

— Да? — Судя по голосу, женщина была не слишком молодой и достаточно интеллигентной.

— Миссис Деворак? Простите, что беспокою вас. Меня интересует Грин-Пич-Хэт и ваш проект сноса массива. Мое имя Луис Розен, я из Онтарио, штат Орегон.

— Не подозревала, что работа нашего комитета привлекает внимание столь отдаленных регионов.

— Простите, нельзя ли мне и моему адвокату заглянуть к вам на несколько минут и побеседовать?

— Ваш адвокат! О боже, что-то случилось?

— Случилось, — ответил я. — Но данное происшествие не имеет отношения к вашему комитету. Это связано...

Я взглянул на симулякра — он мне ободряюще кивнул.

— Это связано с Сэмом К. Барроузом, — закончил я, делая над собой усилие.

— Ясно.

— Я имел несчастье познакомиться с Барроузом на почве бизнеса, который у меня был в Онтарио. Я подумал, может, вы бы могли мне кое-чем помочь.

— Вы говорите, с вами адвокат... Право, не знаю, чем я могу быть полезнее его? — Миссис Деворак говорила размеренным, твердым голосом. — Но тем не менее я готова с вами встретиться и уделить, скажем, полчаса. Вас это устроит? Я сегодня ожидаю гостей к восьми.

Я поблагодарил ее и отключился от линии.

— Неплохо исполнено, — прокомментировал Линкольн, вставая. — Поехали сейчас же, на такси.

Он направился к двери.

— Подождите, — окликнул я его. Он остановился, глядя на меня.

— Я не могу сделать это.

— Ну, тогда пойдемте просто прогуляемся. — Он придержал дверь, пропуская меня. — Давайте наслаждаться ночным воздухом и ароматом гор.

Вместе мы вышли на вечернюю улицу.

— Как вы думаете, что станет с мисс Прис? — спросил симулякр.

— С ней все будет в порядке. Она останется с Барроузом и с его помощью получит от жизни все, что хочет.

На станции обслуживания Линкольн остановился у телефонного автомата.

— Вам следует позвонить миссис Деворак и сообщить, что мы не придем.

Прикрыв дверь кабинки, я вновь набрал ее номер. Мне было так плохо — хуже даже, чем раньше, — что я едва попадал пальцем в нужные дырочки.

— Да? — раздался любезный голос у самого моего уха.

— Это снова мистер Розен. Простите, миссис Деворак, но, боюсь, я еще не готов с вами встретиться. Мне надо привести мою информацию в порядок.

— Вы хотели бы перенести встречу на другое время?

— Да.

— Отлично, тогда в любое удобное для вас время. Минутку, мистер Розен, не отключайтесь... Скажите, а вы бывали в Грин-Пич-Хэт?

— Нет.

— Там просто ужасно.

— Меня это не удивляет.

— Пожалуйста, постарайтесь заглянуть туда.

— Хорошо, обязательно, — пообещал я.

Она дала отбой, а я еще какое-то время стоял с трубкой в руке. Затем вышел из телефонной будки.

Линкольна нигде не было видно.

Неужели он ушел? И я снова остался один-одинешенек? Я с отчаянием вглядывался в темноту сиэтлской ночи.

Симулякр обнаружился внутри станции обслуживания. Он сидел на стуле и, раскачиваясь взад-вперед, дружелюбно беседовал с пареньком в белой униформе.

— Мы можем идти, — обратился я к нему.

Линкольн попрощался с собеседником, и мы молча продолжили нашу прогулку.

— Почему бы нам не заглянуть к мисс Прис? — предложил он вдруг.

— О нет, — ужаснулся я. — Думаю, сегодня вечером есть рейс на Бойсе, мы полетим обратно.

— Она вас пугает? Не волнуйтесь, мы едва ли застанем ее и Барроуза дома. Наверняка они наслаждаются обществом друг друга где-нибудь на публике. Парень на заправке рассказывал, что в Сиэтле нередко объявляются мировые знаменитости от искусства. Так, например, он сообщил, что сейчас здесь Эрл Грант. Он популярен?

— Очень.

— Мне сказали, что чаще всего они заглядывают на одну ночь, а затем снова улетают. Раз мистер Грант выступает сегодня, наверное, прошлой ночью его здесь не было. И, полагаю, мистер Барроуз и мисс Прис должны бы посетить его спектакль.

— Он поет, — поправил я. — И очень неплохо. У нас есть деньги на билеты?

— Да.

— Почему же тогда нам не пойти на его концерт?

Я развел руками. Действительно, почему бы нет?

— Я не хочу, — ответил я.

Симулякр мягко произнес:

— Луис, я проделал большой путь, чтоб помочь вам. Думаю, взамен я могу рассчитывать на небольшое одолжение с вашей стороны. Мне бы доставило удовольствие послушать современные песни в исполнении мистера Гранта. Не согласитесь ли сопровождать меня?

— Вы намеренно ставите меня в неловкое положение.

— Мне очень хотелось бы, чтобы вы посетили место, где, вероятнее всего, встретите мистера Барроуза и мисс Прис.

Линкольн не оставлял мне выбора.

— Ну хорошо, раз вы настаиваете, мы пойдем.

И я начал оглядываться в поисках такси, чувствуя себя при этом очень паршиво.

Огромная толпа жаждала услышать легендарного Эрла Гранта — мы едва протолкались. Однако Прис и Сэма Барроуза нигде не было видно. Обосновавшись в баре, мы заказали напитки и приготовились ждать. Скорее всего, они не появятся, успокаивал я себя. Один шанс из тысячи... Мне стало чуть-чуть полегче.

— Он замечательно поет, — заметил симулякр в перерыве между номерами.

— Да.

— У чернокожих музыка в крови.

Я с удивлением взглянул на Линкольна. Что это — сарказм? Он сохранял чрезвычайно серьезное выражение лица — при том, что само его замечание, с моей точки зрения, было довольно банальным. Хотя, возможно, в его времена подобное замечание несло какой-то иной, особый смысл. Ведь прошло столько лет.

— Я вспоминаю, — сказал симулякр, — мое путешествие в Новый Орлеан. Я был тогда совсем мальчишкой и впервые увидел негров и жалкие условия, в которых они живут. Кажется, это произошло в тысяча восемьсот двадцать шестом году. Помнится, меня поразил испанский облик города. Он был совсем не похож на те места, где я вырос. Совсем другая Америка.

— Это когда Дентон Оффкат нанял вас на работу? Старый сплетник...

— Вы, я смотрю, хорошо осведомлены о ранних годах моей жизни! — Симулякр, казалось, действительно был удивлен моими познаниями.

— Черт, — вырвалось у меня, — я специально просматривал литературу. В тысяча восемьсот тридцать пятом году умерла Энн Ратлидж. В тысяча восемьсот сорок первом...

И тут я оборвал сам себя. Зачем я это сказал? Мне хотелось самому себе надавать пинков. Даже в скудном освещении бара можно было различить глубокую боль и страдание на лице симулякра.

— Простите, — выдавил я из себя.

Слава богу, к тому времени Грант начал свой очередной номер — медленный печальный блюз. Чтобы скрыть свою нервозность, я махнул бармену и заказал двойной скотч.

Сгорбившись, с задумчивым видом симулякр сидел у стойки, его длинные ноги едва помещались под стулом. Хотя Эрл Грант закончил пение, он продолжал молчать, на лице сохранялось подавленное и отрешенное выражение. Похоже, он не замечал никого вокруг.

— Мне очень жаль, что я своими словами расстроил вас, — сделал я еще одну попытку, начиная беспокоиться за Линкольна.

— Это не ваша вина. На меня порой, знаете ли, находит. Вы не поверите, но я очень суеверный человек. Может, это мой недостаток, но тут уж ничего не поделать. Примите то, что я сказал, как часть меня. — Он говорил медленно, запинаясь, с видимым усилием. Казалось, что силы внезапно покинули его.

— Выпейте еще, — предложил я и с удивлением обнаружил, что он даже не притронулся к своей рюмке.

Симулякр печально покачал головой.

— Послушайте, — сказал я, — если мы сейчас же уйдем, то поспеем на ракетный рейс в Бойсе.

Я спрыгнул со своего табурета.

— Ну пойдемте же!

Симулякр не двигался.

— Не поддавайтесь хандре, — пытался я его встряхнуть. — На самом деле мне следовало бы помнить — блюзы на всех так действуют!

— Луис, поверьте, это ведь не тот чернокожий поет, — грустно произнес симулякр, — а я сам, в душе. И не вините ни его, ни себя... Знаете, когда я летел сюда, я смотрел на леса, простирающиеся внизу, и вспоминал свое детство, как наша семья переезжала с места на место, смерть матери и наш переезд на быках в Иллинойс.

— Линкольн, ради бога! Поедем отсюда, здесь слишком мрачно. Давайте возьмем такси, поедем в аэропорт Си-Так и...

В этот момент в зал вошли Прис и Сэм, услужливый официант тут же подскочил, чтобы проводить их к забронированному столику. При виде их симулякр улыбнулся:

— Ну, Луис, мне следовало бы позаботиться о вас раньше. Теперь, я боюсь, слишком поздно.

Я неподвижно стоял у стойки бара.

Глава 16

У моего уха раздался тихий голос Линкольна:

— Луис, садитесь обратно на ваш табурет.

Кивнув, я механически повиновался. Прис с сияющим видом стояла в одном из своих платьев «полный обзор»... Волосы ее были острижены еще короче, чем прежде, и зачесаны назад. Особые затемненные очки делали глаза огромными и непроницаемыми. Барроуз выглядел как обычно: гладкая, как бильярдный шар, голова, веселая, оживленная манера поведения успешного бизнесмена. С улыбкой он взял меню и начал делать заказ.

— Она выглядит потрясающе, — сказал мне симулякр.

— Да.

Действительно, мужчины, сидевшие вокруг нас в баре, — да и женщины тоже — замолкали и поглядывали на Прис. Я их не винил — там было на что посмотреть.

— Вы должны действовать, Луис, — обратился ко мне Линкольн. — Боюсь, теперь уже поздно уходить, но и торчать здесь, у стойки, нам не стоит. Я подойду к их столику... и сообщу, что сегодня вечером у вас назначена встреча с миссис Деворак. Это все, чем я могу помочь вам, Луис. Остальное вам придется делать самому.

И прежде чем я успел его остановить, он поднялся и направился к столику Прис.

Подойдя, он нагнулся, положил руку на плечо Барроуза и начал что-то ему говорить. Тот обернулся ко мне, Прис последовала его примеру, холодные темные глаза ее при этом недобро блеснули.

Вскоре Линкольн вернулся к бару.

— Подойдите к ним, Луис.

Словно на автомате я поднялся и пошел, лавируя между столиками. Прис и Барроуз не отрываясь смотрели на меня. Возможно, они подозревали, что у меня в кармане «кольт», но это было не так — он остался в мотеле. Приблизившись, я обратился к Барроузу:

— Вам конец, Сэм. Я собираюсь передать всю информацию Сильвии. — Взгляд на наручные часы. — Все очень плохо для вас. И теперь уже поздно что-то предпринимать. У вас был шанс, но вы им не воспользовались.

— Присаживайтесь, Розен, — пригласил он меня.

Я уселся. Тем временем официант принес им заказанные мартини.

— Мы построили нашего первого симулякра, — сообщил Барроуз.

— Да? И кто же это?

— Джордж Вашингтон. Отец-основатель нашей страны.

— Прискорбно будет видеть, как рушится ваша империя.

— Я не очень хорошо понимаю, что вы имеете в виду, но тем не менее рад встрече. Это прекрасная возможность устранить те небольшие недоразумения, которые у нас возникли.

Он обернулся к Прис:

— Прости, дорогая, мне жаль, что возникли дела. Но, думаю, будет лучше обсудить это с Луисом прямо сейчас. Ты не согласна?

— Согласна. Если он не уйдет, нам с тобой конец.

— Сильно сказано, дорогая, — улыбнулся Барроуз. — Вопрос, который нам предстоит уладить с мистером Розеном, мелкий, но довольно интересный. Если тебе это неприятно, я могу вызвать такси, оно отвезет тебя прямо домой.

— Я не собираюсь уезжать, — заявила Прис ровным, холодным тоном. — Если ты попытаешься меня отослать, то так скоро откинешь коньки, что голова закружится.

Мы оба посмотрели на девушку. За шикарным платьем, прической и макияжем крылась все та же, прежняя Прис.

— Думаю, лучше тебе все же поехать домой, — сказал Барроуз.

— Нет.

Он кивнул официанту:

— Будьте добры, вызовите такси...

— Значит, трахать меня при свидетелях можно, а тут... — прошипела Прис.

Барроуз сдался и отослал официанта. Видно было, что все происходящее ему неприятно — он даже побледнел, руки дрожали.

— Ну смотри! Ты хочешь сидеть здесь, пить минералку и при этом сохранять спокойствие? Ты сможешь быть спокойной?

— Я скажу тебе, что я хочу, когда захочу!

— И при каких таких свидетелях? — На лице Барроуза появилась мерзкая улыбочка. — При Дэйве Бланке? Колин Нилд? — Улыбка стала шире. — Ну ладно, валяй, дорогая!

— Ты старый грязный придурок, который любит заглядывать под юбки молоденьким девочкам. Тебе бы давно следовало быть за решеткой!

Прис говорила тихо, но очень отчетливо, так что несколько человек за ближайшими столиками стали оглядываться.

— И я терпела тебя, когда ты пытался что-то сделать со своим членом! — продолжала она. — Так вот что я тебе скажу, дорогой: удивительно, что тебе вообще это удалось, он ведь у тебя такой маленький и дряблый! Такой же маленький и дряблый, как ты сам. Ты, старый гомик!

Барроуз поморщился, криво улыбаясь:

— Что-нибудь еще?

Тяжело дыша, Прис помотала головой. Отвернувшись от нее, Барроуз констатировал:

— Нет. Ну, начинайте. — Это уже мне.

Удивительно, даже в такой ситуации он старался сохранить спокойствие. Похоже, этот человек мог вынести что угодно.

— Так мне связываться с миссис Деворак или нет? — спросил я. — Это зависит от вас.

Бросив быстрый взгляд на часы, Барроуз сказал:

— Я хотел бы проконсультироваться с моими юристами. Вы не будете возражать, если я позвоню Дэйву Бланку и попрошу его приехать сюда?

— Хорошо, — согласился я, будучи уверен, что Бланк посоветует ему сдаться.

Извинившись, Барроуз вышел к телефону. Мы с Прис остались сидеть друг напротив друга, никто из нас не произнес ни слова. Наконец Барроуз вернулся.

— Какую гадость ты задумал, Сэм? — спросила она.

Тот, не отвечая, удобно откинулся на стуле.

— Луис, он что-то предпринял. — Она озиралась с отчаянным видом. — Ты разве не видишь? Неужели ты недостаточно хорошо его знаешь, чтоб понять это?

— Не волнуйся, — успокоил я Прис.

Я видел, что Линкольн у бара также оглядывается с хмурым и обеспокоенным видом.

Может, я совершил ошибку? Но теперь уже было поздно — я дал согласие.

— Вы не подойдете сюда? — призывно помахал я симулякру. Он тут же поднялся и приблизился к нашему столику.

— Мистер Барроуз ждет своего юриста, чтобы с ним проконсультироваться, — пояснил я.

Усевшись, симулякр задумчиво сказал:

— Ну что ж, думаю, большого вреда в том не будет.

Итак, мы все ждали. Где-то через полчаса в дверях показался Дэйв Бланк и сразу направился к нам. С ним была Колин Нилд, разряженная в пух и прах, и еще одна личность — коротко стриженный молодой человек с галстуком-бабочкой, с напряженным и тревожным выражением лица.

«Кто этот мужчина? — гадал я. — Что происходит?»

Мое беспокойство росло.

— Простите за опоздание, — произнес Бланк, помогая миссис Нилд сесть. После этого оба мужчины тоже уселись. Никто не был представлен.

Должно быть, он — один из служащих Барроуза, подумал я. Возможно, та шестерка, которой предстояло исполнить формальность и стать законным супругом Прис.

Видя мое внимание к молодому человеку, Барроуз пояснил:

— Это Джонни Бут. Джонни, позвольте представить вам Луиса Розена.

Молодой человек поспешно кивнул:

— Приятно познакомиться, мистер Розен. — Затем он раскланялся со всеми остальными: — Привет. Привет. Как поживаете?

— Минутку, — похолодел я. — Это Джон Бут? Джон Уилкс Бут?[1]

— Прямо в точку, — кивнул Барроуз.

— Но он вовсе не похож на Джона Уилкса Бута!

Это был симулякр, и, надо сказать, ужасный экземпляр. Я просматривал справочники и видел портреты Джона Уилкса Бута — театрального актера с очень эффектной внешностью. Этот же был совсем другим — ординарный, лакейский типаж, так называемый вечный неудачник, каких можно сотнями видеть в деловых конторах всех крупных городов Соединенных Штатов.

— Не надо морочить мне голову! — сказал я. — Это и есть ваша первая попытка? Тогда у меня для вас плохие новости: вам лучше вернуться к началу и попытаться снова.

Но во время своей тирады я с ужасом рассматривал их симулякра. Потому что, невзирая на глупую внешность, он работал. С технической стороны это являлось несомненным успехом. И дурным знаком для всех нас: симулякр Джона Уилкса Бута! Я в растерянности посмотрел на Линкольна, который как ни в чем не бывало глазел в окно. Понимал ли он, что все это означало?

Линкольн молчал. Но морщинки на его лице как-то углубились, усиливая обычное выражение грусти. Похоже, он догадывался, что сулило ему появление нового симулякра.

---

[1] Джон Уилкс Бут — актер, убийца Авраама Линкольна, смертельно ранивший его на театральном представлении в 1865 году.

Мне не верилось, что Прис создала такое. А затем я понял: нет, это и в самом деле не ее творение. Именно поэтому симулякр получился совершенно безликим. Данным вопросом занимался Банди, без помощи Прис. Именно он проделал все внутренние работы — так сказать, создал начинку, которую потом запихнули в контейнер, изображающий усредненного американца. И вот теперь это творение сидело передо мной за столом, с готовностью всем улыбаясь и кивая, — этакий Ja-Sager[1], стопроцентный подхалим. Они даже не сделали попытки воссоздать истинный облик Бута. Возможно, они вовсе и не интересовались его внешностью. Халтура, сляпанная по спецзаказу.

— Ну что ж, продолжим обсуждение, — предложил Барроуз. Дэвид Бланк кивнул. Джон Уилкс Бут кивнул тоже. Миссис Нилд изучала меню. Прис не сводила глаз с симулякра — казалось, она окаменела.

Да, я был прав — этот красавчик оказался сюрпризом для Прис! Пока она ходила по ресторанам и напивалась, наряжалась, с кем-то спала и приукрашивала свою действительность, Боб Банди в поте лица трудился в мастерских Барроуза над этим изделием.

— Хорошо, продолжим, — сказал я.

— Джонни, — обратился Барроуз к симулякру, — между прочим, этот высокий бородатый

[1] Поддакиватель, соглашатель *(нем.)*.

человек — Авраам Линкольн. Я говорил вам о нем, помните?

— О да, мистер Барроуз, — тут же согласился Буг и осторожно кивнул. — Очень хорошо помню.

— Барроуз, — не выдержал я, — то, что вы нам здесь предъявили, «пустышка». Может, он и убийца, но от Бута у него только имя. Он и выглядит, и разговаривает по-другому. Это «липа», фальшивая и ничтожная с ног до головы. Меня лично от нее тошнит, мне стыдно за вас!

Барроуз пожал плечами.

— Почитайте что-нибудь из Шекспира, — попросил я симулякра Бута.

В ответ он только ухмыльнулся мне своей глуповатой деловой усмешкой.

— Ну тогда скажите что-нибудь на латыни!

Он продолжал ухмыляться.

— И сколько же времени у вас ушло, чтоб натаскать это ничтожество? — спросил я у Барроуза. — Пол-утра? А где же скрупулезная точность в деталях? И куда подевался высокий профессионализм? Получилась дрянь, барахло, штуковина с привитым инстинктом убийцы. Разве не так?

— Думаю, теперь, в свете новых фактов, вы вряд ли захотите привести в исполнение свою угрозу относительно миссис Деворак, — сказал Барроуз.

— Да? И каким же образом он выполнит свою миссию? — поинтересовался я. — С помощью отравленного кольца? Или бактериологического оружия?

Дэйв Бланк рассмеялся, миссис Нилд улыбнулась. Симулякр счел за благо присоединиться к остальным и теперь улыбался глупой, пустой улыбкой — точной копией таковой у шефа. Все они были марионетками мистера Барроуза, и он неутомимо дергал за веревочки.

Прис, по-прежнему не сводившая глаз с симулякра Бута, вдруг изменилась до неузнаваемости. Она как-то разом осунулась и исхудала, шея вытянулась как у гусыни, глаза остекленели и бликовали на свету.

— Послушай, — сказала она, указывая на Линкольна. — Это я построила его.

Барроуз молча смотрел на нее.

— Он мой, — настаивала она.

Обернулась к Линкольну, пытливо вгляделась в глаза:

— Ты знаешь это? Что мой отец и я построили тебя?

— Прис, ради бога... — попытался урезонить ее я.

— Помолчи, — отмахнулась она.

— Не вмешивайся, — попросил я. — Это касается меня и мистера Барроуза.

Но на самом деле я был потрясен.

— Может, ты хотела как лучше и никакого отношения к созданию этой халтуры не имела...

— Заткнись, — не дала мне договорить Прис. — Бога ради, заткнись!

Она обернулась к Барроузу.

— Ты заставил Боба Банди построить эту штуку, чтобы разрушить моего Линкольна. И все это время ты следил, чтобы я ничего не узнала! Ты подонок! Я тебе этого никогда не забуду.

— Что тебя гложет, Прис? — спросил Барроуз. — Только не говори мне, что у тебя любовная связь с этим симулякром Линкольна!

— Я не хочу видеть, как убивают мое создание!

— Как знать, может быть, и придется, — пожал плечами Барроуз.

В этот момент раздался громкий голос Линкольна:

— Мисс Присцилла, я думаю, мистер Розен прав: пусть он и мистер Барроуз обсудят свою проблему между собой.

— Я сама могу решить ее, — отозвалась Прис.

Согнувшись, она что-то нащупывала под столом. Ни я, ни Барроуз не понимали, что она собирается делать. Мы все застыли в неподвижности. Прис выпрямилась, держа в руке одну из своих туфелек на шпильке. Угрожающе поблескивала металлическая набойка на каблуке.

— Будь ты проклят, — бросила она Барроузу.

Тот с криком вскочил со стула, поднял руку, чтобы схватить Прис.

Поздно. Туфля с неприятным звуком опустилась на голову симулякра Бута. Мы увидели, что каблук пробил череп, ровнехонько за ухом.

— Вот тебе, — оскалилась она на Барроуза. Ее мокрые глаза сверкали, рот искривился в безумной гримасе.

— Блэп, — сказал симулякр и заткнулся.

Его руки беспорядочно двигались в воздухе, ноги, дергаясь, барабанили по полу. Затем он застыл, по телу прошла конвульсия. Конечности дернулись и замерли. Перед нами лежало неподвижное тело.

— Хватит, не ударяй его снова, Прис, — попросил я.

Я чувствовал, что больше не выдержу. Барроуз бормотал то же самое — похоже, он был в полубессознательном состоянии.

— А зачем мне его снова ударять? — сухо осведомилась Прис.

Она выдернула свой каблук из головы симулякра, нагнулась и снова надела туфлю. Публика вокруг глазела в изумлении.

Барроуз вытащил белый носовой платок и промокнул лоб. Он начал было говорить что-то, потом передумал и умолк.

Тем временем обездвиженный симулякр стал сползать со стула. Я поднялся и попытался водрузить его на место. Дэвид Бланк тоже встал. Вдвоем мы усадили симулякра так, чтоб он не падал. Прис бесстрастно прихлебывала из своего стакана.

Обращаясь к людям за соседними столиками, Бланк громко заявил:

— Это просто кукла. Демонстрационный экземпляр в натуральную величину. Механическая кукла.

Для большей убедительности он показал им обнажившиеся металлические и пластмассовые детали внутри черепа симулякра. Мне удалось разглядеть внутри пробоины что-то блестящее — очевидно, поврежденную управляющую монаду. Невольно я подумал, сможет ли Боб Банди устранить повреждение? Еще больше меня удивил тот факт, что я вообще беспокоился об этом.

Достав свою сигарету, Барроуз допил мартини и охрипшим голосом сказал Прис:

— Поздравляю, своим поступком ты напрочь испортила отношения со мной.

— В таком случае, до свидания, — ответила она. — Прощай, Сэм К. Барроуз, грязный, уродливый пидор.

Прис поднялась, с грохотом отпихнув стул, и пошла прочь от нашего столика, мимо глядящих на нее людей, к раздевалке. Там она получила у девушки свое пальто.

Ни я, ни Барроуз не двигались.

— Она вышла наружу, — сообщил Бланк. — Мне видно лучше, чем вам. Она уходит.

— Что нам делать с этим? — спросил Барроуз у Бланка, указывая на неподвижное тело симулякра. — Надо убрать его отсюда.

— Вдвоем мы сможем вынести тело, — сказал Бланк.

— Я помогу вам, — предложил я.

— Мы никогда ее больше не увидим, — медленно произнес Барроуз. — Или, может быть, она стоит снаружи, поджидая нас?

Он обратился ко мне:

— Вы можете ответить? Я сам не могу. Я не понимаю ее.

Я бросился мимо бара и раздевалки, выскочил на улицу.

Там стоял швейцар в униформе. Он любезно кивнул мне.

Прис нигде не было видно.

— Вы не видели, куда делась только что вышедшая девушка? — спросил я у швейцара.

— Не знаю, сэр. — Он указал на множество машин и кучи людей, которые, как пчелы, роились у дверей клуба. — Простите, не могу сказать.

Я поглядел в обе стороны улицы, я даже пробежался немного туда-сюда, надеясь найти какие-нибудь следы Прис.

Ничего.

Наконец я вернулся в клуб, к столику, где Барроуз и остальные сидели рядом с мертвым, напрочь испорченным симулякром Бута. Он теперь сполз на сиденье и лежал на боку, голова болталась, рот был открыт. С помощью Дэйва Бланка я вновь усадил его на место.

— Вы все потеряли, — сказал я Барроузу.

— Ничего я не потерял.

— Сэм прав, — вступился Дэйв Бланк. — Что он потерял? Если нужно, Боб Банди сделает нам нового симулякра.

— Вы потеряли Прис, — сказал я. — А это все.

— О черт! Кто вообще может что-нибудь знать о Прис?

Думаю, даже она сама не знает.

— Наверное, это так. — Мой язык был странно тяжелым, он едва ворочался во рту, за все задевая. Я подвигал челюстями и не почувствовал боли, вообще ничего не почувствовал. — И я ее тоже потерял.

— Очевидно, — согласился Барроуз. — Но вам бы лучше пойти отдохнуть. Вам когда-нибудь выпадал подобный день?

— Нет.

Великий Эрл Грант снова вышел на сцену. Заиграло пианино, и все замолкли, прислушиваясь к старой грустной песне:

Кузнечики в моей подушке, бэби,
В моей тарелке — сплошь сверчки...

Мне показалось, что он поет специально для меня. Видел ли он меня, сидевшего за столиком? Мое выражение лица? Понимал ли, что я чувствую? Может быть, да, а может, и нет... Кто знает?

Прис — совершенно дикое существо, подумал я. Не такая, как все мы. Кажется, она пришла откуда-то извне. Прис — это нечто изначальное в его самом страшном смысле. Все, что происходит с людьми и между людьми на этом свете, не способно как-то повлиять на нее. Когда смотришь на нее, мнится, что оглядываешься на далекое прошлое. Наверное, такими мы, люди, были миллион, два миллиона лет назад...

Вот и Эрл Грант пел о том же: как нас приручают, переделывают, изменяют снова и снова на бесконечно медленном пути цивилизации. Ведь Создатель и поныне продолжает трудиться, он лепит, формует все то мягкое и податливое, что сохраняется в большинстве из нас. Но только не в Прис. Никто не способен переделать ее, даже Он.

Я не мог отделаться от мысли, что, встретившись с Прис, я заглянул в какую-то совершенно *чуждую* сущность. И что теперь мне осталось? Дожидаться смерти подобно Буту, получившему возмездие за свои деяния столетней давности? Известно, что незадолго до своей смерти Линкольну было предупреждение: он видел во сне черный задрапированный гроб и процессию в слезах. А сподобился ли подобного откровения прошлой ночью симулякр Бута? И вообще, возможно ли, чтоб благодаря таинственным механическим процессам он видел сны?

Нас всех это ждет. Чу-чу. Черная креповая драпировка на катафалке, проезжающем через поля. Люди по сторонам дороги... смотрят... шапки в руках. Чу-чу-чу...

Черный поезд, гроб, сопровождающие его солдаты в синей форме, которые не расстаются с оружием и которые недвижимы все это долгое путешествие, от начала до конца.

— Мистер Розен, — услышал я рядом с собой женский голос.

Я, вздрогнув, посмотрел наверх. Ко мне обращалась миссис Нилд.

— Не могли бы вы помочь нам? Мистер Бароуз пошел за машиной, мы хотим перенести туда симулякра Бута.

— Да, конечно, — кивнул я.

Я поднялся и вопросительно посмотрел на Линкольна, ожидая помощи. Но, странное дело, он сидел, опустив голову и погрузившись в полнейшую меланхолию. Казалось, ему нет до нас никакого дела. Слушал ли он Эрла Гранта? Был ли захвачен его щемящим блюзом? Не думаю. Линкольн сидел, странным образом согнувшись, почти потеряв форму. Выглядело это так, будто все его кости сплавились воедино. И он хранил абсолютное молчание, казалось, даже не дышал.

«Может, это какая-то молитва?» — подумал я. А может, вовсе и нет. Наоборот, остановка, перерыв в молитве. Мы с Бланком повернулись к Буту и начали поднимать его на ноги. Он был чертовски тяжелый.

— Машина — белый «мерседес-бенц», — пропыхтел Бланк, пока мы двигались по узкому проходу между столиками. — Белый с красной кожаной обивкой.

— Я придержу дверь, — сказала миссис Нилд, следуя за нами.

Мы подтащили Бута к дверям клуба. Швейцар посмотрел с удивлением, но ни он, ни кто-либо другой не сделал попытки помочь нам или выяснить, что же произошло. Хорошо хоть швейцар придержал дверь, чтоб мы могли пройти. Это было очень кстати, так как миссис Нилд поспешила выйти навстречу Сэму Барроузу.

— Вот он подъезжает, — кивнул Бланк.

Миссис Нилд широко распахнула дверцу машины, и мы вдвоем кое-как запихнули симулякра на заднее сиденье.

— Вам лучше поехать с нами, — сказала миссис Нилд, видя, что я собираюсь покинуть «мерседес».

— Отличная мысль, — поддержал ее Бланк. — Мы потом пропустим по рюмочке, идет, Розен? Только завезем Бута в мастерскую и отправимся к Колли. Она дома держит алкоголь.

— Нет, — покачал я головой.

— Давайте, ребята, — поторапливал нас Бароуз за рулем. — Садитесь, чтоб мы могли ехать. Это относится и к вам, Розен, а также, естественно, и к вашему симулякру. Вернитесь и приведите его.

— Нет, спасибо, — отказался я. — Поезжайте сами.

Бланк и миссис Нилд захлопнули дверцу, машина тронулась и влилась в оживленный поток на вечерней улице.

Я засунул руки в карманы, поежился и вернулся в клуб, где меня ожидал Линкольн. Пробираясь меж столиков, я увидел, что он по-прежнему сидит в полной неподвижности, обхватив себя руками и опустив голову.

Что я мог сказать ему? Как поднять настроение?

— Вам не стоит так расстраиваться из-за того, что случилось, — произнес я. — Постарайтесь быть выше этого.

Линкольн не отвечал.

— Понемногу кладешь, много соберешь, — сказал я.

Симулякр поднял голову, в глазах его была безнадежность.

— Что это значит? — спросил он.

— Не знаю, — честно ответил я. — Просто не знаю.

Мы оба помолчали.

— Послушайте, — сказал наконец я. — Думаю, нам с вами надо вернуться в Бойсе и показаться доктору Хорстовски. Вам это не повредит, он хороший специалист и сможет справиться с вашей депрессией. С вами все в порядке, мистер Линкольн?

Похоже, он немного успокоился. Достал большой красный платок и высморкался.

— Благодарю вас за участие, — произнес он, не отнимая платка от лица.

— Еще рюмку? — спросил я. — Может, кофе или чего-нибудь поесть?

Симулякр покачал головой.

— Когда у вас начались эти депрессии? — осторожно начал я. — Я имею в виду — в молодости? Не хотите поговорить со мной? Расскажите, какие мысли приходят вам на ум, какие ассоциации? Пожалуйста! Мне кажется, я смогу вам помочь.

Линкольн прокашлялся и спросил:

— Мистер Барроуз и его люди вернутся?

— Сомневаюсь. Они приглашали нас поехать с ними к миссис Нилд домой.

Линкольн бросил на меня подозрительный взгляд:

— Почему это они поехали к ней, а не к мистеру Барроузу?

— Не знаю. Дэйв Бланк сказал, у нее есть выпивка.

Линкольн снова откашлялся, отпил воды из стакана перед собой. Его лицо сохраняло странное выражение, как если бы он о чем-то догадывался, но не все понимал до конца.

— В чем дело? — спросил я.

Линкольн помолчал, но затем вдруг сказал:

— Луис, поезжайте на квартиру к миссис Нилд. Не теряйте времени.

— Но зачем?

— Она должна быть там.

Я почувствовал, как у меня по голове побежали мурашки.

— Я думаю, — произнес симулякр, — она все время жила там, у миссис Нилд. Я сейчас поеду в мотель. Не беспокойтесь обо мне, если надо, я и сам смогу завтра вернуться в Бойсе. Ступайте, Луис. Вам надо опередить их шайку.

Я вскочил на ноги.

— Но я не знаю...

— Вы можете найти адрес в телефонной книге.

— Точно, — обрадовался я. — Спасибо за совет, я непременно последую ему. Кажется, вас посетила замечательная мысль. Так что увидимся позже. Пока. А если...

— Идите.

И я ушел.

В ночной аптеке я заглянул в телефонный справочник. Отыскав адрес Колин Нилд, вышел на улицу и тормознул такси. Скоро я уже ехал в нужном направлении.

Она жила в высоком кирпичном многоквартирном строении. Дом стоял темный, только там и сям горело несколько окон. Я отыскал ее звонок и нажал на кнопку.

Долгое молчание, затем раздалось шипение, и приглушенный женский голос спросил:

— Кто там?

— Луис Розен. Можно мне войти?

Я терялся в догадках, Прис это или нет.

Тяжелая железная дверь зажужжала, я сорвался с места и толчком открыл ее. Одним прыжком преодолел пустынный вестибюль и взбежал по лестнице на третий этаж. Перед дверью я остановился, с трудом переводя дух.

Дверь была приоткрыта. Я постучался и после минутного колебания прошел внутрь.

В гостиной на диване восседала миссис Нилд со стаканом в руке, напротив нее расположился Сэм Барроуз. Оба они уставились на меня.

— Привет, Розен, проходите, угощайтесь.

Барроуз кивнул мне на столик, где стояла бутылка водки, лимоны, миксер, лаймовый сок, лед и стаканы.

В замешательстве я подошел к столику и начал готовить себе коктейль. Наблюдавший за мной Барроуз произнес:

— У меня для вас новости. В соседней комнате вас ждет кто-то, кто вам очень дорог.

Он махнул стаканом в руке:

— Сходите, загляните в спальню.

Оба они улыбались.

Я поставил обратно мой стакан и поспешил в указанном направлении.

— А что заставило вас переменить решение и прийти сюда? — спросил Барроуз, покачивая стаканом.

— Линкольн подумал, Прис может быть тут.

— Ну, Розен, мне неприятно говорить, но он оказал вам дурную услугу. Вы просто не в себе, раз так прицепились к этой девчонке.

— Не думаю.

— Черт, это потому что вы все психи — и вы, и Прис, и ваш Линкольн. Я скажу вам, Розен: Джонни Бут стоил миллиона таких, как Линкольн. Думаю, мы залатаем его и используем в нашем «Лунном проекте»... в конце концов, Бут — старая добрая американская фамилия. Почему бы семье по соседству не называться Бутами? Знаете, Луис, вам стоит как-нибудь прилететь на Луну и посмотреть, что у нас получилось. Вы ведь не имеете представления о том, что там. Не обижайтесь, но отсюда невозможно ничего понять, вам надо побывать на месте.

— Вы совершенно правы, мистер Барроуз, — поддержала его миссис Нилд.

Я сказал:

— Преуспевающий человек не должен опускаться до обмана.

— Обмана! — воскликнул Барроуз. — Черт побери, это не обман, а попытка подтолкнуть человечество к тому, что оно и так, рано или поздно, сделает. Впрочем, мне не хочется спорить. Сегодня был еще тот денек, и я устал. Я ни к кому не испытываю враждебности. — Он усмехнулся мне. — Если ваша крошечная фирма вышла на нас — а вы, должно быть, интуитивно чувствовали, что это может вам дать, — то не забывайте: инициатива принадлежала вам, а не мне. И в данный момент вода заливает вашу плотину, не нашу. Мы будем продолжать работать и добьемся результатов — используя Бута или как-нибудь еще.

— Мы все это знаем, Сэм, — произнесла миссис Нилд, похлопывая его по руке.

— Спасибо, Колли, — сказал он. — Мне просто неприятно видеть такого парня — без цели, без понимания, без честолюбия. Это разбивает мне сердце. Именно так: разбивает мне сердце.

Я ничего не ответил. Просто стоял у двери в спальню, ожидая, когда же закончится вся эта болтовня. Миссис Нилд любезно улыбнулась мне:

— Вы можете войти, если хотите.

Я повернул ручку и отворил дверь. Комната была погружена в темноту.

В центре виднелись контуры кровати, на которой кто-то находился. Лежал, подложив подушку под спину, и курил сигарету (если это на самом деле сигарета). Во всяком случае, вся спальня была наполнена сигаретным дымом. Я нащупал выключатель и зажег свет.

На кровати лежал мой отец. Он курил свою сигару и разглядывал меня с задумчивым и обеспокоенным выражением лица. Он был одет в пижаму и халат, на полу у кровати валялись его меховые шлепанцы.

Рядом с ними я разглядел отцовскую дорожную сумку, из которой высовывалась одежда.

— Закрой дверь, mein Sohn, — мягко сказал он.

Я исполнил его просьбу автоматически, будучи совершенно не в состоянии понять, что происходит. Дверь-то я закрыл, но недостаточно быстро, чтоб пропустить взрывы смеха в гостиной: я услышал раскатистый хохот Барроуза и вторящую ему миссис Нилд. Похоже, они разыгрывали меня все это время. Эти их разговоры, нарочито серьезные... Они уже тогда знали: Прис нет не только в спальне, но и вообще в квартире. Симулякр ошибся.

— Мне немного стыдно, Луис, — покачал головой отец, очевидно, заметив выражение моего лица. — Возможно, мне нужно было бы выйти и прервать этот розыгрыш. Но, знаешь ли, далеко не все, что говорил Барроуз, я считаю чушью. В некоторых отношениях он — великий человек, разве не так? Садись.

Я уселся на стул возле кровати, на который он мне указал.

— Ты, наверное, не знаешь, где она? — спросил я безнадежно. — И конечно же, не сможешь помочь мне?

— Боюсь, что нет, Луис.

Я не находил в себе силы даже подняться и уйти. Максимум, на что я был способен, это дойти и плюхнуться на чертов стул возле кровати. Кровати, на которой курил мой отец.

Дверной проем вдруг осветился, и в комнату вошел человек с перевернутым лицом: ну конечно, братец Честер — как всегда, деловой и важный.

— Я устроил отличную комнату для нас с тобой, папа, — начал он выкладывать свои новости, но, увидев меня, расплылся в счастливой улыбке. — Вот ты где, Луис! После всех этих треволнений мы наконец-то нашли тебя!

— Несколько раз меня подмывало вмешаться и исправить мистера Барроуза, — продолжал отец. — Но ты же знаешь, что подобных людей бесполезно переучивать. Пустая трата времени.

Только этого не хватало: чтоб мой папаша пустился в очередную философскую тираду! Терпеть подобное было выше моих сил, и я схитрил — сидя на стуле в полном ступоре разочарования, я загородился от его слов, позволил им слиться в однообразное, бессмысленное жужжание.

А сам тем временем представлял: как хорошо было бы, если бы все оказалось не идиотской шуткой Барроуза, а реальностью. Если бы я вошел в комнату и обнаружил Прис, лежащую на постели.

И я стал думать, как бы все это было. Пусть бы она спала, возможно, пьяная... Я приподнял бы ее, сжал в своих объятиях, откинул бы волосы с глаз и тихо поцеловал в ушко. Я представлял, как она постепенно приходила бы в себя...

— Ты не слушаешь меня, — обиделся отец. Он был прав: мое разочарование оказалось столь гнетущим, что я предпочел уйти от действительности в мечты о Прис. — Ты все еще гоняешься за своей фата-морганой. — Отец, хмурясь, глядел на меня.

В своих грезах я поцеловал Прис еще раз, и она открыла глаза. Тогда я снова опустил ее на постель, лег рядом и крепко обнял.

— Как Линкольн? — промурлыкала Прис у моего уха. Она, похоже, вовсе не удивилась тому, что я здесь, лежу рядом с ней и целую ее. Честно говоря, она вообще никак не реагировала. Но все же это была Прис.

— Как нельзя лучше, — ответил я, неуклюже гладя ее волосы. Прис молча глядела на меня. В темноте я едва различал ее очертания. — Нет, — признался я, — на самом деле он в ужасном состоянии. У него депрессия. Но тебе-то что до того? Ведь это же твоих рук дело!

— Я спасла его. — Голос Прис звучал вяло и безжизненно. — Ты подашь мне сигарету?

Я прикурил сигарету и передал ей. Теперь она лежала и курила.

Отцовский голос прорвался в эти прекрасные грезы:

— Игнорирование внутреннего идеала, mein Sohn, отрывает тебя от реальности, как и говорил мистер Барроуз. А это очень серьезно! Доктор Хорстовски назвал бы это, извиняюсь за выражение, болезнью, понимаешь?

Смутно я слышал, как Честер поддержал отца:

— Это шизофрения, папа, как у миллионов несчастных подростков. Миллионы американцев страдают подобной болезнью, даже не подозревая о том и, соответственно, не обращаясь в клиники. Я читал об этом в статье.

А Прис сказала:

— Ты хороший человек, Луис. Мне ужасно жалко, что ты влюбился в меня. Я могла бы сказать, что ты понапрасну тратишь время, но ты же меня не послушаешь, правда? Ты можешь объяснить, что такое любовь? Такая, как у тебя?

— Нет.

— И даже не попробуешь? — Она выжидательно смотрела на меня, потом спросила: — Дверь закрыта? Если нет, сходи, закрой ее.

— Черт! — Я чувствовал себя ужасно несчастным. — Я не могу закрыться от них, они прямо здесь, над нами. Нам никогда не удастся спрятаться от них, остаться вдвоем — только ты и я. Я знаю это наверное. — Однако это знание не помешало мне подойти к двери и запереть ее.

Когда я вернулся к постели, то увидел, что Прис стоит на ней и расстегивает юбку.

Она стащила ее через голову и отбросила на стул. Продолжая раздеваться, она скинула туфли.

— Кто же еще должен быть моим учителем, Луис, если не ты? — спросила она. — Сбрось все покровы. — Прис начала снимать белье, но я ее остановил. — Почему нет?

— Я схожу с ума, — простонал я. — Это невыносимо, Прис! Мне надо вернуться в Бойсе и повидаться с доктором Хорстовски. Так не может продолжаться! Только не здесь, не в одной комнате с моей семьей.

Прис ласково посмотрела на меня:

— Мы полетим в Бойсе завтра, но не сегодня. — Она стащила покрывало, одеяла и верхнюю простыню, собрала их и, подобрав свою сигарету, снова закурила. Не стала накрываться, просто лежала, обнаженная, на кровати и курила. — Я так устала, Луис. Побудь со мною сегодня ночью.

— Я не могу.

— Ну тогда забери меня к себе — туда, где ты живешь.

— И этого нельзя, там Линкольн.

— Луис, — сказала она, — я просто хочу лечь и поспать. Ляжем и накроемся с головой, они нас не потревожат. Не бойся их. Мне очень жаль, что у Линкольна один из его припадков. И не обвиняй меня в этом, он так и так случился бы. А я спасла ему жизнь. Он мой ребенок... разве не так?

— Думаю, ты можешь так говорить, — согласился я.

— Я дала ему жизнь, я родила его. И очень горжусь этим! Когда я увидела этого мерзкого Бута, у меня было одно желание — убить его на месте. Я сразу же все поняла про него, как только взглянула. Я могла бы быть твоей матерью тоже, разве нет, Луис? Мне бы так хотелось дать тебе жизнь...И тебе, и всем остальным людям... Я дарю жизнь, а потом отнимаю ее. Здесь все совершенно правильно и хорошо... если только находишь в себе силы для такого акта. Ты знаешь, это ведь очень трудно — отнять у кого-то жизнь. Ты не думал об этом, Луис?

— Да. — Я сидел на постели рядом с ней.

Она потянулась в темноте и откинула мне волосы с глаз.

— У меня есть власть над тобой, Луис. Я могу подарить тебе жизнь и лишить этого подарка. Тебя это не пугает? Ты же знаешь, я говорю правду.

— Теперь уже не пугает, — сказал я. — Раньше пугало, когда впервые осознал это.

— Я никогда не боялась. Мне нельзя бояться, иначе я потеряю власть, ведь правда же, Луис? А я хочу сохранить ее.

Я не отвечал. Табачный дым клубился вокруг меня, сводя с ума, заставляя тревожиться об отце и брате, которые не сводили с нас глаз.

— Человек имеет право на некоторые иллюзии, — говорил мой отец, попыхивая сигарой, — но эта — просто смехотворна.

Честер согласно закивал.

— Прис, — громко позвал я.

— Ты только послушай, — взволновался отец. — Он зовет ее! Он разговаривает с ней!

— Убирайтесь отсюда, — сказал я им. Я даже замахал на них руками, но это не дало результата — они не пошевелились.

— Ты должен понять, Луис, — внушал мне отец. — Я тебе сочувствую, я вижу то, что не видно Барроузу, — величие твоего поиска.

Несмотря на темноту и гул их голосов, мне удалось еще раз воссоздать образ Прис: она сгребла свою одежду в кучу и сидела с ней на краю постели.

— Какое нам дело до того, что кто-то говорит или думает о нас, — говорила она. — Мне плевать на это, я не позволяю словам воплощаться в реальность. Я знаю, все они во внешнем мире злятся на нас: и Сэм, и Мори, и все остальные. Но подумай, разве Линкольн послал бы тебя сюда, если б это было неправильно?

— Прис, — ответил я, — я знаю: все будет хорошо. Нас ждет долгая счастливая жизнь.

Она только улыбнулась, я видел, как блеснули в темноте ее зубы. В этой улыбке было столько боли и печали, что мне невольно (всего на мгновение) вспомнилось выражение лица симулякра Линкольна. Я подумал, что эта боль в нем от Прис. Она влила собственное страдание в дело рук своих. Вряд ли это было намеренное деяние, возможно, она даже не догадывалась о результатах.

— Я люблю тебя, — сказал я Прис.

Она поднялась на ноги — обнаженная и холодная, тонкая, как тростинка. Обняла мою голову и притянула к себе.

— Mein Sohn, — обратился отец теперь уже к Честеру. — Er schlaft in der Freiheit der Liebensnacht[1]. Я хочу сказать: он спит, мой бедный мальчик, он парит в свободе ночи своей любви, если ты следишь за моей мыслью.

---

[1] Он спит в свободе ночи любви *(нем.)*.

— А что скажут в Бойсе? — В тоне Честера сквозило раздражение. — Как мы вернемся домой с ним таким?

— Ах, помолчи, Честер, — с досадой отмахнулся отец, — ты не в состоянии проникнуть в глубину его психики, не понимаешь, что он там находит. Видишь ли, психоз имеет две стороны: он не только болезненно искажает наш ум, но и возвращает нас к какому-то исходному источнику, который мы все сейчас позабыли. Подумай об этом, Честер, в следующий раз, когда решишь открыть рот.

— Ты слышишь их? — спросил я у Прис.

Но Прис, стоя рядом со мной, прильнув всем телом, только рассмеялась — легко и сочувственно. Она не отрываясь смотрела на меня пустым взглядом. И еще я почувствовал в ней какую-то настороженность. Тревогу за себя, за меняющуюся реальность, за то, что происходит в ее жизни, за само время, которое в этот момент остановилось.

Она нерешительно подняла руку, прикоснулась к моей щеке, провела по волосам кончиками пальцев.

В этот момент рядом за дверью раздался голос миссис Нилд:

— Мы уходим, мистер Розен, и оставляем квартиру в вашем распоряжении.

Где-то подальше было слышно ворчание Барроуза:

— Эта девчонка, там, в спальне, просто недоразвитая. Ей все как с гуся вода. Что она вообще там делает? С ее тощим телом... — Его голос затих вдали.

— Очень мило, — отреагировал отец. — Луис, тебе следовало бы поблагодарить их. Все же мистер Барроуз джентльмен... Не важно, что он говорит, судить о людях надо по их поступкам.

— Ты должен быть благодарен и ему, и миссис Нилд, — поддержал его Честер.

Оба они — и брат, и отец с сигарой в зубах — смотрели на меня с осуждением.

А я держал в объятиях Прис. И для меня это было все.

Глава 17

На следующий день мы с отцом и Честером вернулись в Бойсе. Выяснилось, что доктор Хорстовски не может — или не хочет — заниматься мною. Тем не менее он передал мне несколько психологических тестов, чтобы поставить диагноз. Один из них, помнится, заключался в прослушивании магнитофонной записи, на которой несколько голосов приглушенно бубнили о чем-то своем. Разобрать можно было лишь отдельные фразы. Моя задача заключалась в том, чтоб записать последовательно смысл этих диалогов.

Думаю, Хорстовски поставил свой диагноз именно на основании этого теста, поскольку мне казалось, что каждый из этих разговоров шел обо мне. Я слышал, как они подробно обсуждали мои недостатки и неудачи, анализировали, что я на самом деле собой представляю, давали оценку моему поведению... Безусловно, они осуждали и меня, и Прис, и наши отношения.

Доктор Хорстовски не стал ничего подробно объяснять, только прокомментировал:

— Луис, каждый раз, как там говорят «мисс», вам слышится «Прис». — Похоже, это было не очень здорово. — Опять же, они говорили не «Луис», а «круиз» — речь шла о путешествии.

Он бросил на меня суровый взгляд, после чего умыл руки.

Однако я не остался вне зоны внимания психиатрии, так как доктор Хорстовски перепоручил меня уполномоченному представителю Бюро психического здоровья от Пятого округа, что на Северо-Западном побережье. Я слышал о нем. Его звали доктор Рагланд Найси, и в его обязанности входило принятие окончательного решения в каждом отдельном случае, когда возникала необходимость помещения больного в психлечебницу в нашем регионе. Начиная с 1980 года он собственноручно отправил в клиники Бюро тысячи людей с теми или иными нарушениями психики. Он считался блестящим психиатром и диагностом. На протяжении многих лет бытовала даже шутка, что все мы рано или поздно окажемся в руках доктора Найси. Что ж, немало было таких, для кого это оказалось печальной правдой.

— Вы увидите, что доктор Найси — очень знающий и благожелательный человек, — уверял меня Хорстовски, пока мы ехали от офиса доктора в подразделение Бюро, расположенное в Бойсе.

— Очень мило с вашей стороны, что вы согласились сопровождать меня, — поблагодарил я доктора.

— Да бросьте, мне это несложно, я ведь все равно каждый день там бываю. Зато я избавлю вас от необходимости появляться перед присяжными и оплачивать судебные издержки... как вы знаете, окончательный вердикт в любом случае выносит доктор Найси, и вам лучше оказаться в его руках не по решению суда.

Я кивнул, это действительно было так.

— Надеюсь, ситуация не порождает у вас чувства враждебности, мой друг? — спросил Хорстовски. — Поверьте, сам факт помещения в клинику Бюро вовсе не означает позорного клейма... по всей стране это происходит ежеминутно — каждый девятый испытывает в той или иной форме разлагающее действие психических заболеваний, которое делает невозможным их пребывание... — Он прервался, заметив, что я не слушаю. А какой смысл? Мне все это было знакомо по бесконечным телевизионным рекламам и журнальным статьям.

Хотя, если быть честным, я злился на Хорстовски за то, что он самоустранился и отфутболил меня к психиатрам Бюро. Формально он был прав: именно так и следовало ему поступать, обнаружив у себя на участке психотика, но все же я рассчитывал на его помощь. По правде говоря, я злился на всех, включая двух симулякров. Проезжая по солнечным знакомым улицам Бойсе, я смотрел на всех прохожих и видел в них врагов и предателей. Окружающий мир казался мне чуждым и ненавистным.

Несомненно, все это и многое другое было

понятно доктору Хорстовски из тех тестов, которые я выполнял по его просьбе. Так, например, в тесте Роршаха в каждой кляксе и закорючке мне виделось какое-то чудовищное, грохочущее, состоящее из острых углов и опасных поверхностей механическое начало. Я был уверен: этот монстр изначально был создан для того, чтобы своим безумным, смертоносным движением искалечить меня. На самом деле этот кошмар преследовал меня и во время поездки в Бюро к доктору Найси: я явственно видел контуры машин и людей в них, преследовавших нас с момента моего возвращения в Бойсе.

— Вы думаете, доктор Найси поможет мне? — спросил я у Хорстовски, когда мы остановились у современного многоэтажного здания с множеством окон. Я чувствовал, что мое беспокойство перерастает в панику. — Я хочу сказать, ведь психиатры из Бюро владеют всеми этими новыми технологиями, которых даже у вас нет. Ну знаете, эти последние...

— Я бы сказал: в зависимости от того, что вы понимаете под помощью, — ответил Хорстовски, отворяя дверцу машины и делая мне знак следовать за ним в здание.

И вот я стоял здесь, на первом этаже, в приемном отделении Федерального управления психического здоровья. Там, где многие стояли до меня, — на пороге новой эры в жизни.

Мне вспомнилась Прис, которая пророчила, что некая внутренняя неустойчивость рано или поздно приведет меня к беде. Как же она была права! Разбитый, разочаровавшийся, обуреваемый галлюцинациями, я оказался на попечении властей, как сама Прис несколькими годами раньше. Я не видел диагноза доктора Хорстовски, но и без того знал, что он обнаружил шизофренические реакции в моей психике... К чему отрицать очевидное, я и сам чувствовал это в себе.

Счастье еще, что мне, в отличие от многочисленных бедолаг, можно было помочь.

Бог знает, что могло произойти со мной в том состоянии, в котором я пребывал, — самоубийство или общий коллапс, из которого не было возврата. Мне здорово повезло, что они захватили заболевание в самом начале — это давало мне надежду. Я понимал, что находился на ранней стадии кататонического возбуждения, которое грозило мне устойчивой неприспособленностью в виде ужасной гебефрении или паранойи. Моя болезнь была в начальной, простой форме, поддающейся лечению. Спасибо моему отцу и брату, которые своевременно вмешались.

И все же, несмотря на все мои знания, я шел в офис Бюро с доктором Хорстовски в состоянии смертельного страха и враждебности, осознавая враждебность вокруг себя. У меня было внутреннее озарение, и в то же время его не было; одна часть меня все знала и понимала, а другая — билась, как плененное животное, стремясь вырваться на свободу, в привычную среду, в знакомые места.

Теперь, по крайней мере, понятно, почему Акт Макхестона столь необходим.

Истинный психотик, такой, как я, никогда не будет искать помощи по собственной инициативе — это возможно только благодаря закону. Именно это и означает быть психотиком.

Прис, подумал я, и ты такая же. Они высчитали тебя еще в школе, схватили и изолировали от всех остальных, убрали, как сейчас убрали меня. Им удалось вернуть тебя в общество. Получится ли то же со мной?

И буду ли я похож на тебя по завершении терапии, подумал я? Какую именно часть меня они сохранят? А что будет с моим чувством к тебе? Буду ли я помнить тебя? И если да, буду ли я так же любить тебя, как сейчас?

Доктор Хорстовски оставил меня в приемной, где я около часа сидел с другими, такими же смятенными больными, пока наконец не вошла медсестра и не вызвала меня. В маленьком кабинете я встретился с доктором Найси. Он оказался симпатичным мужчиной, немногим старше меня самого, с мягкими карими глазами и хорошо причесанными густыми волосами. Его осторожные, вкрадчивые манеры живо напомнили мне ветеринарную клинику: он сочувственно поинтересовался, удобно ли мне и понимаю ли я, почему здесь оказался?

— Я здесь, — ответил я, — потому что у меня возникли проблемы там. Я не мог соотносить свои эмоции и желания с другими людьми. — Эту фразу я заготовил еще во время долгого ожидания в приемной. — Таким образом, я не имел возможности удовлетворять свои потребности в мире реальных людей и вынужден был обратиться к вымышленному миру моих фантазий.

Откинувшись на стуле, доктор Найси задумчиво изучал мою особу.

— Я правильно понимаю, что именно это вы хотели бы изменить? — спросил он.

— Я хотел бы получать настоящее удовлетворение.

— А от общения с другими людьми вы ничего не получаете?

— Нет, доктор. Видите ли, доктор, моя реальность никак не смыкается с миром переживаний других людей. Вот вы, например. Если я расскажу вам о своем, вы посчитаете это фантазией. Я имею в виду, о ней.

— О ком, о ней?

— О Прис.

Он подождал, но я не стал продолжать.

— Доктор Хорстовски по телефону вкратце коснулся ваших проблем, — сообщил мне Найси. — В моем понимании у вас прогрессирующие проблемы с тем, что принято называть шизофренией типа *Magna Mater*[1]. Кстати сказать, мне следовало бы начать с теста пословиц Джеймса Бенджамина, а затем проверить вас на советский блоковый тест Выгодского — Лурье.

Он кивнул, и сестра откуда-то из-за моей спины поднесла ему блокнот и ручку.

---

[1] Великая мать *(лат.)*.

— Итак, я вам приведу несколько пословиц, а вы постараетесь мне объяснить, что они означают. Готовы?

— Да.

— «Без кота мышам раздолье».

Я обдумал свой ответ, прежде чем высказаться:

— В отсутствие власти возможны правонарушения.

Так я отвечал — довольно бойко, пока мы не дошли до пословицы номер шесть, которая оказалась для меня фатальной.

— «Катящийся камень мхом не обрастет».

Сколько ни старался, я никак не мог вспомнить значение этого высказывания. Наконец я рискнул:

— Ну, это означает, что человек активный, никогда не предающийся раздумьям...

Нет, пожалуй, моя трактовка звучала неверно. Я сделал еще одну попытку:

— Человек, всегда активный, развивающийся в умственном и нравственном смысле, никогда не испытывает застоя.

Доктор смотрел на меня очень внимательно, так что я счел нужным уточнить:

— Я имею в виду, что человек, который всегда активен и не дает расти траве под ногами, успешно продвигается в жизни.

— Ясно, — сказал доктор Найси.

Я понял, что провалился, обеспечив себе официальный диагноз «шизофренический беспорядок мышления».

— Да что же это означает? — в отчаянии спросил я. — Что я все говорил наоборот?

— Боюсь, что так. Общепринятое значение пословицы как раз обратно тому, что привели вы. Обычно она означает, что человек, который...

— Подождите, вы не должны подсказывать, — прервал я его. — Я вспомнил, я знаю на самом деле: человек непоседливый никогда не приобретет ничего ценного.

Доктор Найси кивнул и перешел к следующей пословице. Однако в блокноте появилась роковая запись: «Нарушение формального мышления».

После пословиц я пытался классифицировать блоки — группы однородных предметов, но без особого успеха. Мы оба вздохнули с облегчением, когда я наконец сдался и отпихнул от себя эти чертовы кубики.

— Именно так, — кивнул доктор Найси и сделал знак медсестре уходить. — Думаю, мы можем перейти к заполнению форм. У вас есть какие-нибудь пожелания насчет клиники? По-моему, самым лучшим вариантом будет клиника в Лос-Анджелесе, хотя, возможно, это просто потому, что знаю ее лучше других. Касанинская клиника в Канзас-Сити...

— Отправьте меня туда, — попросил я.

— Какие-то особые причины?

— Видите ли, несколько моих близких друзей вышли оттуда, — уклончиво пояснил я.

Он смотрел выжидающе, как бы подозревая глубинные мотивы.

— И мне кажется, у нее хорошая репутация. Почти все, кому действительно помогли с психическими заболеваниями, по моим данным, лечились именно там. Я не хочу сказать, что другие клиники плохи, но, по-моему, эта лучшая. Моя тетушка Гретхен сейчас находится в клинике Гарри Стэка Салливана, что в Сан-Диего. Знаете, она стала первым в моей жизни человеком с психическим расстройством. А после нее была еще куча народу, потому что ведь многие больны, и об этом каждый день говорят по телевизору. Взять хотя бы моего кузена Лео Роджеса — он все еще где-то в клинике. Мой учитель английского языка в средней школе мистер Хаскинс — он умер в клинике. А еще недалеко от нас жил старый итальянец, уже на пенсии, Джорджо Оливьери — его увезли с приступом кататонического возбуждения. И мой армейский дружок Арт Боулз — с диагнозом «шизофрения» его отправили в клинику Фромм-Ричман в Нью-Йорке. А также Элисон Джонсон, девушка, с которой я ходил в колледж, она в клинике Сэмюэля Андерсона в Третьем округе, это в Батон-Руж, Луизиана. Ну и еще человек, на которого я работал, Эд Йетс, — он схлопотал шизофрению, которая потом перешла в паранойю. Уолдо Дангерфилд, еще один мой приятель. И Глория Мильштейн, девушка, которую я знал, она вообще бог знает где. Ее поймали на психологическом тесте, когда она устраивалась машинисткой. Психиатры из Бюро прихватили ее... она была такая невысокая, темноволосая, очень симпатичная.

И никто так и не знает, что там показал этот тест. А Джон Франклин Манн? Продавец подержанных машин, я был знаком с ним... У него нашли запущенную шизофрению и увезли. Думаю, он в Касанинской клинике, потому что у него родственники в Миссури. И Мардж Моррисон, еще одна моя знакомая, — ее сейчас выпустили. Уверен, она лечилась в Касанине. Все, кто побывал в Касанинской клинике, сейчас как новенькие, если не лучше. В Касанине не просто обеспечивают соответствие Акту Макхестона, они действительно излечивают. По крайней мере, мне так кажется.

Доктор Найси записал на обороте правительственного бланка: «Касанинская клиника, Канзас-Сити» — и я вздохнул с облегчением.

— Вы правы, — пробормотал он, — говорят, в Канзас-Сити очень хорошо. Вы ведь знаете, что президент провел там два месяца?

— Я слышал об этом, — признался я. Всем известна история о том, как будущий президент в подростковом возрасте героически вступил в схватку с психической болезнью и одержал триумфальную победу где-то лет в двадцать.

— А теперь, прежде чем мы расстанемся, — продолжил доктор Найси, — мне хотелось вам немного рассказать о вашей болезни — шизофрении типа Magna Mater.

— Отлично, — согласился я, — мне будет интересно узнать.

— На самом деле для меня этот случай представляет особый интерес. Я даже подготовил несколько монографий на эту тему. Вы знакомы с точкой зрения Андерсона, трактующей подвиды шизофрении в соответствии с направлениями религии?

Я кивнул. Его теория освещалась практически во всех американских журналах, это было очень модно.

— Первоначально шизофрения встречается в гелиоцентрической форме, в основе которой лежит поклонение Солнцу. Причем в нашей ситуации Солнце, как правило, ассоциируется у больного с образом отца. Вы счастливо миновали эту фазу. Гелиоцентрическая форма является наиболее примитивной, ей соответствуют наиболее ранние религии, связанные с поклонением Солнцу, включая митраизм — гелиоцентрический культ времен Древнего Рима. Сюда же относится солнечный культ в Персии — поклонение Ахурамазде.

— Ясно.

— Теперь рассмотрим форму Magna Mater, ваш тип заболевания. В Средиземноморье времен Микенской цивилизации существовал культ поклонения женскому божеству. Ну знаете, Иштар, Кибела с Аттисом, позднее сама Афина... и в окончательном варианте — Дева Мария. Происшедшее с вами связано с тем, что ваша душа, так сказать, воплощение вашего бессознательного, ее архетип проецируется вовне, на окружающий мир, воплощается в нем и становится предметом поклонения.

— Так.

— Причем данное воплощение может ощущаться вами как нечто невероятно могущественное, опасное, даже враждебное и, несмотря на это, крайне притягательное. По сути — это олицетворение всех пар противоположностей: жизнь во всей ее полноте и в то же время смерть; всеобъемлющая любовь и холодность; ум, но и деструктивная аналитическая тенденция, которая, как известно, не является созидающей. В нашем подсознательном дремлют некоторые противоположности, которые обычно превозмогаются гештальтом нашего сознания. Когда же эти противоположности переживаются непосредственно, как в вашем случае, то мы их не осознаем и, соответственно, не можем победить. В такой ситуации они разрушают и в конечном итоге уничтожают наше эго, поскольку, как вы уже знаете, являются архетипами и не могут быть ассимилированы нашим эго.

— Ясно, — повторил я.

— Таким образом, ваше преобразованное сознание не в состоянии дальше функционировать, оно теряет власть и передает свои функции бессознательному. При этом никакие контакты с вашей душой невозможны, — заключил доктор Найси. — Повторюсь, у вас довольно мягкая форма шизофрении, но тем не менее это болезнь, которая подлежит лечению в федеральном учреждении. Я надеюсь увидеть вас после возвращения из Касанинской клиники, уверен — прогресс в вашем случае будет колоссальным.

Доктор улыбнулся мне с искренней теплотой, и я ответил ему тем же. На прощание мы пожали друг другу руки.

Так начался мой путь в Касанинскую клинику в Канзас-Сити.

На официальном слушании дела перед свидетелями доктор Найси представил меня и выразил надежду, что нет причин, препятствующих моему немедленному отбытию в Канзас-Сити. Все эти формальности произвели на меня столь тягостное впечатление, что еще больше укрепили в желании как можно скорее попасть в клинику. Хотя Найси предоставил мне двадцать четыре часа на то, чтоб завершить все свои дела, я решил сократить этот срок, уж больно мне хотелось уехать. В конце концов мы сошлись на восьми часах. Сотрудники Найси зарезервировали место на самолете, из Бюро я ехал на такси, чтобы вернуться в Онтарио и провести время, которое отделяло меня от моего великого путешествия на восток.

Такси привезло меня к дому Мори, где хранилась большая часть моих вещей. Так что очень скоро я уже стучался в знакомую дверь. Дома никого не оказалось. Я тронул ручку, обнаружил, что там было не заперто, и вошел в пустой, безмолвный дом.

Я заглянул в ванную, увидел, что мозаика, над которой трудилась Прис в ту первую ночь, уже завершена. Какое-то время я стоял и разглядывал ее работу, дивясь краскам и рисунку. На стене красовались рыбки и русалка, и осьминог с глазами-пуговицами — она все-таки закончила его!

Одна голубая плитка отставала, я аккуратно ее отковырял, очистил от засохшего раствора и положил в карман пальто.

«Это на тот случай, если я вдруг тебя забуду, — сказал я про себя. — Тебя и твою мозаику в ванной комнате, твою русалку с алыми сосками и все это множество чудесных, таинственных созданий, обитающих в подводном мире».

Извечная, безмятежная вода... Ее линия проходила выше моей головы, почти на высоте восьми футов, а выше было небо. Совсем немного неба. Похоже, оно не играло никакой роли в этом мироздании.

Стоя так, я услышал какой-то шум и стук у входной двери. Что им нужно от меня?

Затем я вспомнил, где я, и попытался сообразить, в чем дело. Ждать пришлось недолго, через несколько мгновений в комнату влетел запыхавшийся Мори Рок. Увидев меня, он резко остановился.

— Луис Розен, — констатировал он. — В моей ванной.

— Я уже ухожу.

— Соседка позвонила мне в офис, она видела, как ты вышел из машины и вошел в дом в мое отсутствие.

— Следите. — Честно говоря, я не очень удивился. — Они повсюду, куда бы я ни пошел.

Я продолжал стоять, засунув руки в карманы и глядя на многоцветье на стене.

— Просто соседка подумала, что мне надо знать. Я так и думал, что это ты. — Он посмотрел на мой чемодан и вещи, которые я собрал. — Ты на самом деле псих! Ты же, должно быть, только приехал из Сиэтла — когда, кстати, ты приехал? Наверное, не раньше сегодняшнего утра. И снова куда-то собрался.

— Мне надо ехать, Мори, — сказал я. — Закон требует.

Он продолжал смотреть, челюсть медленно отвисала, затем вдруг понял и вспыхнул.

— Прости, Луис, — сказал он, — за то, что назвал тебя психом.

— Но это правда. Сегодня я проходил тест пословиц Бенджамина и еще другой, с блоками. И там, и там провалился. Комиссия уже заседала по моему поводу.

Мори стоял, потирая челюсть.

— А кто тебя сдал? — спросил он.

— Отец и Честер.

— Черт побери! Твои родственники!

— Они спасали меня от паранойи. Послушай, Мори, — я заглянул ему в лицо, — ты не знаешь, где она?

— Честное слово, Луис, если б знал, я бы сказал тебе. Именно потому, что у тебя все так сложилось.

— Знаешь, куда меня отправляют на лечение?

— В Канзас-Сити?

Я кивнул.

— Может, ты ее там увидишь. Вполне возможно, что чиновники Бюро снова отправили ее туда, а мне сообщить забыли.

— Да, так бывает.

Он подошел поближе, похлопал меня по спине.

— Удачи тебе, сукин ты сын! Я знаю, ты выкарабкаешься. У тебя ведь, полагаю, шизофрения и ничего больше?

— Шизофрения по типу Magna Mater. — Я полез в карман, достал плитку и показал Мори. — Чтобы помнить ее. Надеюсь, ты не возражаешь? Это ведь твой дом и твоя мозаика, в конце концов.

— Забирай. Забирай всю рыбку или сосок, если хочешь. — Он обернулся к русалке. — Я не шучу, Луис. Мы сейчас отковыряем этот розовый сосок, и ты сможешь везде носить его с собой, хорошо?

— Отлично.

Мы стояли, глядя друг на друга.

— Скажи, каково это — иметь шизофрению? — спросил он.

— Плохо, Мори. Очень, очень плохо.

— Прис то же самое всегда говорила. Она была ужасно рада избавиться от нее.

— Эта поездка в Сиэтл, все из-за нее. То, что они называют кататоническим возбуждением... Знаешь, это ощущение безотлагательности, будто ты должен что-то делать немедленно. И как правило, оказывается, что все неверно. Твои действия ничего не дают, и ты понимаешь это и впадаешь в панику, а потом тебя накрывает настоящий психоз. Я слышал голоса и видел... — Тут я прервался.

— Что ты видел?

— Прис.

— Keerist... Дело дрянь.

— Ты отвезешь меня в аэропорт?

— Конечно, дружище, — кивнул он с готовностью. — Конечно.

— Я хочу выехать попозже вечером, — сказал я. — Может, мы пообедаем вместе? После того, что случилось, мне совсем не хочется видеться с семьей. Как-то стыдно.

Мори покачал головой:

— Как ты можешь так здраво рассуждать, будучи шизофреником?

— Видишь ли, сейчас напряжение спало, и я в состоянии фокусировать мое внимание. В этом как раз и проявляется вспышка шизофрении: ослабление внимания, так что бессознательное берет верх и подавляет все остальное. Пойми, эти процессы очень древние, архетипичные — они подавляют воспитанность, образованность. Человек начинает вести себя как в пять лет, не шизофренику этого не понять.

— И ты начинаешь мыслить как сумасшедший: будто все против тебя, а ты — центр вселенной?

— Нет, — поправил я, — доктор Найси объяснил мне, что то, о чем ты говоришь, характерно для гелиоцентрического шизофреника, который...

— Найси? Рагланд Найси? Ну конечно, по закону ты должен был встречаться с ним. Он освидетельствовал Прис в самом начале, лично давал ей тест Выгодского — Лурье у себя в офисе. Мне всегда хотелось посмотреть на него.

— Замечательный мужчина. И очень человечный.

— Ты можешь быть опасен?

— Только если раздражен.

— Можно тогда тебя оставить?

— Думаю, да, — сказал я. — Увидимся позже вечером. Здесь же, за обедом. Где-то в шесть, чтоб осталось время на перелет.

— Могу я что-нибудь сделать для тебя? Что-то принести?

— Нет, но спасибо.

Мори провел еще какое-то время в доме, затем я услышал, как входная дверь хлопнула. Дом снова затих. И я был один, как прежде. Я не спеша начал упаковываться.

Мы с Мори вместе пообедали, а затем он повез меня в аэропорт Бойсе на своем белом «ягуаре». Я смотрел на проносящиеся мимо улицы, и каждая встречная женщина казалась мне — по крайней мере, в первый момент — похожей на Прис. Каждый раз я напрягался, но это оказывалось ошибкой. Мори видел мое состояние, но ничего не говорил.

Место, которое было для меня забронировано, оказалось в первом классе новой австралийской ракеты, 51–80. Это меня не очень удивило, я подумал, что у Бюро немалые фонды. Весь перелет до аэропорта Канзас-Сити занял всего полчаса. Так что когда я вышел из ракеты и стал осматриваться в поисках сопровождающих из Бюро, еще не было и девяти.

Внизу у пандуса я заметил двоих молодых людей — парня и девушку, одетых в клетчатые пальто веселой расцветки. Они двинулись ко мне. Это было мое сопровождение — в Бойсе меня проинструктировали относительно пальто.

— Мистер Розен? — вопросительно произнес молодой человек.

— Так точно, — ответил я, направляясь к зданию аэровокзала. Они заняли место по обеим сторонам от меня.

— Сегодня немного прохладно, — заметила девушка.

Им было не больше двадцати, как мне показалось. Оба с ясными глазами и, несомненно, с чистыми сердцами. Наверное, пришли в Бюро с самыми идеалистическими намерениями, в поисках подвигов, один из которых совершался прямо сейчас. Они шагали легким и быстрым шагом, подводя меня к окошку выдачи багажа, болтая ни о чем... Наверное, я бы чувствовал себя в их присутствии совсем легко, если бы в свете сигнальных мигалок девушка не была так похожа на Прис.

— Как вас зовут? — поинтересовался я.

— Джули, — улыбнулась она. — А это Ральф.

— А вы... скажите, а вы не помните пациентку, которая была у вас несколько месяцев назад? Девушка из Бойсе по имени Прис Фраунциммер?

— Простите, — развела руками девушка, — я пришла в Касанинскую клинику только на прошлой неделе. Собственно, мы оба, — она указала на своего спутника, — вступили в Корпус психического здоровья только весной.

— И как вам нравится здесь? — поинтересовался я. — Именно так, как ожидали?

— О, это очень полезное дело, — с воодушевлением сказала девушка. — Не правда ли Ральф? — (Он кивнул.) — Мы стараемся ничего не пропускать.

— Вам известно что-нибудь обо мне? — спросил я, пока мы дожидались моих чемоданов.

— Только то, что с вами будет работать доктор Шедд, — ответил Ральф.

— Он супер! — добавила Джули. — Вот увидите, вы влюбитесь в него. Он так много делает для людей. И у него отличные показатели!

Появились мои чемоданы.

Ральф подхватил один, я — другой, и мы двинулись к выходу на улицу.

— Приятный аэропорт, — похвалил я. — Раньше мне здесь не доводилось бывать.

— А его только достроили в этом году, — начал рассказывать Ральф. — Это первый аэропорт, способный обслуживать как внутренние, так и межпланетные полеты. Вы, например, можете попасть на Луну прямо отсюда, без пересадок.

— Только не я.

Кажется, Ральф меня не услышал. Вскоре мы уже сидели в вертолете — собственность клиники, — который пролетал над крышами Канзас-Сити. Воздух был холодный и свежий, а под нами миллионы огней складывались в бесконечные узоры и бессмысленные созвездия, которые на поверку оказывались вовсе не узорами, а просто звездными скоплениями.

— Скажите, вы верите, — спросил я, — что каждый раз, как кто-нибудь умирает, в Канзас-Сити зажигается новый огонек?

И Ральф, и Джули улыбнулись моему остроумному замечанию.

— Вы знаете, что бы со мной случилось, если б не работала обязательная программа психического здоровья? Я бы сейчас уже был мертв. Так что, литературно выражаясь, это спасло мне жизнь.

Они оба вновь улыбнулись.

— Остается благодарить Бога, что Конгресс пропустил Акт Макхестона, — заметил я.

Оба серьезно покивали.

— Вы вряд ли себе представляете, на что это похоже, — кататоническое беспокойство, эта тяга. Вас заводит все больше и больше, и потом вдруг — бац! — вы в коллапсе. Вы осознаете, что у вас не все в порядке с головой, вы живете в царстве теней. Прямо на глазах моего отца и брата я совокуплялся с девушкой, которая существовала только в моем сознании. Я слышал людей, комментировавших нас, пока мы это делали, через дверь.

— Вы делали это через дверь? — живо заинтересовался Ральф.

— Да нет, он имеет в виду — слышал комментарии через дверь, — пояснила Джули. — Голоса, которые делали замечания по поводу того, чем он занимался, и выражали неодобрение. Правильно, мистер Розен?

— Да, — согласился я. — И тот факт, что вам приходится перевозить меня, свидетельствует о сильном снижении моей способности к общению. Раньше я легко мог формулировать все — четко и понятно. Но это было до того, как доктор Найси, благодаря своей загадке о катящихся камнях, вскрыл разрыв между моим личным языком и языком общества. И только тогда я понял, в какую беду попал.

— Ах да, — кивнула Джули, — номер шесть из теста пословиц Бенджамина.

— Хотел бы я знать, на какой такой пословице провалилась Прис несколько лет назад, что доктор Найси выделил ее?

— Кто такая Прис? — поинтересовалась Джули.

— Думаю, та девушка, с которой он совокуплялся, — высказался Ральф.

— Точно, — подтвердил я. — Она была здесь когда-то, еще до вас. Сейчас с ней все в порядке, ее освободили условно. Доктор Найси говорит, она — моя Великая Мать. Моя жизнь посвящена поклонению Прис, как если б она была богиней. Я проецирую ее архетип на вселенную, не вижу ничего, кроме нее. Все прочее для меня нереально. И наше путешествие, и вы двое, и доктор Найси, и вся клиника Канзас-Сити — все это просто тени.

После такого заявления продолжать разговор стало как-то бессмысленно. Так что остаток пути мы проделали в молчании.

Глава 18

На следующий день в десять утра я встретился с доктором Альбертом Шеддом в парилке Касанинской клиники. Голые пациенты, развалившись, сидели в клубах пара, в то время как одетые в голубые трусы работники хлопотали вокруг них. Очевидно, эта минимальная одежда являлась униформой предприятия или их должности — а может, просто должна была служить для их отличия от больных.

Доктор Шедд возник из белых облаков и с дружелюбной улыбкой направился ко мне. Он оказался старше, чем я предполагал, по меньшей мере лет семидесяти. Его волосы, как проволока, торчали во все стороны из круглого, изборожденного морщинами черепа. Зато кожа в клубах пара казалась розовой и здоровой, как у младенца.

— Доброе утро, Розен, — поздоровался доктор, кивая и лукаво поглядывая на меня. Ну чисто гном из сказки! — Как ваше путешествие?

— Благодарю вас, прекрасно.

— Других самолетов не было, уж не обессудьте, — хихикнул он.

Я искренне восхитился его шутке, поскольку сам факт предполагал веру доктора в меня, в то, что какое-то здоровое начало во мне не утратило способность воспринимать юмор.

Он как бы подтрунивал над моей паранойей, мягко объявляя ей войну.

— Как вы думаете, подобная необычная обстановка не помешает нашей беседе? — осведомился доктор Шедд.

— Ничуть. Я люблю посещать финскую парилку, когда оказываюсь в Лос-Анджелесе.

— Ну что ж, давайте посмотрим. — Он заглянул в свою папочку. — Вы — продавец пианино и электроорганов.

— Верно. Розеновский электроорган — лучший в мире.

— На момент возникновения шизофренического эпизода вы находились в Сиэтле, чтобы встретиться по делам с мистером Барроузом. Так получается согласно письменным показаниям ваших родственников.

— Именно так.

— Мы ознакомились с вашими результатами на школьном психологическом тесте, и, похоже, у вас не было никаких сложностей... В девятнадцать лет вы поступаете на воинскую службу, там тоже проблем не возникает. Аналогично — при поступлении на работу. Создается впечатление, что у вас скорее ситуативная шизофрения, чем пожизненный процесс. Я так понимаю, что в Сиэтле вам довелось пережить сильнейший стресс?

— Совершенно верно, — энергично кивнул я.

— Возможно, подобная ситуация больше никогда не возникнет в вашей жизни. Но тем не менее это был опасный знак, своего рода предупреждение, с которым необходимо считаться. — Он довольно долго изучал меня сквозь клубы пара. — Я предполагаю, в вашем случае нам удастся успешно справиться с проблемой при помощи так называемой терапии контролируемой фуги. Слышали о такой?

— Нет, доктор, — честно признался я. Но мне понравилось, как это звучит.

— Вам будут давать галлюциногенные препараты — лекарства, вызывающие психический надлом и возникновение галлюцинаций. Ежедневно, на протяжении строго фиксированного периода. Это позволит вашему либидо освободиться от регрессивных желаний, которые являются в настоящее время слишком сильными, чтоб их переносить. Затем мы постепенно начнем уменьшать фуговый период, чтоб в конце концов надобность в нем отпала. Некоторое время вам придется провести здесь. В будущем, будем надеяться, вы сможете вернуться в Бойсе, к своим делам, и продолжать нашу терапию там, амбулаторно, так сказать. У нас здесь, знаете ли, все перегружено, как вы и сами, наверное, могли заметить.

— Да, я знаю.

— Так как, согласны вы попробовать такой способ лечения?

— Да!

— Подумайте, это предполагает продолжение шизофренических эпизодов, правда, происходить они будут под квалифицированным наблюдением.

— Неважно, я хочу попытаться.

— Вас не будет смущать, если я и другие сотрудники будем присутствовать во время описанных эпизодов, чтобы наблюдать ваше поведение? Я хочу сказать, это будет вмешательством в вашу личную жизнь...

— Нет, — поспешно прервал я его, — меня это не смущает, мне безразлично, кто наблюдает.

— Прекрасно, — задумчиво сказал доктор, — такое отношение к моменту наблюдения означает, что ваша тенденция к паранойе не так уж сильна.

— Меня это ни капельки не тревожит.

— Ну и отлично. — Шедд выглядел довольным. — Думаю, прогнозы весьма положительны.

И с этими словами доктор в своих голубых трусах и с папочкой под мышкой снова удалился в гущу пара. На этом мое первое собеседование с психиатром Касанинской клиники было завершено.

Как-то после обеда меня привели в большую чистую комнату, где уже дожидались два доктора и несколько медсестер. Меня уложили на стол, обтянутый кожей, привязали ремнями и ввели внутривенно галлюциногенный препарат. Мои наблюдатели, по виду уже уставшие, но все же внимательные и дружелюбные, стояли рядом и ждали. Ждал и я — босой, одетый в больничный халат, с вытянутыми, прикрученными к столу руками.

Прошло несколько минут, и наркотик начал действовать. Мне пригрезилось, что я сижу на скамейке в парке Джека Лондона, прямо в центре Окленда, штат Калифорния. Рядом со мной сидит Прис и кормит крошками целую стаю сизых голубей. Она одета в свои бриджи «капри», зеленый свитер с высоким воротником, волосы повязаны красной клетчатой банданой. Прис настолько поглощена своим занятием, что абсолютно меня не замечает.

— Эй, — зову я.

Прис оборачивается и спокойно произносит:

— Черт тебя побери, Луис. Я же велела тебе сидеть тихо. Если ты будешь болтать, то распугаешь всех голубей, и они перелетят вон к тому старику!

Действительно, неподалеку от нас на скамеечке сидит улыбающийся доктор Шедд с полным пакетом хлебных крошек. Таким хитрым образом мое сознание инкорпорировало присутствующего в комнате доктора в мои грезы.

— Прис, — тихо говорю я, — мне надо поговорить с тобой.

— Еще чего! — У нее холодный, отчужденный тон. — Может, тебе и нужно, но не мне. Ты об этом не подумал?

— Подумал, — обреченно сказал я.

— Непохоже. Лучше помолчи! И знаешь: я вполне счастлива и довольна, занимаясь тем, что ты видишь. — Она снова вернулась к своим птицам.

— Прис, ты любишь меня? — спросил я.

— О боже! Конечно нет!

Но я-то чувствовал, что это неправда.

Мы еще какое-то время посидели на скамейке, а затем парк, скамейка и Прис исчезли, и я снова обнаружил, что лежу, привязанный на столе, под наблюдением доктора Шедда и уставших сестер из Касанинской клиники.

— Теперь все прошло значительно лучше, — заметил доктор, пока они меня освобождали.

— Лучше, чем что?

— Чем в два предыдущих раза.

Я не мог припомнить предыдущих разов, о чем и сказал Шедду.

— Ничего удивительного, — улыбнулся доктор. — Ведь они были безуспешными. Ваш мир фантазии не удалось активировать — вы просто заснули. Но теперь, думаю, каждая новая попытка будет давать результаты.

Они вернули меня в мою комнату. На следующее утро я снова пришел в кабинет терапии, чтоб продолжить свое путешествие в фуговый мир фантазии, провести отведенный мне час с Прис.

После того как меня привязали, показался доктор Шедд и радостно приветствовал меня:

— Розен, я собираюсь испробовать вас в групповой терапии, это должно усилить эффект того, что мы делаем. Вы понимаете, в чем заключается групповая терапия? Вам надлежит выйти со своими проблемами в общество ваших товарищей, обсудить их с другими больными... вы будете слушать, как они обсуждают вас. Это поможет вам уяснить причины отклонений в вашем мышлении. Не волнуйтесь, все будет происходить в неформальной, дружелюбной атмосфере. И безусловно, окажется чрезвычайно полезно для вас.

— Отлично. — На самом деле я давно уже ощущал одиночество здесь, в клинике.

— У вас есть возражения против того, чтоб группа обсуждала данные ваших фуговых переживаний?

— Господи, нет, конечно. С чего бы?

— Материалы наших экспериментов будут записываться на окисную пленку и заранее предоставляться группе перед каждым занятием. Вы ведь были предупреждены, что мы записываем ваши фуги для аналитических целей? С вашего разрешения мы используем эти данные на наших групповых сессиях.

— Безусловно, я даю такое разрешение, — сказал я. — Я не возражаю, чтобы мои товарищи ознакомились с содержанием моих фантазий, особенно если они смогут помочь мне.

— Думаю, в целом мире не найти людей, которые бы больше стремились к этому, — заверил меня доктор Шедд.

После этого последовала положенная инъекция галлюциногена, и я снова соскользнул в очередную, строго контролируемую фугу.

Я сидел за рулем своего «шевроле», в плотном потоке машин возвращаясь домой в конце трудового дня. Голос по радио объявил о пробке где-то впереди на дороге.

— Беспорядок, смятение или хаос, — вещал он. — Я буду сопровождать вас повсюду.

— Спасибо, — громко поблагодарил я.

На соседнем сиденье Прис резко пошевелилась и сказала с раздражением:

— Ты всегда разговариваешь с радио? Это плохой признак. Я всегда подозревала, что твое психическое здоровье оставляет желать лучшего.

— Прис, — смиренно произнес я. — Что бы ты ни говорила, я все равно знаю: ты любишь меня. Разве ты не помнишь, как мы были с тобою вместе в Сиэтле, в квартире Колин Нилд?

— Нет.

— Ты забыла, как мы занимались любовью?

— Ох. — В голосе ее слышалось отвращение.

— Я знаю: ты любишь меня, независимо от того, что говоришь.

— Если ты собираешься продолжать в том же духе, то я лучше выйду прямо сейчас, на дороге. Меня тошнит от тебя.

— Прис, — спросил я, помолчав, — а почему мы едем вот так, вместе. Мы что, едем домой? Мы женаты?

— О боже! — простонала она.

— Ответь мне, — попросил я, не отрывая глаз от грузовика передо мной.

Но Прис не ответила. Она скорчила гримаску и отодвинулась как можно дальше к двери.

— Мы женаты, — повторил я. — Я точно знаю.

Когда я вышел из своей фуги, доктор Шедд выглядел явно довольным.

— У вас наблюдается тенденция к прогрессу. Мне очень понравилось, что ваше регрессивное либидо несется вперед на машине, думаю, тут можно говорить об эффективном процессе внешнего очищения. — Он ободряюще похлопал меня по спине, как это раньше делал мой партнер Мори Рок.

Во время следующей моей контролируемой фуги Прис выглядела гораздо старше.

Стоял поздний вечер. Мы с ней медленно прогуливались по крупной железнодорожной станции в Шайенне, штат Вайоминг. Прошли под сабвеем, по которому мчались грузовики, поднялись наверх на другой стороне и молча постояли. Я подумал, что ее лицо стало как-то более зрелым, что ли, как будто она повзрослела.

Прис определенно изменилась: слегка поправилась и стала заметно спокойнее.

— Скажи, — спросил я, — сколько мы уже женаты?

— А ты не знаешь?

— Так значит, мы все же женаты?

— Конечно, глупый. Неужто мы в грехе живем? Да что с тобой, в конце концов? Амнезия приключилась?

— Давай пойдем в тот бар, что мы видели напротив станции, там, кажется, весело.

— Пошли, — согласилась Прис и, когда мы снова начали спускаться, проговорила: — Хорошо, что ты увел меня с тех пустых путей, они меня расстраивают. Знаешь, о чем я начала думать? Каково это: стоять и смотреть на приближающийся поезд, а затем, в последний момент, взять и упасть под него? Что почувствуешь, когда он проедет по тебе, разрежет пополам? Я думала: может, это хорошо — вот так покончить со всем? Просто упасть вперед, как будто заснуть...

— Не говори так, — попросил я и обнял Прис за плечи. Она была застывшая и неподатливая, как раньше.

Когда доктор Шедд вывел меня из этой фуги, он выглядел крайне озабоченным.

— Мне не очень нравятся нездоровые элементы, возникающие в вашей духовной проекции, — сказал он. — Хотя подобного следовало ожидать — мы все-таки еще далеки от конца курса. В нашей следующей попытке, пятнадцатой фуге...

— Пятнадцатой! — воскликнул я. — Вы хотите сказать, что это была четырнадцатая по счету?

— Вы здесь уже больше месяца, мой друг. Не удивляйтесь, что порой ваши эпизоды смешиваются, это нормально. Просто с некоторых пор прогресс замедлился, некоторые материалы повторяются. Но вы не волнуйтесь, мистер Розен.

— Хорошо, доктор, — мрачно ответил я.

Во время последующей попытки — хотя теперь я уже не был уверен, что это последующая попытка, все перепуталось у меня в сознании — я снова сидел с Прис на скамейке в оклендском парке Джека Лондона. Голуби все также расхаживали у нас под ногами, но Прис не кормила их, а просто сидела, сложив руки на коленях и глядя в землю.

Она была тихой и печальной.

— В чем дело? — спросил я, пытаясь заглянуть ей в лицо. По ее щеке скатилась слеза.

— Ни в чем, Луис, — ответила Прис. Она достала из сумочки платок, вытерла слезы, затем высморкалась. — Просто как-то пусто и уныло, вот и все. Возможно, я беременна. Задержка уже целую неделю.

Во мне поднялась буря восторга. Я схватил ее в объятия, поцеловал в холодные, сжатые губы.

— Это самая лучшая новость в моей жизни!

Прис подняла на меня свои серые грустные глаза.

— Хорошо, что тебя это так радует, Луис. — С легкой улыбкой она похлопала меня по руке.

Теперь я и сам видел изменения в ней. Вокруг глаз обозначились заметные морщинки, придававшие ей усталый и мрачный вид. Сколько времени прошло? Сколько раз мы были с ней вместе? Дюжину? Сотню? Я не мог точно сказать. С моим временем происходила странная штука, оно не текло вперед плавным потоком, а двигалось какими-то рывками, то замирая на месте, то снова возобновляя свой бег. Я тоже чувствовал себя старше и куда безрадостнее, чем прежде. Но тем не менее это была радостная весть. Вернувшись в кабинет клиники, я поведал доктору Шедду о беременности Прис, и он разделил мою радость.

— Видите, Розен, — сказал он, — ваши фуги демонстрируют бóльшую зрелость, бóльшую связь с реальной жизнью. В конечном итоге эта зрелость будет соответствовать вашему действительному хронологическому возрасту, и таким образом вы избавитесь от болезни.

Вниз я шел в радостном расположении духа в ожидании встречи с другими пациентами — участниками групповых сессий. Я готовился выслушать их вопросы и объяснения, имеющие отношение к этому новому для меня и важному этапу лечения. У меня не возникало ни малейших сомнений, что, когда они прочтут запись сегодняшнего сеанса, они сделают очень ценные замечания.

В следующей пятидесятисекундной фуге мне привиделась Прис и наш ребенок — мальчик с глазами, серыми как у Прис, и моими волосами. Мы находились в гостиной. Прис сидела в удобном, глубоком кресле и кормила нашего сына из бутылочки, этот процесс полностью поглощал ее внимание. Сидя напротив, я глядел на них и чувствовал, что все горести и тревоги наконец-таки покинули меня. Я был абсолютно счастлив.

— О боже, — сердито проговорила Прис, встряхивая бутылочку, — эти искусственные соски сползают, когда он сосет. Наверное, я неправильно их стерилизую.

Я протопал на кухню за новой бутылочкой из парового стерилизатора на плите.

— Дорогая, а как его зовут? — спросил я, когда вернулся.

— Как его зовут? — переспросила Прис, терпеливо глядя на меня. — Ты вообще-то где витаешь? Задавать такие вопросы! Ради бога, Луис! Его зовут Розен, так же как и тебя.

— Прости меня, — сконфуженно улыбнулся я.

— Прощаю, — вздохнула моя жена. — Я привыкла так поступать. И очень жаль.

Но как же его имя, гадал я. Надо надеяться, я узнаю это в следующий раз. А может быть, и нет, может, еще через сто сеансов. Но я должен знать, иначе какой в этом смысл? Иначе все будет напрасно.

— Чарльз, — промурлыкала Прис, обращаясь к ребенку, — ты опять мокрый?

Его звали Чарльз. Я обрадовался — это было хорошее имя. Возможно, я сам выбрал его. Очень на то похоже.

В тот день после своей фуги я торопился вниз, в комнату для групповой терапии. Вдруг у двери на женской половине заметил несколько женщин.

Мой взгляд задержался на одной из них — темноволосой, гибкой и стройной; по сравнению с ней спутницы ее казались надутыми шарами. «Прис?» — обожгло меня, так что я резко остановился. «Пожалуйста, обернись!» — молил я, не отрывая взгляда от спины незнакомки.

И как раз в этот момент девушка остановилась в дверях и оглянулась. Я увидел короткий дерзкий носик, бесстрастный оценивающий взгляд серых глаз... это была Прис!

— Прис! — закричал я, замахав руками как сумасшедший. Она взглянула. Смотрела, нахмурившись, губы сжаты. Затем легкое подобие улыбки скользнуло по лицу.

Может, это было мое воображение? Девушка — Прис Фраунциммер — скрылась в комнате. Это ты, сказал я про себя. Ты снова здесь, в Касанинской клинике. Я знал: рано или поздно наша встреча должна была случиться. И это не фантазия, не очередная фуга, неважно, под контролем докторов или нет. Я нашел тебя в действительности, в реальном мире, который не является порождением моего ущемленного либидо или наркотиков. Я не видел тебя с той злополучной ночи в сиэтлском клубе, когда ты своей туфлей пробила голову симулякру Джонни Бута. Как же давно это было! Как много, как ужасно много всего мне довелось увидать и сделать с тех пор — в ужасной пустоте, без тебя. Без настоящей, реальной тебя! Пытался найти удовлетворение с фантомом, вместо того чтоб быть с тобой... Прис, повторил я. Слава богу, я нашел тебя. Я знал, что когда-нибудь так будет.

Я не пошел на занятие, вместо этого затаился в холле и стал ждать.

Наконец, через несколько часов, она снова показалась в дверях. Прошла через открытый дворик прямо ко мне. До боли знакомое лицо, чистое и спокойное, а в глазах характерное выражение — нечто среднее между удивлением и насмешливым неодобрением.

— Привет, — произнес я.

— Итак, они накрыли тебя, Луис Розен, — усмехнулась Прис. — Теперь ты тоже стал шизофреником — что же, я не удивлена.

— Прис, я здесь уже несколько месяцев.

— Ну и как — выздоравливаешь?

— Да, думаю, да, — ответил я. — Меня лечат ежедневными контролируемыми фугами. И я всегда прихожу к тебе, Прис, каждый раз. Ты знаешь, там мы женаты, и у нас ребенок по имени Чарльз. Мне кажется, мы живем в Окленде, штат Калифорния.

— Окленд, — наморщила она носик. — Местами там ничего, но местами — просто ужасно.

Она повернулась, чтобы уйти.

— Приятно было повидаться, Луис. Может, я как-нибудь забегу к тебе.

— Прис, — воскликнул я в отчаянии, — вернись!

Но она зашагала через холл и вскоре скрылась за дверью.

На следующий день в своей фуге я снова увидел Прис. Теперь она была ощутимо старше: фигура потяжелела и слегка оплыла, под глазами лежали густые тени.

Мы находились на кухне, прибирались после обеда: Прис мыла тарелки, а я вытирал их и ставил в сушилку. Она была без косметики, и кожа казалась сухой, с какими-то крохотными искорками, поблескивавшими на свету. Волосы тоже стали суше и изменили цвет. Теперь они были рыжевато-коричневыми, что очень шло Прис. Я не удержался и потрогал их: жесткие, чистые и приятные на ощупь.

— Прис. — Я хотел кое-что выяснить. — Я видел тебя вчера в холле. Я имею в виду — здесь, в Касанине, где я сейчас нахожусь.

— Рада за тебя. — Прис оставалась по-прежнему лаконичной.

— Объясни, это было по-настоящему? Более реальное, чем то, что сейчас? — В гостиной я видел Чарльза перед цветным телевизором, он не отрываясь глядел на экран. — Ты помнишь нашу встречу после долгой разлуки? Для тебя она тоже была реальной? А эта наша жизнь — она реальность или нет? Пожалуйста, объясни мне. Я перестал что-либо понимать.

— Луис, — проговорила она, надраивая сковородку, — почему ты не можешь воспринимать жизнь такой, как она есть? Неужели тебе необходимо постоянно философствовать? Ты ведешь себя как студент-второкурсник. Хотела бы я знать, когда ты повзрослеешь.

— Я просто не знаю, куда мне двигаться дальше. — Я чувствовал себя невыносимо несчастным, но автоматически продолжал протирать посуду.

— Луис, будь со мной там, где сможешь, — сказала Прис. — Если сможешь. Довольствуйся тем, что имеешь, не задавай вопросов.

— Да, — согласился я, — именно так я и сделаю. Во всяком случае, постараюсь.

Когда я вышел из фуги, рядом со мной был доктор Шедд.

— Вы ошибаетесь, Розен, — сказал он, качая головой, — вы не могли встретиться с мисс Фраунциммер в Касанине. Я внимательно просмотрел списки — у нас нет такой больной. Боюсь, эта ваша так называемая встреча в холле — не что иное, как непроизвольный выход в состояние психоза. Увы, следует констатировать, что мы не столь близки к катарсису, как думали. Пожалуй, следует увеличить длительность наших ежедневных контролируемых регрессий.

Я молча кивнул, но в душе не поверил доктору Шедду. Дело тут было вовсе не в шизофренических фантазиях — я на самом деле встретил Прис в холле больницы.

Прошла неделя, и мне снова довелось увидеть ее. В этот раз я стоял у окна солярия, а Прис во дворе играла в волейбол с группой других девушек, одетых в голубые шорты и блузы.

Она была поглощена игрой и не глядела на меня, а я стоял долго-долго, упиваясь этим зрелищем и сознанием, что это все — настоящая реальность... Затем мячик выкатился за пределы площадки, и Прис вприпрыжку побежала за ним. Когда она наклонилась за мячом, я разглядел ее имя, вышитое цветными буквами на блузе:

РОК, ПРИС

Это объясняло все. Она поступила в Касанинскую клинику под отцовским псевдонимом: вот почему доктор Шедд не нашел ее в списках — онто искал Прис Фраунциммер. Именно это имя фигурировало во всех моих рассказах и переживаниях, что, как выяснилось, совсем не соответствовало действительности.

Я решил не сообщать ему о приключившейся ошибке. Более того — постараться не упоминать этот факт в моих подконтрольных фугах. Я надеялся таким образом получить возможность снова встретиться и поговорить с Прис.

А затем я подумал: «Может быть, все так и задумано доктором Шеддом?»

Возможно, это особый прием по выводу меня из моих фуг и возвращению к действительности? Потому что эти крохотные проблески реальной Прис в моей жизни значили для меня больше, чем все фуги, вместе взятые. Точно, черт возьми, это такая терапия, и она работала!

Я был в полной растерянности — хорошо это все или плохо?

После двести двадцатой контролируемой фуги мне снова представилась возможность поговорить с Прис. Мы столкнулись в дверях больничного кафетерия, она выходила, а я входил. Прис была занята беседой — очевидно, со своей подругой, так что я заметил ее первым.

— Прис, — остановил ее я, — ради бога, можно мне поговорить с тобой несколько минут? Они не будут возражать, я знаю, — это часть запланированного лечения. Ну прошу тебя.

После этих слов подружка Прис поспешно удалилась, и мы остались вдвоем.

— Ты постарел, Луис, — сказала она, помолчав.

— А ты такая же цветущая, как всегда.

Мне страстно хотелось обнять ее, но вместо этого я смирно стоял на расстоянии нескольких дюймов от нее.

— Порадуйся за меня — я через несколько дней выписываюсь, — будничным тоном сообщила Прис. — Перехожу на амбулаторное лечение, как раньше. Если верить доктору Дитчли, ведущему здешнему психиатру, у меня наблюдается просто поразительный прогресс. Мы видимся с ним почти каждый день. А тебя наблюдает доктор Шедд, я посмотрела в журнале. Знаешь, он не очень-то... По правде сказать, он просто старый дурак.

— Прис, — сказал я, — а может быть, мы могли бы остаться здесь вместе? Что ты скажешь на это? Мое лечение тоже идет успешно.

— Да с какой стати нам вообще быть вместе?

— Потому что я люблю тебя, — тихо ответил я, — а ты любишь меня.

Она не возражала, а просто кивнула в ответ.

— Возможно это? — спросил я. — Ты ведь здесь все знаешь, фактически ты здесь прожила всю жизнь.

— Часть жизни.

— Можешь ты этого добиться?

— Добивайся сам — ты ведь мужчина.

— А если у меня получится, ты выйдешь за меня замуж?

Прис застонала:

— Конечно, Луис. Замужество, жизнь в грехе, случайные встречи... сам выбирай.

— Замужество, — твердо сказал я.

— А дети? Как в твоих фантазиях? Мальчик по имени Чарльз. — Ее губы скривились в усмешке.

— Да.

— Ну тогда добейся всего этого. — Прис сощурилась. — Поговори со своим тупоголовым Шеддом, этим клиническим идиотом. Он может выпустить тебя отсюда — это в его власти. А я тебе подскажу, как это устроить. Когда ты придешь на свою очередную фугу, сделай вид, что колеблешься, не уверен в полезности сеанса. Ключевая фраза: «Я не уверен в том, что из этого выйдет толк». А затем, когда ты все-таки войдешь в фугу, объяви своей партнерше, тамошней Прис Фраунциммер, что она — выдумка, продукт твоих закипевших мозгов.

Скажи, что она вовсе не кажется тебе убедительной. — На губах Прис появилась хорошо знакомая ухмылка. — Посмотрим, куда это тебя приведет. Может, выведет отсюда наружу, а может, и нет... Не исключено, что только заведет глубже.

— Прис, ты ведь не...

— Разыгрываю тебя? Дурачу? Попробуй, Луис, и узнаешь. — Теперь ее лицо было абсолютно серьезно. — Единственный способ узнать правду — это рискнуть и пойти вперед.

Она развернулась и быстро пошла прочь.

— Увидимся, — бросила мне через плечо. — Может быть.

Последняя улыбка — холодная, насмешливая, хладнокровная, — и Прис скрылась в толпе. Другие люди заслонили ее — люди, которые жаждали пообедать в кафетерии.

«Я верю тебе», — сказал я про себя.

В тот же день после обеда я столкнулся с доктором Шеддом в холле. Он любезно согласился уделить мне немного времени.

— В чем дело, Розен?

— Доктор, у меня появились некоторые сомнения относительно наших фуг. Я не уверен, что имеет смысл их продолжать.

— Что такое опять? — спросил доктор, нахмурившись.

Я повторил ему все, что слышал от Прис. Шедд слушал меня очень внимательно.

— И я больше не нахожу мою партнершу по этим фугам достаточно убедительной, — добавил я в заключение. — Я знаю, что она не настоящая Прис Фраунциммер, а всего лишь проекция моего бессознательного на внешний мир.

— Интересно, — задумчиво произнес доктор Шедд.

— Доктор, как вы оцениваете сказанное мною? Что это означает: мне лучше или хуже?

— Честно говоря, не знаю. Посмотрим на следующей фуговой сессии. Ваше поведение поможет мне сделать какие-то выводы. — Он кивком попрощался со мной и пошел дальше по коридору.

В следующей моей контролируемой фуге я вместе с Прис бродил по супермаркету — мы совершали наши еженедельные закупки.

Она еще больше постарела, но все еще оставалась прежней Прис — привлекательной дамой с ясными глазами и решительными манерами. Той женщиной, которую я всегда любил. Наш сынишка убежал куда-то вперед, разыскивая все необходимое для своей воскресной поездки со скаутами в Чарльз-Тилден-Парк на Оклендских холмах.

— Ты сегодня спокоен, — сказала Прис — очевидно, для разнообразия.

— Я думаю.

— В смысле — беспокоишься? Уж я-то тебя знаю.

— Прис, это настоящее? — спросил я. — Достаточно ли того, что мы здесь?

— Довольно! — оборвала меня Прис. — Мне осточертело твое вечное философствование.

Либо принимай свою жизнь, либо покончи с ней. Но только прекрати талдычить об этом!

— Годится, — согласился я. — А ты в ответ перестань изничтожать меня своими презрительными характеристиками. Я устал от всего этого!

— Да ты просто трус, который боится услышать... — начала она. И прежде, чем я сообразил, что делаю, я развернулся и влепил ей пощечину. Прис покачнулась, чуть не упала, затем отпрянула и стояла, прижав руку к лицу и глядя на меня с удивлением и болью.

— Будь ты проклят, Луис Розен, — сказала она дрогнувшим голосом. — Я никогда не прощу тебя!

— Я просто не могу больше выносить твои презрительные высказывания.

Секунду она смотрела на меня, потом круто развернулась и, не оглядываясь, побежала по проходу супермаркета. По дороге она сграбастала Чарльза и выскочила с ним на улицу.

В этот момент я ощутил присутствие рядом с собой доктора Шедда и услышал его голос:

— Думаю, на сегодня достаточно, Розен.

Узкий коридор меж полок, на которых громоздились разнокалиберные банки и картонки, стал меркнуть и исчез совсем.

— Я что-то сделал не так? — вырвалось у меня. Я и впрямь сотворил свою очередную фантазию без обдумывания, без заранее подготовленного плана. Неужели я все испортил? — Доктор, я впервые в жизни ударил женщину.

— Пусть вас это не волнует. — Он что-то записал в свой блокнот, затем кивнул сестрам: — Освободите его. Пусть мистер Розен отправляется в свою комнату и побудет один. И я думаю, мы отменим сегодняшнее групповое занятие.

Затем он повернулся ко мне и добавил:

— Розен, в вашем поведении я заметил некоторую странность, которую пока не понимаю. И мне это совсем не нравится.

Мне нечего было сказать, я только кивнул.

— Знаете, я бы заподозрил в вашем случае симуляцию, — задумчиво произнес доктор Шедд.

— Нет, вовсе нет, — горячо запротестовал я. — Я действительно болен! Настолько, что умер бы, если б не попал сюда.

— Думаю, завтра вам следует прийти в мой офис. Я хотел бы еще раз прогнать с вами тест пословиц Бенджамина, а также блоковый тест Выгодского — Лурье. Мне надо самому посмотреть на результаты. Иногда важнее, кто проводит тестирование, чем сам тест по себе.

— Наверное, вы правы, — согласился я, чувствуя, что меня снедают тревога и неуверенность.

На следующий день после обеда я успешно прошел оба теста. Теперь, в соответствии с Актом Макхестона, я официально был признан здоровым и мог отправляться домой.

— Хотел бы я знать, что вы делали здесь, в Касанине... При том, что куча людей по всей стране ждет своей очереди, а наши сотрудники с ног валятся от усталости! — Доктор Шедд подписал бумажку о моем освобождении и протянул ее мне. — Не знаю, чего вы добивались своим приходом сюда. Но в любом случае сейчас вам надо возвращаться обратно и начинать жить заново. На этот раз — не прячась за мнимое психическое заболевание. Лично я сомневаюсь, что оно когда-либо у вас было.

Это замечание поставило точку в моем курсе лечения. Прощай, Федеральная клиника в Канзас-Сити, штат Миссури...

— Доктор, — обратился я к нему, — здесь есть девушка, с которой я хотел бы повидаться до моего ухода. Нельзя ли мне поговорить с ней пару минут? Ее фамилия Рок. — Из соображений осторожности я добавил: — К сожалению, не знаю, как ее зовут.

Доктор Шедд нажал кнопку на столе.

— Позвольте мистеру Розену побеседовать с мисс Рок, — распорядился он вошедшему медбрату и добавил: — Не более десяти минут. И позаботьтесь о том, чтоб проводить его к главному входу. Время лечения для этого господина истекло.

Расторопный парень-ассистент отвел меня на женскую половину, в комнату Прис, которую она делила еще с шестью товарками. Когда я вошел, моя любовь сидела на кровати и красила ногти ярким оранжевым лаком. На меня она едва взглянула.

— Привет, Луис, — пробормотала она.

— Прис, я набрался-таки смелости: пошел и сказал ему все, как ты велела. — Я наклонился и прикоснулся к ее плечу. — Теперь я свободен и могу идти домой. Они выписали меня.

— Ну так иди.

Вначале я не врубился.

— А ты?

— А я передумала, — спокойно произнесла Прис. — У меня нет освобождения. И нет улучшения, Луис. На самом деле за эти месяцы ничего не изменилось. И, честно говоря, сейчас я этому рада. Я учусь вязать — вяжу коврик из черной овечьей шерсти, натуральной шерсти.

Затем она жалобно прошептала:

— Я солгала тебе, Луис. Меня вовсе не собираются выпускать отсюда — я слишком больна. Боюсь, мне придется остаться здесь надолго — может быть, навсегда. Мне стыдно за свою ложь, прости меня, если сможешь.

Мне нечего было сказать.

Чуть позже ассистент проводил меня через главный холл к выходу и распростился на шумной улице. Я стоял с пятьюдесятью долларами и официальным освобождением федерального правительства в кармане. Касанинская клиника осталась в прошлом, больше она не являлась моей жизнью — и надеюсь, никогда ею не будет.

Со мной все в порядке, сказал я себе. Я снова успешно прошел тесты, как тогда, в школе. Я могу возвращаться в Бойсе, к моему отцу и брату Честеру, к Мори и нашему бизнесу. Правительство излечило меня.

У меня было все, кроме Прис.

А где-то в глубине большого здания Касанинской клиники сидела Прис Фраунциммер, расчесывая и сплетая черную натуральную овечью шерсть. Она была полностью поглощена этим процессом, мысли обо мне ее не беспокоили. Ни обо мне, ни о чем другом.

Оглавление

Литературно-художественное издание

Филип К. Дик

МЫ ВАС ПОСТРОИМ

Ответственный редактор *Г. Батанов*
Выпускающий редактор *К. Тринкунас*
Художественный редактор *К. Гусарев*
Технический редактор *О. Куликова*
Компьютерная верстка *М. Караматозян*
Корректор *Ю. Иванова*

В оформлении обложки использована фотография:
© Trial / Shutterstock.com
Используется по лицензии от Shutterstock.com

ООО «Издательство «Эксмо»
123308, Россия, Москва, ул. Зорге, д. 1. Тел.: 8 (495) 411-68-86.
Home page: www.eksmo.ru E-mail: info@eksmo.ru
Өндіруші: «ЭКСМО» АҚБ Баспасы, 123308, Мәскеу, Ресей, Зорге көшесі, 1 үй.
Тел.: 8 (495) 411-68-86.
Home page: www.eksmo.ru E-mail: info@eksmo.ru.
Тауар белгісі: «Эксмо»
Интернет-магазин : www.book24.ru

Интернет-магазин : www.book24.kz
Интернет-дүкен : www.book24.kz
Импортёр в Республику Казахстан ТОО «РДЦ-Алматы».
Қазақстан Республикасындағы импорттаушы «РДЦ-Алматы» ЖШС.
Дистрибьютор и представитель по приему претензий на продукцию,
в Республике Казахстан: ТОО «РДЦ-Алматы»
Қазақстан Республикасында дистрибьютор және өнім бойынша арыз-талаптарды
қабылдаушының өкілі «РДЦ-Алматы» ЖШС,
Алматы қ., Домбровский көш., 3«а», литер Б, офис 1.
Тел.: 8 (727) 251-59-90/91/92; E-mail: RDC-Almaty@eksmo.kz
Өнімнің жарамдылық мерзімі шектелмеген.
Сертификация туралы ақпарат сайтта: www.eksmo.ru/certification

16+

Сведения о подтверждении соответствия издания согласно законодательству РФ
о техническом регулировании можно получить на сайте Издательства «Эксмо»
www.eksmo.ru/certification
Өндірген мемлекет: Ресей. Сертификация қарастырылмаған

Подписано в печать 01.06.2020. Формат 84x108 1/32.
Гарнитура «GaramondBook». Печать офсетная. Усл. печ. л. 20,16.
Тираж 2000 экз. Заказ 4557.

Отпечатано с готовых файлов заказчика
в АО «Первая Образцовая типография»,
филиал «УЛЬЯНОВСКИЙ ДОМ ПЕЧАТИ»
432980, Россия, г. Ульяновск, ул. Гончарова, 14

Москва. ООО «Торговый Дом «Эксмо»
Адрес: 123308, г. Москва, ул. Зорге, д.1.
Телефон: +7 (495) 411-50-74. **E-mail:** reception@eksmo-sale.ru

По вопросам приобретения книг «Эксмо» зарубежными оптовыми покупателями обращаться в отдел зарубежных продаж ТД «Эксмо»
E-mail: **international@eksmo-sale.ru**

International Sales: International wholesale customers should contact Foreign Sales Department of Trading House «Eksmo» for their orders.
international@eksmo-sale.ru

По вопросам заказа книг корпоративным клиентам, в том числе в специальном оформлении, обращаться по тел.: +7 (495) 411-68-59, доб. 2261.
E-mail: **ivanova.ey@eksmo.ru**

Оптовая торговля бумажно-беловыми и канцелярскими товарами для школы и офиса «Канц-Эксмо»:
Компания «Канц-Эксмо»: 142702, Московская обл., Ленинский р-н, г. Видное-2, Белокаменное ш., д. 1, а/я 5. Тел./факс: +7 (495) 745-28-87 (многоканальный).
e-mail: **kanc@eksmo-sale.ru**, сайт: **www.kanc-eksmo.ru**

Филиал «Торгового Дома «Эксмо» в Нижнем Новгороде
Адрес: 603094, г. Нижний Новгород, улица Карпинского, д. 29, бизнес-парк «Грин Плаза»
Телефон: +7 (831) 216-15-91 (92, 93, 94). **E-mail:** reception@eksmonn.ru

Филиал ООО «Издательство «Эксмо» в г. Санкт-Петербурге
Адрес: 192029, г. Санкт-Петербург, пр. Обуховской обороны, д. 84, лит. «Е»
Телефон: +7 (812) 365-46-03 / 04. **E-mail:** server@szko.ru

Филиал ООО «Издательство «Эксмо» в г. Екатеринбурге
Адрес: 620024, г. Екатеринбург, ул. Новинская, д. 2щ
Телефон: +7 (343) 272-72-01 (02/03/04/05/06/08)

Филиал ООО «Издательство «Эксмо» в г. Самаре
Адрес: 443052, г. Самара, пр-т Кирова, д. 75/1, лит. «Е»
Телефон: +7 (846) 207-55-50. **E-mail:** RDC-samara@mail.ru

Филиал ООО «Издательство «Эксмо» в г. Ростове-на-Дону
Адрес: 344023, г. Ростов-на-Дону, ул. Страны Советов, 44А
Телефон: +7(863) 303-62-10. **E-mail:** info@rnd.eksmo.ru

Филиал ООО «Издательство «Эксмо» в г. Новосибирске
Адрес: 630015, г. Новосибирск, Комбинатский пер., д. 3
Телефон: +7(383) 289-91-42. E-mail: eksmo-nsk@yandex.ru

Обособленное подразделение в г. Хабаровске
Фактический адрес: 680000, г. Хабаровск, ул. Фрунзе, 22, оф. 703
Почтовый адрес: 680020, г. Хабаровск, А/Я 1006
Телефон: (4212) 910-120, 910-211. **E-mail:** eksmo-khv@mail.ru

Филиал ООО «Издательство «Эксмо» в г. Тюмени
Центр оптово-розничных продаж Cash&Carry в г. Тюмени
Адрес: 625022, г. Тюмень, ул. Пермякова, 1а, 2 этаж. ТЦ «Перестрой-ка»
Ежедневно с 9.00 до 20.00. Телефон: 8 (3452) 21-53-96

Республика Беларусь: ООО «ЭКСМО АСТ Си энд Си»
Центр оптово-розничных продаж Cash&Carry в г. Минске
Адрес: 220014, Республика Беларусь, г. Минск, проспект Жукова, 44, пом. 1-17, ТЦ «Outleto»
Телефон: +375 17 251-40-23; +375 44 581-81-92
Режим работы: с 10.00 до 22.00. **E-mail:** exmoast@yandex.by

Казахстан: «РДЦ Алматы»
Адрес: 050039, г. Алматы, ул. Домбровского, 3А
Телефон: +7 (727) 251-58-12, 251-59-90 (91,92,99). E-mail: RDC-Almaty@eksmo.kz

Украина: ООО «Форс Украина»
Адрес: 04073, г. Киев, ул. Вербовая, 17а
Телефон: +38 (044) 290-99-44, (067) 536-33-22. **E-mail:** sales@forsukraine.com

Полный ассортимент продукции ООО «Издательство «Эксмо» можно приобрести в книжных магазинах «Читай-город» и заказать в интернет-магазине: www.chitai-gorod.ru.
Телефон единой справочной службы: 8 (800) 444-8-444. Звонок по России бесплатный.

Интернет-магазин ООО «Издательство «Эксмо»
www.book24.ru
Розничная продажа книг с доставкой по всему миру.
Тел.: +7 (495) 745-89-14. E-mail: **imarket@eksmo-sale.ru**

ISBN 978-5-04-111830-3

9 785041 118303 >